Lotte Mohn-Waldmann

HALLO HAPPINESS

In dem Familienroman HALLO HAPPINESS, der leichte, fröhliche Elemente und viele uns bekannte kleine und größere Schicksalsschläge auf eine das Leben kraftvoll bejahende Art verknüpft, ergibt sich ein Kosmos der an- und aufregenden Meyerson'schen Familiengeschichte. (Zum Beispiel gibt es vier Kinder, aber zwei stammen von jeweils verschiedenen Vätern.) Eine Familie mit viel Herzlichkeit und Güte, die dem Leser das Gefühl vermittelt, selbst irgendwie dazu gehören zu dürfen!

Lotte Mohn-Waldmann hat in ihrem Roman Trauriges und Komisches zu einem spannenden Plot zusammengewoben, zu einem Plot, der sich auch „klassischer Details" der Komödie und des Kriminalromans kreativ und augenzwinkernd bedient. (Unter anderem nicht zu vergessen: Das Geheimfach!)

Hinweis für die interessierten Leserinnen und Leser: Auf Seite 229 findet sich ein Leitfaden (Personenverzeichnis) zur Familie Meyerson samt den Freunden.

Lotte Mohn-Waldmann

HALLO HAPPINESS

Roman

K|U|U|U|K Verlag

Bibliografische Information der Deutschen Nationalbibliothek: Die Deutsche Nationalbibliothek erfasst diesen Buchtitel in der Deutschen Nationalbibliografie. Die bibliografischen Daten können im Internet unter **http://dnb.ddb.de** abgerufen werden.

Alle Rechte vorbehalten. Insbesondere das der Übersetzung, des öffentlichen Vortrags sowie der Übertragung durch Rundfunk, Fernsehen und Medien – auch einzelner Teile. Kein Teil des Werkes darf in irgendeiner Form (durch Fotografie, Mikrofilm oder andere neuartige Verfahren) ohne schriftliche Genehmigung des Autors / der Autorin bzw. des Verlages reproduziert oder unter Verwendung elektronischer Systeme verarbeitet, vervielfältigt oder verbreitet werden.

Verkaufspreis: € **12,-**

Umschlag: Erstellung und Copyright © gemeinsam: KUUUK und Lotte Mohn-Waldmann, Umschlagfoto: Copyright © Lotte Mohn-Waldmann, Hauptschrift: Times New Roman, Lektorat: KUUUK

ISBN 978-3-939832-06-5

Erste Auflage Juni 2008
KUUUK Verlag und Medien Klaus Jans
Königswinter bei Bonn
Printed in Germany (EU)
K|U|U|U|K – Der Verlag mit 3 U
www.kuuuk.com

Alle Rechte [Copyright]
© Lotte Mohn-Waldmann
© KUUUK Verlag – **info@kuuuk.com**

Inhalt

I	Christian	S. 07
II	Susanne	S. 39
III	Alexander	S. 81
IV	Marko und Marion	S. 118
V	Leonie	S. 134
VI	Rainer	S. 139
VII	Maria, Hermann und Heinrich	S. 155
VIII	Pedro	S. 181
IX	Angelina	S. 199
X	Amorosa und 28 andere	S. 206

CHRISTIAN

Als Susanne Meyersons Tochter Marion acht Jahre alt war, sagte sie: „Wenn Mama singt, dann durchwandert sie sämtliche Tonarten." Bis dahin hatte Susanne sich immer in dem Glauben gewiegt, ihre Kinder hätten überhaupt nicht registriert, dass sie beim Singen den Ton nicht halten konnte. Die Erkenntnis, dass alle um ihren schwachen Punkt wussten, war hart. Sie zog sofort die Konsequenz. Zum Leidwesen der Familie sang Susanne nur noch, wenn sie sich absolut alleine wähnte.

Und heute wähnte sie sich alleine. Vor dem großen Wandspiegel im oberen Flur hüpfte sie ausgelassen hin und her und sang aus voller Kehle „Tibidibidibso, beim Calypso wird ja alles wieder gut ..."; denn was sie im Spiegel sah, gefiel ihr. Das türkisfarbene, hochgeschlossene, ärmellose Minikleid saß wie angegossen, die hochhackigen Türkis-Schuhe passten farblich ausgezeichnet. Ihr Kurzhaarschnitt mit dem angedeuteten Pony, ihre dunkel getönten Haare, alles stimmte. „Tibidibidibso ...", sie fühlte sich jung und übermütig. Aber als plötzlich ihr Mann unter dem Türrahmen des Schlafzimmers auftauchte – er klatschte in die Hände und lachte –, überfiel sie das unangenehme Gefühl, ertappt worden zu sein.

„Wo kommst du denn plötzlich her, Christian?", rief sie vorwurfsvoll.

Christian Meyerson, bekleidet mit edlem Hemd und sehr edler Krawatte, edler Unterhose und edlen Socken, schaute sie liebevoll an. „Aus dem Schlafzimmer, wie du siehst! Du warst im Bad, als ich hochkam. Du siehst hinreißend aus,

Susani. Mit dem Kleid wie aus den Siebzigerjahren und mit dem Schlager aus den Fünfzigerjahren auf den Lippen wirkst du fast wie ein Teenager."

Susanne spielte Empörung. „Es ist äußerst schofel, dass du mich mit dem Wort Teenager an meinen sechzigsten Geburtstag von letzter Woche erinnerst!" Sie wurde plötzlich ernst:

„Das Kleid ist zu jugendlich, du hast recht, es ist für heute nicht das richtige. Schade eigentlich."

„Was heißt hier: Du hast recht!? Nicht so hastig, Lebenselixier! Ich habe überhaupt nichts gegen dein Kleid", sagte Christian, „du siehst super aus! Wo hast du denn dieses tolle Kleid gekauft?"

„Erkennst du es nicht wieder?"

„Entschuldigung, sollte ich es denn kennen?"

„Aber du erwähntest doch eben die Siebzigerjahre!"

„Sag bloß, das ist das Kleid vom Frühlingsfest Ende der Siebziger?"

Susanne strahlte. „Genau! Ich hab's aufgehoben! Und wie du siehst, es passt noch!"

Christian nahm sie in die Arme. „Susani, Susani, Susani! Was bist du doch für eine wunderbare Frau. Wieder einmal werden mich alle um dich beneiden. Natürlich behältst du das Kleid an. Aber weißt du, wo mein Armani-Anzug ist?"

„Dein Armani-Anzug? Ach du liebes Rumpelstilzchen! Den habe ich vergessen, der ist noch in der Reinigung!"

Susanne schleuderte mit Zeichen des Entsetzens ihre Stöckelschuhe von sich und rannte barfuß die Treppe hinunter. „Christian, es tut mir so leid! Ich hole ihn sofort. Mit dem Auto dauert es zu lange wegen der Ampeln. Ich renne durch den Park und bin in spätestens zwanzig Minuten wieder da."

Christian stürzte ihr nach. „Haaalt! Ich habe doch noch mindestens vier andere schwarze Anzüge! Haaalt! Bleib doch da!"

Aber Susanne hatte schon ihre Laufsandalen aus dem Schuhschrank unten in der Diele herausgezerrt, war hineingeschlüpft, rief: „Der Armani steht dir besonders gut!", und weg war sie.

Christian schrie, so laut er konnte: „ Bleib daaaaaaa!"

Doch Susanne war bereits außerhalb des Gartens und rannte, so schnell sie konnte. Christian stand an der Haustür, starrte hilflos auf seine Socken und seine Unterhose und brummte: „So außer Gefecht gesetzt war ich noch nie!"

Resigniert ging er wieder nach oben, zog seine Jogginghose und Schuhe an und ärgerte sich, weil er den Armani-Anzug überhaupt erwähnt hatte. „Aber ich konnte ja nicht wissen, dass er in der Reinigung ist", sagte er zu sich selber, und dann lachte er.

„Oh, Susanne!" – Es klingelte. Seufzend ging Christian zur Haustür.

„Wer öffnet schon gern die Tür in solch einem Outfit?", murmelte er.

„Guten Morgen, Herr Meyerson, ein Einschreiben aus Australien. Würden Sie bitte unterschreiben?" Der Postbote war betont höflich. Desgleichen Christian.

Zurück in der Diele besah sich Christian im Spiegel mit dem Brief in der Hand.

„Ulkig! Oben edel, unten Jogginghose und Hauslatschen!" Bei seinem Anblick lachte er laut auf.

„Wer aus Australien schickt wohl einen Einschreibebrief an meine Privatadresse?", sagte er zu sich selber, während er die Treppe hinaufstieg.

Dann las er den Brief.

Einige Minuten später drehte sich unten ein Schlüssel im Schloss. Ein Ruf folgte: „Hallo, ich bin's! Wo seid ihr?"

Christian kam seinem Ziehsohn Marko Zebritz auf halber Treppe entgegen und nahm ihn in die Arme. Gemeinsam gingen sie hinunter und ins Wohnzimmer.

„Mann, Marko", sagte Christian, und sein Gesicht leuchtete, „du glaubst gar nicht, wie ich mich freue, dass du gekommen bist!"

Marko strahlte. „Ich freue mich auch, dass ich heute freimachen konnte. Dad, wie geht es dir? Wie ist das Gefühl, nach 40 Jahren Arbeit in der Firma feierlich in den Ruhestand verabschiedet zu werden? Ich kann mir dein neues Leben danach einfach nicht vorstellen."

„Wäre auch schlimm, wenn du dir das in der Blüte deiner Jahre schon vorstellen könntest!", schmunzelte Christian. „Schließlich bin ich 65 und du bist 39. Was meine Gefühle anbetrifft, so hatte ich bislang ja noch keine Zeit dazu. Vielleicht fühle ich mich ein wenig wehmütig, aber auch irgendwie befreit. Jetzt, auf die Zeit danach, wie man so schön sagt, freue ich mich. Ich möchte Susanne ein wenig verwöhnen. Du weißt ja, sie war in den 40 Jahren unserer Ehe immer nur für andere da – ich war in der Firma und konnte ihr kaum helfen und nur wenig mit ihr zusammen sein. Das soll nun anders werden."

„Musani erzählte gestern am Telefon, dass du drei Stellen wert warst. Ein stellvertretender Direktor und zwei Prokuristen werden an deiner Statt eingestellt."

„Stimmt, ich musste alle drei noch in ihre Stellen einweisen. Das war riesig stressig."

„Kann ich mir gut vorstellen. Armer Dad! Aber wie ich dich kenne, hat es dir Spaß gemacht. Apropos Musani! Kann das Musani gewesen sein, die im türkisfarbenen Kleid durch den Park flitzte?"

„Sie flitzte nicht nur, sie flitzt immer noch. Sie holt meinen Armani-Anzug aus der Reinigung. Ich konnte sie nicht zurückhalten. Darum sehe ich jetzt auch so ulkig aus. Laut Susanne muss ich auf den Armani-Anzug warten."

Marko lachte: „Oje, hat sie vergessen, den Anzug rechtzeitig zu holen? Und jetzt rennt sie durch den Park und hat eine Mordswut auf sich selber? Arme Musani! Es gibt nichts Lebendigeres auf der Welt als deine Frau. Was war ihr Kraftausdruck?"

„Oh du geliebtes Rumpelstilzchen – oder: Ach du geliebtes Rumpelstilzchen", sagte Christian. „Ja – ich weiß, was du sagen willst. Ich verspreche dir, ich trage den Ausdruck in das Büchlein ‚Musanis Kraftitüden' ein. Zufrieden?"

„Weiß sie davon?", fragte Marko.

Christian schüttelte den Kopf. „Um Gottes willen, nein! Ich habe die Kraftitüden im Geheimfach vom Urgroßonkel-Schreibtisch versteckt. Sie darf nicht erfahren, dass Marion dieses Büchlein angelegt hat. Sonst wäre es sofort Schluss mit den lustigen Ausdrücken!"

Christians Augen begannen plötzlich wieder zu leuchten. Er legte seine Hände auf Markos Schultern und sagte: „ Mann – oh – Mann, Marko, was ich dir jetzt schon die ganze Zeit sagen will: In meiner Schreibtischschublade liegt eine Riesenüberraschung für dich. Ich bekam vorher einen interessanten und vor allem für dich ungeheuer wichtigen Brief, den ich dir und Susanne unbedingt heute noch zeigen muss. Den Brief jetzt vor der Feier zu lesen reicht die Zeit nicht. Du musst nach der Feier unbedingt noch einmal hierher zurückkommen! Ich weiß, dass du als Chefarzt nicht viel Zeit hast. Aber – wie gesagt, du musst! Du musst!!!"

Marko nickte. „Heute Nacht habe ich keinen Dienst. Dann übernachte ich hier und fahre morgen in aller Frühe. Wie machen's denn die andern?"

„Alle meine Geschwister kommen. Sie fahren dann heute Nacht noch los zur Archäologie-Exkursion mit Tante Dorle nach Griechenland. Marion und Alexander kommen direkt in die Festhalle, sie übernachten nicht hier. Michael wollte kommen, hatte schon in New York einen Flug gebucht, musste aber leider sein Flugticket wieder zurückgeben, weil der Ersatz-Solist, der für ihn spielen sollte, einen Finger gebrochen hat. Michael ist als Solo-Geiger so kurzfristig nicht zu ersetzen."

„So ein Pech! Das ist jammerschade!"

Marko trat ans Fenster

„An so einem Tag wie heute wird mir mal wieder richtig bewusst, was ich in meinem Leben für ein Riesenglück mit euch gehabt habe", sagte er, „mit dir, Dad, und mit Musani. Ihr seid wie meine eigenen Eltern. Ich darf Dad und Musani zu euch sagen, genau wie eure eigenen Kinder Alexander, Marion und Michael. Die drei sind wie echte Geschwister zu mir. Und deine Geschwister – Maria mit ihrem verstorbenen Mann Heinz, Hermann mit Partnerin Lotte, und Heinrich mit Frau Annegret – haben mir nie das Gefühl gegeben, nicht ihr richtiger Neffe zu sein. Das alles ist nicht selbstverständlich. Ihr könnt euch nicht vorstellen, wie dankbar ich bin! Ich werde ein ganzes Leben lang dankbar sein!"

Marko hatte nasse Augen. Er ging auf Christian zu, drückte seine Hände und sagte: „Dad, ich glaube, auf der ganzen Welt gibt es keine nettere Patch-Work-Familie als die unsere. Noch einmal: Ich bin so dankbar."

Christian nahm Marko wieder in die Arme.

„Das ist die längste Rede, die ich je von dir gehört habe. Marko, du weißt, Susanne und ich sind glücklich und stolz, dass wir dich als Ziehsohn haben dürfen. Du bist und bleibst ein wichtiges Mitglied unserer Familie. Aber seltsam, dass du diese deine Rede gerade heute hältst! Der Brief nämlich heute Abend ..."

„Hallihallo, Christian, der Armani ist da!" Susannes Stimme im Flur klang wahrlich nicht kräftig.

Susanne stand in der unteren Diele, klatschnass geschwitzt. Das enge, türkisfarbene Kleid war an der Seite aufgerissen.

„In engen Kleidern kann man nicht rennen", keuchte sie und zeigte entschuldigend auf den Riss, „nichts wird's mit der jungen Frau aus den Siebzigerjahren, Christian. Jetzt mache ich auf würdig, mit dem langen schwarzen Samtrock. Hallo, Marko! Was bin ich froh, dass du da bist. Wartest du bitte so lange, bis ich geduscht und die Haare geföhnt habe? Dann fahre ich mit dir zur Festhalle. Christian, der Herr Eduard Braun steht mit dem Dienstwagen schon vor dem Haus. Marko und ich warten dann noch auf Heinrich. Marko, sage dem Heinrich, wenn er kommt, er soll sein Auto in meine Garage stellen. Ich habe mein eigenes Auto im Carport untergebracht. Ach so, das habe ich ja gestern schon telefonisch mit ihm besprochen. Oh, Christian, wir müssen Heinrichs Wellensittich hüten, bis die Griechenlandfahrer wieder zurück sind, das habe ich dir noch gar nicht gesagt. Der Wellensittich heißt Tiriliri, nein, er heißt Tirili, ich komme schon ganz durcheinander. Ich habe ein Tischchen für ihn in der Diele aufgestellt, am Nordfenster. Christian, der Anzug ist wahrscheinlich okay. Aber wenn man noch was dran bügeln muss, dann mache ich das sofort!"

Susanne keuchte immer noch. Sie drückte ihrem Mann das Kleiderpaket in die Hand und rannte nach oben.

„Marko", sagte Christian, „sei so lieb und gib dem Eduard Bescheid, dass ich in ein paar Minuten komme."

„Der Herr Eduard Braun" – wie Marion ihn als Kind immer genannt hatte – war Christians Chauffeur, seit über dreißig Jahren. Er war auch ein wenig der Freund der Familie. Chef Christian und Chauffeur Eduard duzten sich. Keiner in der Firma wunderte sich darüber, denn Christian Meyerson hatte jedem in der Firma das Gefühl gegeben, Mitglied einer großen Familie zu sein. Für alle in der Firma war die heutige Verabschiedung „ein trauriges Ereignis", wie Christians Sekretärin Frau Behrend tränenvoll bekundet hatte.

Während Marko mit Herrn Eduard Braun redete, fuhr Heinrich Meyerson in den Hof. Alle Meyersons mochten Heinrich, Christians jüngsten Bruder. Susanne nannte ihn „den sensiblen Zahntechniker mit dem losen Mundwerk", und Marions Spruch aus Kindertagen „Onkel Heinrich hat immer was zum Brummen, aber man muss ihn einfach trotzdem mögen" wurde oft zitiert. Eduard Braun kannte Heinrich, er begrüßte ihn und half ihm, den Vogelkäfig aus dem Auto zu hieven. Marko begleitete den unablässig beruhigend auf den verängstigten Wellensittich einsprechenden Heinrich, zeigte ihm besagtes Tischchen in der Diele, rannte nach oben und rief: „Onkel Heiner ist da!"

„Wo ist denn Tante Annegret?", fragte Marko, nachdem der Wellensittich Tirili sich einigermaßen beruhigt hatte und nicht mehr hysterisch in seinem Käfig herumflatterte.

„Sie ist schon in der Kantine von der Firma Sommerlicht und trifft sich, wie besprochen, dort mit Maria, Hermann und Lotte. Sie fahren doch auch mit Tante Dorle nach Griechenland", berichtete Heinrich. „Annegret und ich haben unser Gepäck an der Pforte abgegeben und dort erfahren, dass Maria, Hermann und Lotte bereits in der Kantine sind. Ihr Gepäck lagert ebenfalls in der Pforte. Die drei sind mit dem Zug gekommen. Annegret und ich haben uns fürs Auto entschlossen – wegen Tirili. Nett, dass Susanne ihre Garage für unser Auto zur Verfügung stellt."

Dann wandte sich Heinrich wieder dem Wellensittich zu. „So ist's brav, Tirili. Jetzt bist du schon ruhiger. Du hast ja hier so ein schönes Plätzchen direkt am Fenster. Jetzt kriegst du auch noch einen besonders schönen Hirsestängel!"

„Seit wann habt ihr denn den Tirili?", wollte Marko wissen.

Heinrich lachte.

„Sag bloß, du weißt nicht, dass Marion meiner Annegret den Vogel geschenkt hat, gegen das Empty-Nest-Syndrom, wie sie sagte, weil doch unsere großen Kinder jetzt nicht mehr zu Hause wohnen und Annegret so was Ähnliches wie depressive Verstimmungen bekommen hat – mit bloß mir in unserer großen Wohnung. Und ich muss zugeben, Tirili hat sie aufgemuntert!"

Marko bemühte sich, ernst zu bleiben. Er wusste von Susanne, dass Heinrich unter der „leeren Wohnung" viel mehr gelitten hatte als seine lebenspraktische Frau Annegret.

Laut sagte er: „Dann stammt der Name Tirili wohl auch von Marion?"

„Natürlich, wer käme denn sonst auf so eine nette Idee? Wellensittiche mögen viel iii in ihrem Namen. Wie geht es übrigens Christian? Wird er denn ohne die Firma überhaupt leben können? – Aber das kann ich ihn ja dann gleich selber fragen. Jetzt gehe ich hinaus zu Herrn Eduard Braun. Viel Zeit haben wir nicht mehr!"

„See you later, Onkel Heinrich! Ich fahre mit Musani! Sie braucht noch etwas Zeit."

„Typisch! Die Frauen brauchen doch immer noch etwas Zeit! Scheint an ihren Hormonen zu liegen. – Hör zu, Tirili, wir kommen wieder zurück! Hörst du, wir kommen wieder. In der Zwischenzeit singe und zwitschere schön und mach deinen Gastgebern auch Freude. Marko, bis Susanne fertig ist, könntest du dem Tirili noch ein bisschen was vorpfeifen, das mag er!"

Marko lachte. Typisch Onkel Heinrich!

Oben klopfte Christian an die Badezimmertür. Susanne streckte den Kopf heraus, begutachtete ihren Ehemann gründlich, stellte fest, alles sei okay, und Christian verließ das Haus.

„Was für gütige warme Augen er doch hat", dachte Susanne, und wie so oft, wenn sie an Christian dachte, tat ihr Herz einen kleinen Glückshopser, den sie fast körperlich zu fühlen glaubte.

Herr Eduard Braun sah unglücklich aus, als Christian und Heinrich ins Auto stiegen.

„Unser letzter gemeinsamer Tag, Chef", sagte er, „mir fällt es schwer! Wie steht es bei dir?"

„Im Moment noch keine Gefühle", sagte Christian, „es gab so viel zu tun in den letzten Tagen. Aber irgendwann einmal werde ich das Gefühl für den Ruhestand schon noch kriegen. Ich freue mich auf die gemeinsame Zeit mit Susanne. Ich muss dir noch sagen, Eduard, dass wir nach der Feier mit Marko heimfahren. Wir brauchen dich also heute Nacht nicht. Ich denke, das ist dir auch recht, du musst ja morgen früh wieder auf dem Posten sein."

„Dann ist das unsere letzte Dienstfahrt im Dienstwagen. Ich werde dich vermissen, Chef. Es war eine schöne Zeit." Eduard Braun seufzte.

Während der Fahrt herrschte einige Minuten Schweigen. Heinrich hatte das Gefühl, aufmuntern zu müssen. Er erzählte von seiner bevorstehenden Griechenlandreise.

Marko rief in seiner Klinik an, gab die Meyerson'sche Telefonnummer durch, falls sich in der Nacht etwas

Besonderes ereignen würde, und verwies noch einmal auf seine Handy-Nummer, für alle Fälle. Dann wartete er auf Susanne. Nach einer Viertelstunde tauchte sie wieder auf. Tipptopp: dezent geschminkt, hübsches, lockeres Haar, jeder Zoll eine Dame im schwarzen langen Samtrock mit silbernem Oberteil und silberfarbenen Schuhen.

„Donnerwetter, Musani, wie machst du das bloß?"

„Wir müssen uns beeilen, Marko", sagte Susanne, „du musst mir noch helfen, komm!"

Sie machte ein geheimnisvolles Gesicht.

„Du hast ein Gesicht wie vor Weihnachten", sagte Marko, „jetzt bin ich aber gespannt!"

„Komm mit in die Garage, bitte, wie gesagt, wir müssen uns beeilen!"

Susanne zog ihren langen Rock ein wenig hoch, um sich schneller fortbewegen zu können, und lief in den Geräteschuppen. Dort holten die beiden ein Riesenplakat aus einem geheimen Versteck, schleppten es ins Haus und stellten es in der unteren Diele auf.

Susanne hatte alles minutiös vorbereitet. Die ganze Aktion dauerte etwa drei Minuten. „HALLO HAPPINESS" stand auf dem Plakat, in großer Schrift. Über der Schrift wölbte sich ein wunderbar blauer Himmel mit niedlichen Wölkchen, und im Himmel hingen im Halbbogen sieben verschieden große Geigen.

„Musani", sagte Marko, „wenn ich nur so gut malen könnte wie du. Aber was bedeuten die Geigen?"

„Eine alte Redensart, Marko. ‚Der Himmel hängt voller Geigen' bedeutet so viel wie ‚Der Himmel hängt voller Glück'. Sieben Geigen sind's, weil sieben eine magische Zahl ist. Ein besseres Symbol fiel mir nicht ein. Ich muss den Christian doch aufmuntern. Ich weiß nicht, wie er den

Ruhestand aufnimmt. Er war in letzter Zeit in der Firma arg gefordert."

„Ich weiß", sagte Marko. „Er hat mir davon erzählt. Aber keine Sorge. Langweilig wird es ihm im Ruhestand nicht. Bei dir kann's niemandem langweilig werden."

„Soll das nun ein Kompliment oder ein Vorwurf sein, Marko?", fragte Susanne ernsthaft.

„Ein Lob, natürlich, Musani! Du hast immer so viele Ideen."

Die nächsten Minuten war Susanne ungewöhnlich schweigsam.

„Entspanne dich ein bisschen", sagte Marko. „Du wirst sehen, wir kommen noch rechtzeitig an. Was übrigens deine Geigen betrifft – ich erinnere mich, dass Oma Hanna oft gesagt hat ‚Der Himmel hängt voller Bassgeigen'. Oder so was Ähnliches. Erinnerst du dich noch?"

Susanne seufzte. Sie hatte offensichtlich überhaupt nicht zugehört.

„Irgendwie mache ich mir Sorgen um Christian. Ich kann es nicht erklären, Marko. Ich habe so ein beunruhigendes Gefühl. Aber lassen wir das. Weißt du übrigens, dass Christians Geschwister und Annegret und Lotte mit Tante Dorle nach Griechenland fahren, und zwar heute Nacht noch? Alle haben ihr Gepäck schon in der Pforte stehen, und um zwei Uhr nachts werden sie dort von einem kleinen Zubringerbus abgeholt."

„Onkel Heinrich erzählte davon. Tante Dorles letzte Erlebnis-Archäologie-Fahrt!" Markos Stimme klang sehnsüchtig. „Schade, dass ich nicht auch mit kann. Ich wäre so gerne dabei gewesen."

„Aber wir waren doch mindestens dreimal schon mit ", sagte Susanne.

„Eben, gerade darum würde ich am liebsten noch einmal!"

Marko geriet ins Schwärmen und riss Susanne mit. Stichwortartig erinnerten sich die beiden an ihre großartigen Erlebnisse anlässlich ihrer Fahrten durch Griechenland mit der heißgeliebten Tante Dorle.

Am Parkplatz bei der Festhalle angekommen, rannten sie zur Halle, so schnell es Susannes enger schwarzer Rock zuließ. Dann entdeckten Marko und Susanne die Meyerson-Verwandten, die offensichtlich vor dem Tor auf sie warteten.

Heinrich winkte und rief ihnen entgegen: „Nur langsam, ihr beiden! Der Bürgermeister ist noch nicht da!"

Susanne stieß einen Laut der Erleichterung aus. Während sie auf die Verwandten zueilte, überfiel sie wieder ein Glücksgefühl: Die Meyersons waren alle so liebenswert. Alexander war da, ihr ältester Sohn, und Marion, ihre Tochter. Maria Grünmeister, geb. Meyerson, Christians vierundsechzigjährige Schwester, Grund-und-Hauptschul-Rektorin, strahlte übers ganze Gesicht. Sie war seit acht Tagen pensioniert. Hermann, Christians achtundfünfzigjähriger Bruder, seines Zeichens Direktor des Vermessungsamtes, hatte seine Freundin Lotte mitgebracht. Susanne freute sich darüber. Hermanns Frau war vor vier Jahren tödlich verunglückt. Nach über drei Jahren depressiver Trauer hatte sich Hermann mit Lotte, einer Ergotherapeutin, angefreundet.

„Wäre gut, wenn aus der Freundschaft eine Beziehung würde", dachte Susanne.

Heinrich hatte seine Frau Annegret untergehakt und rief noch einmal: „Immer mit der Ruhe, ohne euch und ohne den Bürgermeister läuft gar nichts!"

Dann folgte die herzliche Meyerson'sche Begrüßung. Wie immer ging Susanne sofort daran, alle zu umarmen, zuerst ihre Schwägerin Maria.

„Maria, Mädchen, wie geht es dir als frischgebackener Ruheständlerin?"

„Wahrscheinlich genauso wie deinem Christian! Ich habe meinen Nachfolger bis gestern in die Geheimnisse des Rektorats und der Verwaltung meiner Schule eingeführt. Ich hatte noch gar keine Zeit, an den Ruhestand zu denken. Aber jetzt freue ich mich riesig auf Griechenland."

Bevor Susanne antworten konnte, rief Annegret: „Am meisten freue ich mich! Ihr kennt meinen Heinrich. Er zwingt mich alle Jahre wieder in die Sümpfe, ich muss ihm doch immer beim Botanisieren helfen! Und das soll dann ein Hobby und unser Urlaub sein! Aber dieses Jahr fahren wir ja gottlob nach Griechenland! Ich bin ganz high!"

Heinrich rief entrüstet: „Habt ihr das gehört? Meine Frau nennt die Camargue Sümpfe! Ihr glaubt ja gar nicht, was ich in meinem Eheleben als bemitleidenswerter Fünfzigjähriger alles mitmache!"

„Man sieht's, Heinrich!", sagte Hermann und strich dabei schmunzelnd seinem Bruder über das leicht sich wölbende Bäuchlein.

„Hermann", sagte Hermanns Freundin Lotte gespielt streng, „nur weil du Chef beim Vermessungsamt bist, musst du nicht gleich den Bauch deines Bruders vermessen."

Heinrich behauptete, sein Bauch sei durchaus eine Vermessung wert.

Dann wandte er sich an Susanne: „Übrigens, ich vermisse Number Two. Kann er nicht kommen?"

„Wer ist Number Two?", fragte Lotte.

Hermann klärte seine Freundin dahingehend auf, dass es sich bei Number Two um Marions Zwillingsbruder Michael handle. Marion berichtete mit leuchtenden Augen von Michaels Karriere und Erfolgen als Sologeiger in Amerika, und Susanne erzählte vom gebrochenen Finger des Ersatzgeigers.

„Weißt du, Lotte, Marion ist Number One, sie kam eine Viertelstunde vor Michael zur Welt. Sie rühmt und preist jetzt begeistert ihren Zwillingsbruder Michael, den Number Two, aber sie selber ist auch nicht ohne. Sie ist eine tolle Musiklehrerin und Chefin einer Musikschule!", warf Heinrich ein.

„Ich bin wohl die einzige Unmusikalische hier im Umkreis!", jammerte Lotte mit einem tragischen Augenaufschlag.

„Oh nein, da gibt es noch mehrere! Zum Beispiel mich!", lachte Susanne und umarmte Lotte. „Wir Unmusiker müssen zusammenhalten, Lotte! Spaß beiseite, ich muss jetzt in die Halle zu Christian. Für euch sind Plätze reserviert. Marko geht mit euch. Er weiß Bescheid!"

Susanne umarmte rasch den Rest der Familie, rief: „Bis gleich!" und rannte der Eingangstür zu.

„Einen Augenblick, Susanne!", rief Heinrich. „Ist deine Kusine Irina auch gekommen?"

„Leider nein, sie ist zur Zeit geschäftlich in Paris!"

Susanne lachte glucksend und verschwand hinter der Eingangstür.

„Schade!"

Heinrich seufzte theatralisch, was ihm einen lustigen Puff in die Rippen von Seiten seiner Frau einbrachte.

„Heinrich schwärmt nämlich für Irina!", erklärte Annegret, zu Lotte gewandt

„Und Annegret ist eifersüchtig!", freute sich Heinrich.

Maria beobachtete interessiert Alexanders Gesicht. Er unterdrückte ein Gähnen.

Maria schmunzelte, als er sagte: „Ich glaube, wir gehen jetzt auch rein!"

„Er findet das Geplänkel der älteren Generation langweilig", dachte sie.

Dann schalt sie sich in Gedanken eine unverbesserliche Lehrerin, immer auf dem Sprung zu ahnen, was die lieben Mitmenschen dachten und fühlten.

„Übrigens, Lotte, Marions Musikschule wird über den Schellenkönig gelobt", sagte Heinrich beim Hineingehen stolz.

„Kein Wunder – bei der tollen Chefin!" Hermann zwinkerte seiner Nichte anerkennend zu. „Außerdem bist du eine Schönheit."

„Nun mach's mal halblang, Onkel Hermann! Du musst nicht gleich so maßlos übertreiben!"

„Wo er recht hat, hat er recht, Marion", sagte Maria. „Du siehst wunderbar aus!"

Sie betrachtete ihre Nichte wohlwollend. Marion trug ein langes azurblaues Kleid, das ihre makellose Figur fabelhaft zur Geltung brachte. Sie war wirklich eine Schönheit mit ihren langen schwarzen Haaren und ihren auffallend lebhaften blauen Augen.

Marko führte die Meyerson'sche Verwandtschaft an ihre Plätze in der vordersten Reihe. Christian und Susanne standen vorne am Rednerpult, umringt von einer Menschentraube. Die Mitarbeiter der Firma hatten bereits Platz genommen. Man wartete weiterhin auf den Bürgermeister.

Um den Verwandten die Zeit zu vertreiben, erzählte Alexander von seiner Arbeit als Architekt und vor allem von seinen drei sehr munteren Kindern.

„Alex, wir vermissen deine Frau Iris!", bemängelte Annegret.

„Oh, Iris lässt euch alle grüßen. Es tut ihr so leid, dass sie nicht kommen kann. Aber alle drei haben zur Zeit den Keuchhusten", sagte Alex. „Iris ist Tag und Nacht auf den Beinen!"

Daraufhin fragte Lotte mit einem schelmischen Lächeln, ob Marko als Chefchirurg der Paracelsus-Klinik nicht gute Tipps gegen Keuchhusten geben könne. Marko konnte keine Antwort mehr geben, weil der Bürgermeister nun endlich erschienen war. Direktor Sommerlicht, Besitzer der Firma, bat um Ruhe.

Der Firmenchor hatte sich gruppiert und sang ein paar Spirituals. Konzertreif wie immer. Großer Beifall brauste auf. Dann ergriff Direktor Sommerlicht das Wort.

Lieber Christian, liebe Gäste!

Heute eine Rede zu halten fällt mir schwer. Vor 55 Jahren haben Herr Christian Meyerson und ich uns im Gymnasium kennen gelernt. Wir waren sofort Freunde. Später studierten wir beide an derselben Universität Jura. Einen Tag vor meiner letzten Klausur zum Zweiten Staatsexamen erhielt ich die Nachricht, dass mein Vater ins Krankenhaus gebracht worden sei. Diagnose: Herzinfarkt. Ich war verzweifelt. Meine Mutter bat mich am Telefon, die Klausur noch durchzustehen und erst danach nach Hause zu kommen. Ohne Christians Mitgefühl und seelische Unterstützung hätte ich dieses letzte Examen nicht durchgehalten und wahrscheinlich auch nicht bestanden. Acht Tage später starb mein Vater. Nach Vaters Beerdigung wurde uns der Grund für seinen Herzinfarkt klar. Der Prokurist unserer Firma kam aus seinem Urlaub nicht mehr zurück, auch nicht seine blutjunge Sekretärin, die zwei Tage vor ihm Urlaub genommen hatte. Die Firmengelder waren verschwunden.

Die Firma stand vor dem Ruin. Wir hatten damals fünfzehn Mitarbeiter. Ich wollte den Konkurs anmelden. Christian, erinnerst du dich noch, was du damals gesagt hast? Du sagtest: ‚Der Name Sommerlicht klingt so positiv, nomen est omen, versuch's doch noch einmal!' Und ich sagte: ‚Nur, wenn du mir hilfst.' – Christian half. Er half lange Zeit, ohne dafür bezahlt zu werden. Er bat die Mitarbeiter, vorläufig auf zwei Monatsgehälter zu verzichten. Sie waren alle einverstanden. Ich ernannte Christian zum Zweiten Direktor, und in dieser Eigenschaft schaufelte er bei den Banken jede Menge Kredite ein. Mann, wie hast du das bloß fertig gekriegt? Und alle Mitarbeiter schufteten mit Hunderten von Überstunden. Ich sehe, unsere langjährigen Mitarbeiter Bert Krämer und Fritz Blümer lachen. Ihr erinnert euch also noch gut daran. Ihr zwei habt damals sogar auf euren Urlaub verzichtet. Christian übernahm die Prokura, bestätigte einmal wieder die Theorie, dass ein außergewöhnlich musikalisch und musikantisch begabter Mensch auch ein außergewöhnlich mathematisch begabter Mensch sein kann und dass ein Jurist vielseitig einsetzbar ist. Und wir haben es geschafft. Heute hat unsere Firma eine Belegschaft von über fünfhundert Mann. Wir stehen einigermaßen krisensicher da. Aber Sie verstehen sicher alle, wie schwer mir ist, wenn ich daran denke, dass unser Boss Zwei jetzt in den Ruhestand geht. Christian, ich kann nur noch sagen: Herzlichen Dank für alles in aller Namen! Viel Glück im Ruhestand!

Direktor Sommerlicht konnte nicht weitersprechen. Ein tosender, Minuten anhaltender Beifall setzte ein – mit rhythmischem Sprechchor: „Boss Zwei, Boss Zwei!"

Direktor Rainer Sommerlicht überreichte seinem Boss Zwei eine Amethyst-Druse von etwa einem halben Meter

Höhe, geheimnisvoll violett strahlend und leuchtend. Christian Meyerson strahlte auch und zeigte seine Freude mit einem herzlichen Händedruck.

Susanne war begeistert, weil Christian eine besondere Affinität zu Amethysten hatte.

Nachdem der Beifall abgeflaut war, bedankte sich „Boss Eins" herzlich bei Susanne Meyerson mit einem riesigen Blumengebinde, weil sie ihren Ehemann so oft und manchmal sogar bis abends nach 22 Uhr an die Firma ausgeliehen habe – und dann bedankte er sich mit Handschlag bei Marko, Alexander und Marion für das Verständnis, das sie immer für seine Firma entgegengebracht hatten.

Danach sprach der Personalratsvorsitzende. Er sagte Dank für Christian Meyersons Tüchtigkeit und vor allem für seine immerwährende Freundlichkeit und Höflichkeit.

„Vor allem wollen wir dankbar sein, dass es in unserer Firma von Seiten der beiden Chefs nie ein Mobbing gab. Sie waren wie Väter für uns. In vierzig Jahren gab es unter Boss Eins und Boss Zwei nicht einen einzigen Streik in der Firma, und das ist unter anderem auch ein Zeichen für den guten Geist und die gute Atmosphäre hier!", sagte er zum Abschluss. Dann überreichte er Christian im Namen der Belegschaft einen Reisegutschein für zwei Personen mit den besten Wünschen für die Zeit „ohne uns".

Christians Abschiedsrede war kurz und auf den Punkt, typisch für ihn. Er sprach bei allen seinen Dank aus, lobte seine Familie, die ihn in all den Jahren unterstützt hatte, und wünschte der Firma und allen Anwesenden viel Glück und alles Gute für die Zukunft.

Der Firmenchor sang mehrstimmig „Nehmt Abschied, Brüder ...", und manche heimliche Träne floss.

Susanne kam ein wenig ins Grübeln. Was hatte Rainer Sommerlicht mit Christians „außerordentlicher musikalischer und musikantischer Begabung" gemeint? Von der Musikalität Christians war bisher nie die Rede gewesen, nur von der Musikalität der Zwillinge. Sie hatte sich immer über die überdurchschnittliche musikalische Begabung von Marion und Michael gewundert. Susanne lächelte ein wenig vor sich hin. Logisch eigentlich, von Christian hatten sie diese Gene natürlich. Von ihr konnten sie's ja sowieso nicht haben.

Für die Mitglieder der Firma fand das Festessen in der Kantine statt, für die Gäste im Foyer vor den Chefbüros. Die Hausmeister hatten am frühen Vormittag Tische hergeschleppt, die Sekretärinnen hatten sich an geschmackvollem Tischschmuck übertroffen. Für die ganze Firma gab es das gleiche Menü.

„Wenn die Firma dieselbe Qualität aufweist wie dieses Festessen, dann bleibt sie krisensicher", schmunzelte Heinrich Meyerson.

„So ist das, alle Jahre wieder, hier bei der Weihnachtsfeier, Onkel Heinrich", sagte Marion.

„Kürzlich behauptete jemand, wer in der Firma Sommerlicht einen Job habe, bei dem gehe die Sonne nicht unter", erzählte Lotte dem ersten Direktor.

„Nomen est omen", sagte Rainer Sommerlicht, „das war Christians Wahlspruch. Hoffentlich bleibt es so!"

Rainer schaute wehmütig zu Christian hinüber: „Christian, du glaubst gar nicht, wie du mir fehlen wirst!"

„Bitte, übertreibe nicht!" Christian blieb wie immer sachlich. „Kein Mensch ist unersetzbar. Ich bin sicher, dass wir gute Nachfolger gefunden haben."

Daraufhin folgte eine lebhafte Diskussion über die Redensart „Kein Mensch ist unersetzbar". Sonja, Rainer Sommerlichts Frau, seufzte. Sie saß neben Susanne – die beiden waren seit Jahren befreundet. „Es geht meinem Rainer arg nahe, dass der Christian geht. Rainer selber denkt noch lange nicht ans Aufhören. Ich hätte nichts dagegen, wenn er sich auch zur Ruhe setzen würde. Aber im Moment wäre es nicht ratsam. Unsere Söhne leiten die Filialen im Ausland."

„Ich freue mich sehr auf Christians Ruhestand", sagte Susanne.

„Wir hatten so wenig Zeit füreinander, wir müssen uns neu entdecken", dachte sie – und wieder machte ihr Herz den kleinen Glückshopser, „mein Gott, wie ich meinen Christian immer noch liebe."

„... und im Ausland ist das natürlich ein Problem, das kannst du dir denken!", beendete Sonja ihren Satz. „Du bist zu beneiden, Susanne. Du lebst mit deiner Familie in einer superheilen Welt. Euer Alexander ist ein Superarchitekt, eure Marion hat eine Superstelle in der Musikschule, euer Michael ist ein Supergeiger und euer Ziehsohn Marko ist jetzt schon in seinem jugendlichen Alter ein Superchefchirurg. Wahrscheinlich kannst du meine Probleme überhaupt nicht verstehen." Sonja seufzte wieder.

Susanne fühlte sich ein wenig schuldig. Sie hatte nicht mitbekommen, welche Probleme Sonjas Söhne im Ausland belästigten, und was sie laut Sonja nicht verstehen konnte, wurde aber zu ihrer großen Erleichterung eines Kommentars enthoben, weil der Aufsichtsratsvorsitzende einen Trinkspruch auf Christian ausbrachte.

Danach gaben die Sekretärinnen ein Gedicht zum Besten, das sie für Christian verfasst hatten. Herr Eduard Braun und die zwei Hausmeister spielten einen ulkigen

Sketch, alle drei als Sekretärinnen verkleidet, was große Heiterkeit auslöste. Schließlich erhob sich der Bürgermeister und entschuldigte sich, weil sein Beitrag nicht lustig, sondern besinnlich sei, nämlich das Gedicht „Stufen" von Hermann Hesse. Er trug es auswendig vor, und alle waren deswegen tief beeindruckt. Dann bat Rainer Sommerlicht zum Tanz in den Festsaal.

Als Christian Susanne zum Tanz führte, fragte er mit einem Lächeln in den Augen: „Wann haben wir zuletzt miteinander getanzt, Lebenselixier?"
„Bei Marions und Michaels Tanzkränzchen, halt, nein, bei der Hochzeit von Alexander!"
„Bist du sicher? Manchmal gab es doch auch Tanz beim Betriebsausflug!"
„Schon möglich, aber da war ich ja nicht oft dabei! Stichwort: Vier Kinder, drei Enkel und manchmal auch Pflege unserer älteren Generation."
„Wir müssen vieles nachholen, meinst du nicht?"
„Und ob!", sagte Susanne. „Ich freue mich mächtig darauf! Und du?"
„Sehr!"
Während des Tanzens sagte Christian: „Du tanzt wie eine Elfe! Kein Wunder nach deinem Jogging heute Morgen!"
Susanne lachte: „Tanzen kann ich, obwohl ich nicht musikalisch bin."
„Es gibt keine unmusikalischen Menschen! Wer wie du tanzen kann, ist nicht unmusikalisch, Rhythmus gehört ja auch zum Großbegriff Musik. Beethoven soll ein Albtraum auf dem Tanzboden gewesen sein", wusste Christian.
„Armer Beethoven! Tanze du mal im Rhythmus, wenn du die Musik nicht hören kannst!", meinte Susanne. „Aber

neueste Gehirnforschungen haben herausgefunden, dass manche Menschen doch unmusikalisch ..."

„Ich schlage vor, wir überlassen die Gehirnforscher ihrem Schicksal!", lachte Christian und wirbelte Susanne herum.

„Christian", sagte Susanne, nach Atem ringend, „du tanzt mit mir und strahlst mich gerade so an, als ob du dich eben erst in mich verliebt hättest!"

Christian wurde ernst. „Jetzt beginnen unsere Flitterwochen, Susani. Ich habe nie aufgehört, in dich verliebt zu sein, Susanne. Ich freue mich so sehr auf den Augenblick, wenn wir zu Hause sind. Auf dich und auf Marko wartet eine Riesenüberraschung. Ich ..."

Christians Chefsekretärin Frau Behrend klatschte hinter Christian in die Hände, gefolgt von einer Damenschar, und rief: „Boss Nummer Zwei, dürfen wir abklatschen? Wir würden gern mit Ihrem Mann tanzen, Frau Meyerson! Bitte! Sie haben ihn ja noch ein Leben lang!"

„Genehmigt, Frau Behrend!"

Susanne wurde feierlich an den Tisch zurückgeleitet, und nun wurde Christian beim Tanzen von Dame zu Dame weitergereicht.

Am Tisch hatte Susanne Gelegenheit, die Tanzenden zu beobachten.

„Was für ein gutaussehender Mann mein Christian doch ist", dachte sie, „und das nicht nur wegen des Armani-Anzugs."

Niemand hätte Christian Meyerson auf fünfundsechzig Jahre geschätzt. Groß, schlank, schmales Gesicht, leuchtend blaue Augen, schwarz-grau meliertes Haar.

„Marion hat einmal gesagt: ‚Papa hat Güte in den Augen!' – Das stimmt", dachte Susanne, und wieder spürte sie den kleinen Glückshopser. Dann lachte sie über sich selber und beobachtete Marko und Marion, die miteinander tanzten. Die beiden sahen aus wie ein Paar aus dem Modejournal. Marko war etwas größer als Marion, ebenfalls dunkelhaarig, aber im Gegensatz zu Marion sonnengebräunt, mit großen braunen Augen. Susanne fühlte plötzlich Kummer in sich hochsteigen. Ob die beiden verliebt ineinander waren? Marko Zebritz war 39 Jahre alt, Marion 33. Marko hatte keine Freundin, Marion keinen Freund.

„Sie könnten heiraten, sie sind ja nicht verwandt. Soll ich mich einmischen?", fuhr es ihr durch den Kopf. Als Mutter würde man so gerne den Kindern die Steine aus dem Weg räumen. Aber gegen große Steinbrocken, ja, dagegen waren auch Mütter machtlos. Was war mit Marion und Marko? Lagen große Steinbrocken auf ihrem Weg? Susanne schüttelte sich.

„Reiß dich zusammen, alte Glucke. Die beiden sind doch nun wohl alt genug, ihr Leben selber in die Hand zu nehmen", sagte sie zu sich selber.

Susanne wurde in ihren Gedanken unterbrochen, weil der Bürgermeister sie zum Tanz aufforderte. Danach kam sie nicht mehr zum Sitzen. Sie wurde „weitergereicht", genau wie Christian. Ab und zu warf sie einen Blick auf Marion und Marko. Sie tanzten ununterbrochen zusammen.

Um Mitternacht kam Marion auf die Eltern zu, um sich zu verabschieden. Marko begleitete Marion zum Parkplatz.

Das Fest endete offiziell gegen ein Uhr mit einem Satz aus Mozarts „Kleiner Nachtmusik", gespielt vom Betriebsorchester. Danach leerte sich der Saal nur langsam. Es herrschte gemütliche Plauderstimmung. Alle ohne Ausnahme verabschiedeten sich von Christian mit einem Händedruck. Susanne staunte. Christian kannte jeden mit Namen.

Kurz vor zwei Uhr kam der Zubringerbus für die „Fünf Meyerson-Spezial-Archäologen", wie sie sich scherzhaft nannten. Christian, Susanne, Alexander und Marko begleiteten sie zum Bus. Der ernste, junge Mann, der Pfortendienst hatte, betrachtete erstaunt die sehr vergnügte Reisegesellschaft, die mit viel Hallo und Trara das Gepäck in den Bus verfrachtete und dann unter Lachen und lustigen Sprüchen einstieg. Heinrich wollte seinem Bruder Christian unbedingt noch ein Abschiedslied singen, aber Annegret zog ihren Mann kurzerhand und liebevoll in den Bus hinein mit den Worten: „Schatz, die Zeit drängt!" – Auf der Trittstufe drehte sich Heinrich noch einmal um und rief: „Seid ja nett zu unserem Tirili!"

Der Bus setzte sich in Bewegung. Die Zurückbleibenden winkten. Nach etwa zehn Metern hielt der Bus wieder, Maria erschien unter der geöffneten Bustür, winkte Susanne heran und drückte ihr einen Zettel in die Hand.

„Du weißt ja, wie das ist bei Tante Dorles Fahrten. Wir dürfen kein Handy mitnehmen. Man kann uns fünf Tage lang nicht mehr erreichen. Aber danach sind wir in diesem Athener Hotel. Telefonnummer steht drauf. Falls was wäre!"

Heinrich quäkte im Hintergrund: „Was soll schon sein? Dem Tirili passiert schon nix!", und dann fuhr der Bus endgültig los. Christian sagte – mit demselben sehnsüchtigen Tonfall wie ein paar Stunden zuvor Marko – : „Schade, dass wir nicht auch mitfahren können!"

„Wenn man bedenkt, dass Tante Dorle so um die neunzig herum ist und noch fähig, so eine Fahrt zu organisieren und zu leiten, dann kann man nur sagen: Hut ab!", meinte Marko.

Im Festsaal warteten immer noch einige, um Christian die Hand zu schütteln. Der Saal leerte sich allmählich. Gegen drei Uhr war Schluss.

Während der Heimfahrt saßen Christian und Susanne auf dem Rücksitz. Marko fuhr. Susanne kuschelte sich an Christian und hielt seine Hand. Sie war so stolz auf ihr „HALLO-HAPPINESS-Plakat" und fühlte sich freudig angespannt.

„Und nun kommt die große Überraschung für Marko!", sagte Christian. Seine Stimme klang richtig glücklich. „Und das am heutigen Tag! Mann, Marko, ich freue mich ja so!"

„Wovon redest du, Christian?", fragte Susanne.

„Geheimnis, Susani! Das Geheimnis wird erst gelüftet, wenn ich den Champagner aus dem Keller und einen Brief aus dem Schreibtisch geholt habe!", lachte Christian und war trotz Susannes Drängen zu keiner weiteren Auskunft bereit.

Beim Betreten des Hauses ließ Marko den beiden betont höflich den Vortritt. Dabei zwinkerte er Susanne übermütig zu und machte geheime, lustige Zeichen. Christian betrat die Diele, erblickte das Plakat und blieb erstarrt stehen. Er schaute Susanne an, in seinen Augen lag unendliche Traurigkeit und – Wut.

„Wie kannst du mir das antun, Susanne?", sagte er.

Dann stürzte er nach rückwärts wie ein Baum. Marko versuchte geistesgegenwärtig, ihn aufzufangen, und konnte so die Wucht des Aufschlags etwas abmildern. Sonst wäre Christians Kopf noch härter auf die Marmorfliesen aufgeschlagen. Susanne stand wie erstarrt. Marko hielt Christian fest in seinen Armen und sagte zu Susanne: „Ruf den Rettungswagen und bring eine Wolldecke."

Marko Zebritz klopfte leise an die Zimmertür Nr. 19, Station 3 der Städtischen Klinik, und betrat dann das Krankenzimmer, ohne eine Antwort abzuwarten.

Beim Eintreten ärgerte er sich über sich selber. „Chefarztallüre", dachte er. „Ich hätte auf ein ‚Herein' warten sollen."

Das Krankenzimmer war in jenes warme Gold getaucht, wie es nur die Abendsonne des Monats August hervorzubringen vermag. Markos Herz krampfte sich zusammen. Es war, als wäre im Gegensatz zur goldenen Helligkeit des Raumes das Licht bei seinen Pflegeeltern erloschen. Susanne saß totenbleich an Christians Bett und hielt Christians blasse, blaugeäderte Hand. Christian lag starr im Bett, mit geschlossenen Augen.

„Und?", fragte Susanne tonlos.

„Ich komme vom Chefarzt. Die Untersuchungen sind abgeschlossen. Kein Gehirnschlag. Kein Herzinfarkt. Vielleicht ein ganz kleiner Herzinfarkt, der vom EKG nicht erfasst werden konnte. Wahrscheinlich auch keine Gehirnerschütterung, höchstens eine ganz leichte. Dad hat möglicherweise einen psychogenen Schock. Das kommt relativ selten vor. Was es auch sein mag, das Problem ist immer dasselbe: Warum wacht er aus seiner Ohnmacht nicht auf?"

„Was meinte Christian mit dem Satz ‚Wie kannst du mir das antun?' Was meinte er damit?", flüsterte Susanne, und Tränen strömten über ihr Gesicht.

„Ich weiß es nicht, Musani, ich weiß es wirklich nicht." Marko legte beruhigend seine Hände auf Susannes Schultern. „Als Chirurg bin ich bei diesem Krankheitsbild überfordert. Im Einvernehmen mit dem Chefarzt kommt heute Nachmittag mein Freund Martin Nieheim."

„Meinst du den netten Psychotherapeuten Dr. Martin Nieheim, der schon oft bei uns zu Gast war?"

„Genau den. Er verschiebt uns zuliebe seine Termine. Er wird mit dir ein Gespräch hier im Zimmer führen, an Christians Bett. Vielleicht wird das Thema, das den Schock auslöste, angesprochen. Wir wissen nicht, wie weit Dads Bewusstsein überhaupt ansprechbar ist, wie weit Worte durchdringen können. Wie gesagt, das Krankheitsbild ist ungewöhnlich. Aber wir müssen alles versuchen. Oh Musani, wenn ich doch nur helfen könnte." Marko wischte eine Träne weg. „Jetzt hätte für euch so eine schöne Zeit begonnen – und nun das!"

„Was meinte er mit dem Satz? Was meinte er bloß? Ich glaube, ich drehe noch durch. Hängt der Schock mit dem Plakat zusammen?"

„Möglich. Aber wie könnte so ein nettes, harmloses Plakat so eine Wirkung auslösen? Es ist fast nicht vorstellbar. Ich habe mit Martin schon darüber gesprochen. Er allerdings hält es für möglich, dass sich mit dem Plakat irgendeine Assoziation verbindet, die diese Störung ausgelöst haben könnte. Er möchte deshalb zuerst in unser Haus gehen, um sich das Plakat anzuschauen. Um halb zwei. Aber ich kann nicht um halb zwei dort sein. Möchtest du dort sein, oder soll Martin sich den Schlüssel bei Leonie holen?"

Susanne warf einen Blick auf die Armbanduhr. „Es ist elf Uhr. Leonie ist jetzt sicher bei sich zu Hause. Bist du so lieb und gibst ihr telefonisch Bescheid? Sie soll bitte ab halb zwei auf Martin in unserem Haus warten, das ist einfacher."

„Was täten wir ohne unsere Perle Leonie! Das ist natürlich die beste Lösung. Was mir gerade in den Sinn kommt: Vielleicht schlägt Martin vor, Dad in eine Psychiatrische Klinik zu verlegen. Dad ist ja privat versichert. Die Verwaltung hat mit Dads Versicherung Verbindung aufgenommen. Da gibt es ein kleines Problem. Bei der Versicherung spinnt der Computer, Virenproblem oder was weiß ich. Die Versicherung braucht Dads Versicherungspolice, weil er doch jetzt im Ruhestand ist. Bleibst du weiterhin hier oder gehst du demnächst mal heim?"

Susanne seufzte. „Ich würde so gerne dableiben!"

„Gut", sagte Marko. „Dann übernehme ich das. Wo finde ich die Versicherungspolice?"

Susanne seufzte wieder. „Oh je, wo findest du die? Ich habe keine Ahnung. Alles Schriftliche ist Christians Domäne. Du weißt ja, er hat zwei Schreibtische. Wärst du so lieb und würdest dort mal nachschauen? Wenn du sie nicht findest, ist es nicht schlimm. Heute Abend kommen Alexander und Marion. Dann sollen die zwei suchen. Marko, ich bin so verzweifelt."

Marko nahm Susannes Hand, drückte sie herzlich und sagte in zuversichtlichem Ton:

„Wir müssen zusammenstehen, Musani. Ich komme auf jeden Fall noch einmal her und gebe Bescheid, ob ich fündig geworden bin oder nicht! Ist es dir recht, wenn ich bei der Verwaltung ein Telefon für dieses Zimmer beantrage? Du bist doch fast immer da. Im Krankenhaus darf man ja nicht mit dem Handy telefonieren."

Susanne war einverstanden. Marko sagte noch ein paar aufmunternde Worte und verabschiedete sich.

Als er die Tür hinter sich geschlossen hatte, starrte sie einige Minuten verzweifelt zum Fenster hinaus.

Dann fuhr sie behutsam über Christians Hand und sagte: „Christian, du hast keinen Herzinfarkt und du hast auch keinen Gehirnschlag erlitten. Ich weiß nicht, ob du mich hören kannst. Du hast vielleicht einen Psychoschock, wahrscheinlich hervorgerufen durch ein Missverständnis. Wenn nun Martin kommt, werden wir versuchen, dich aus deinem Seelengefängnis zu befreien. Wir dürfen den Mut nicht verlieren. Ich liebe dich ja so."

Danach verfiel sie in Schweigen. – Nach einiger Zeit wurde ihr bewusst, dass sie sich mitten in einem intensiven innerlichen Gespräch mit Gott befand. Die alte Susanne brach durch, sie sagte halblaut und mit einem kleinen Lachen: „Bitte, lache nicht über mich, lieber Gott. Es ist ja wahr, dass ich in letzter Zeit nicht so häufig an dich gedacht habe. Aber ich brauche dich jetzt so sehr!"

Sie schreckte ein wenig zusammen, als die Krankenschwester mit dem Telefon ankam.

Susanne probierte sofort dessen Funktionstüchtigkeit aus und rief ihre Haushaltshilfe Leonie an. Leonie wusste bereits durch Marko Bescheid und versprach, um halb zwei für Dr. Nieheim im Meyerson'schen Haus zu sein. Dann telefonierte Susanne direkt nach Hause, um Näheres über den Erfolg von Markos Suche nach der Versicherungspolice zu erfahren. Marko meldete sich prompt sofort mit „Zebritz bei Meyerson".

„Alles klar, Marko?", fragte Susanne.

„Gut, dass du anrufst, Musani. Ich finde die Police in den Schreibtischen nicht. Alex und Marion sollen bitte heute Abend weitersuchen. Leider bekam ich gerade einen Anruf aus der Klinik, ein Notfall! Ich komme also erst später zu euch, oh je, ich weiß nicht, wann, aber so bald wie möglich. Jetzt muss ich unbedingt sofort in die Klinik! Ciao!"

„Ciao!", sagte Susanne. Dann redete sie wieder ernstlich und ernsthaft mit dem lieben Gott.

Kurz nach zwei klopfte es, und Dr. Martin Nieheim erschien in der Tür.

„Darf ich reinkommen?", flüsterte er.

„Hallo, Martin", sagte Susanne.

„Hallo, Susanne, hallo, Christian! Ihr seid gottlob allein im Zimmer. Da können wir ungestört reden." Martin Nieheim schüttelte herzlich Susannes Hand und auch die schlaffe Hand von Christian.

„Es ist ein Zweibettzimmer", sagte Susanne, „aber zur Zeit ist das Krankenhaus nicht voll belegt. Darum liegt Christian allein. Ich darf im zweiten Bett schlafen – so lange, bis es benötigt wird. Ich möchte Christian doch nicht allein lassen. Martin, ich bin so dankbar, dass du gekommen bist!"

Martin zog einen Stuhl ans Krankenbett und holte seinen Laptop heraus.

„Susanne, jedes Mal, wenn ich bei euch eingeladen war, war das ein großes Erlebnis für mich. Ihr wart für mich das Urbild einer heilen Familie. Christian und du, ihr habt mir das Du angeboten. Ihr könnt euch gar nicht vorstellen, was das für mich bedeutet hat. Ich verspreche, alles Menschenmögliche zu tun, um euch zu helfen. Marko hat mir genau erzählt, was geschehen ist. Ich fürchte, das Plakat – es ist übrigens sehr schön – hat irgendeine Assoziation ausgelöst und den Schock verursacht. Wir müssen herausfinden, inwiefern. Susanne, ihr seid seit vierzig Jahren miteinander verheiratet. Bitte, erzähle mir die Geschichte von Christian und Susanne."

Martin lächelte Susanne freundlich zu. Sie fuhr sich mit der rechten Hand übers Gesicht und sagte fast hilflos: „Ich weiß nicht so recht ...!"

„Susanne, erzähle, erzähle kreuz und quer, erzähle aus eurem Leben, erzähle, was dir gerade einfällt. Irgendwann fällt dann möglicherweise ein Stichwort, das uns vielleicht weiterhilft. Ich will keinen wohlgegliederten Deutschaufsatz über euer Leben. Erzähle einfach drauflos."

„Ehrlich gesagt, Martin, ich habe Probleme. Ich war noch nie bei einem Psychologen und weiß jetzt überhaupt nicht, wie man da tut."

„Vergiss, dass ich mit Psychologie etwas zu tun habe. Ich werde dich auch nicht mit dem Fachwortschatz der Psychologen verwirren. Denk einfach, ich bin der Martin, den du kennst, und diesem Martin berichtest du aus deinem Leben."

„Okay." – Susanne beugte sich über Christian: „Christian, ich erzähle jetzt unsere Geschichte! Christian, hörst du? Unsere Geschichte!"

Sie nahm Christians Hand in die ihre und begann.

SUSANNE

„Mein Vater, Dr. Mehrenstein, war Landarzt. Meine Mutter war Archäologin. Mutter hat ihren Beruf nie ausgeübt. Nach ihrem Examen wurde geheiratet. Mein Vater war damals bereits vierzig Jahre alt. Ein Jahr nach der Hochzeit kam ich. Ich war ein äußerst lebhaftes Kind, um nicht zu sagen: ein Wildfang. Mir zum Beispiel das Spielen eines Musikinstruments beizubringen, war ein vergebliches Unterfangen. Sport, nichts als Sport zählte, vor allem Schwimmen! Als mein Vater dreiundfünfzig Jahre alt war, bekam er einen Herzinfarkt. ‚Beruflicher Stress' diagnostizierte sein Kollege. Genau ab diesem Zeitpunkt wurde ich zur wohlgesittetsten, artigsten Höheren Tochter, die man sich vorstellen kann, nur um Vater ja nie aufzuregen. Ich war wie ein Planet, der folgsam und lieb um die Eltern kreiste. Die Pubertät ging scheinbar spurlos an mir vorüber. Aber ich wurde dafür Landesjugendmeisterin im Schwimmen und war mächtig stolz darauf."

Susanne hatte bei ihrem Bericht nur Christian angeschaut, nun hob sie den Blick, sah Martin direkt in die Augen und fragte: „Wie alt bist du, Martin?"

Martin blickte erstaunt auf. „Fünfundvierzig! Warum?"

„Dann bist du ja sechs Jahre älter als Marko. Das sieht man dir nicht an," sagte Susanne. „Also eine Generation jünger als ich. Ja, ich weiß, man rechnet fünfundzwanzig Jahre für eine Generation. Bei uns beiden ist der Altersunterschied fünfzehn Jahre. Ich rede jetzt nicht von einem biologischen Generationswechsel, sondern ich sehe es vom gesellschaftspolitischen und psychologischen Standpunkt aus. Ich bin in die Nachkriegszeit hinein geboren worden. Ich kann also keine Erinnerungen an den Krieg haben. Und trotzdem habe ich das Gefühl, als hätte ich sie. So viel und so oft wurde in meiner Kindheit vom Krieg gesprochen. Und die Nachkriegszeit war kein Zuckerschlecken. Es war eine schwere Zeit. Martin, du bist in die positive Aufbruchszeit hineingeboren worden. Ins Wirtschaftswunder! Mit dem Wirtschaftswunder und mit der Erfindung der Pille hat sich vieles geändert, auch das Verhältnis der Eltern zu den Kindern. Ich gehöre noch zu der Generation – ich habe ja diesen Vergleich vorher schon erwähnt –, in der die Kinder um die Eltern kreisen wie Planeten um die Sonne. Wir waren stets bestrebt, den Eltern alles recht zu machen. Martin, bereits während deiner Kindheit fingen die Eltern damit an, um ihre Kinder zu kreisen. Heute sind die Eltern bemüht, mehr denn je den Kindern alles recht zu machen. Was mich betrifft: Ich wollte meinen Eltern alles recht machen, vielleicht mehr als andere Kinder, und so ging ich in der Rolle der guten und folgsamen Tochter völlig auf. Wenn du dir dieser Tatsache bewusst bleibst, kannst du vielleicht einiges von meiner Lebensgeschichte verstehen. Wahrscheinlich sage ich dir dies jetzt alles nur, um mir ein wenig Mut zu machen für das, was ich nun erzählen soll."

Martin lächelte: „Du hast also vom Leben zweimal die dienende Rolle zugewiesen bekommen, Susanne. Einmal als Tochter, dann als Mutter."

„Das klingt mir zu sehr nach Opferlamm. So habe ich mich nicht gefühlt. Mir gefällt das Bild vom Planeten. Ein Planet dient nicht, er kreist! Er kann nicht anders. – Aber nun zur Geschichte von Christian und Susanne!

Ich war fünfzehn, als Vater eine Kur in einer Kurklinik verschrieben bekam. Meine Mutter entschloss sich, ihn zu begleiten. Sie buchte ein Doppelzimmer in einer kleinen Pension. Ich sollte mitkommen. Ich kam überhaupt nicht auf die Idee zu widersprechen. Der Widerspruch kam von meinem Onkel Sebastian, dem Bruder meiner Mutter. Er lud mich ein, die großen Ferien in seiner Familie zu verbringen. Seine Tochter, meine Kusine Irina, ist so alt wie ich. Meine ersten Ferien ohne die Eltern! Es war für mich, als sei ich in ein anderes Zeitalter entrückt worden. Onkel Bastian war wesentlich jünger als mein Vater und gewährte seinen Kindern viel Freiheit. – Die Ferien waren eine wundervolle Zeit. Die neue Freiheit war wie ein Rausch für mich. Ich hatte ja nie gelernt, mit Freiheit umzugehen. Plötzlich war ich voll in der Pubertät.

Es war ein herrlicher Sommerabend. Irina und ich kamen vom Abendkino. Der Vollmond beglänzte die Stadt auf höchst romantische Weise. Ich war verzaubert. Ich fühlte mich frei, stolz, unbesiegbar. Das Leben gehörte mir – ein Gefühl, das man nur in diesem Alter so intensiv verspüren kann. Wir nahmen unseren Heimweg am Fluss entlang. Plötzlich blieb ich stehen.

‚Ich muss ins Wasser, Irina', sagte ich, ‚ich muss!' – Und damit hatte ich auch schon mein Kleid ausgezogen und war aus den Schuhen geschlüpft, stand da im Badeanzug – wir waren nachmittags im Schwimmbad gewesen – und wollte zum Wasser rennen. Irina krallte sich an meinem Arm fest.

‚Du spinnst!', schrie sie. ‚Du spinnst! Du hast einen kompletten Vogel! Hier steht das Schild:
BADEN VERBOTEN!
ÄUSSERSTE LEBENSGEFAHR!
STARKE STRÖMUNG!

LEBENSGEFÄHRLICHE STRUDEL! WEHR IN NUR 500 METER ENTFERNUNG!
Da steht es groß und breit! Bleib da!'

Aber ich lachte bloß. ‚Das Wasser und ich sind eine Einheit, ich bin Landesjugendmeisterin im Schwimmen!'

Dann riss ich mich los und sprang ins Wasser. Die Wellen ergriffen mich sofort mit eisernem Griff. So etwas hatte ich noch nie erlebt. Ich wusste sofort: Todesurteil, Strafe für Hochmut und Freiheitsmissbrauch!

Irina brüllte: ‚Komm sofort raus!'

Ich krächzte: ‚Ich kann nicht!', und Irina schrie gellend in höchstem Diskant: ‚Hilfe! Hilfe! Hilfe! Meine Kusine ertrinkt!'

Sie hörte nicht auf zu schreien. Die nächsten Sekunden waren die Hölle. Ich kämpfte wie verrückt, um ans Ufer zu kommen. Gleichzeitig war ich mir glasklar meiner Situation bewusst. Meine armen Eltern! Ich kämpfte und kämpfte. Es trieb mich unter die Brücke. Dort war es dunkel. Dunkel wie der Tod! Als ich unter der Brücke durch war – nun waren die Wellen wieder mondbeglänzt – klatschte plötzlich neben mir eine ungeheure, spritzende Kraft ins Wasser. Für einige Augenblicke waren die ehernen Gesetze der Strömung außer Kraft gesetzt. Ich schluckte wahnsinnig viel Wasser und ruderte verzweifelt. Dann ließen meine Kräfte nach. Jemand ergriff mich und schob und zog und zerrte mich. Meine letzte Erinnerung ist das Hangeln zum Ufer an einem Drahtseil, das etwa fünfzig Meter vor dem Wehr über den Fluss gespannt war. Der Jemand hatte mich dabei fest im Griff.

‚Mein Freund, der Wassermann', dachte ich und wurde ohnmächtig.

Als ich wieder zu mir kam, bemühten sich Irina und ein junger Mann um mich.

‚Es ist nicht der Wassermann, es ist ein Engel', gurgelte ich.

‚Dieser Engel heißt Christian. Er hat mir gerade seinen Namen gesagt. Er ist unter Lebensgefahr von oben heruntergeflogen, genauer gesagt, von oben von der Brücke die Treppe hinuntergerast, auf halber Höhe der Treppe dann übers Geländer gehechtet und ins Wasser gesprungen, um dich zu retten. Ohne ihn wärst du tot, Susanne, du dumme Kuh!', sagte Irina, und dann nahm sie mich in die Arme und schluchzte hemmungslos.

‚Na, na, na', sagte Christian beruhigend. ‚Es ist ja noch einmal gut gegangen. Jetzt muss das Wasser raus!'

Dann half er mir, das Wasser zu erbrechen, das ich geschluckt hatte. Irina konnte das nicht mit ansehen, ihr wurde übel. Sie stellte sich ein wenig abseits, was ein Glück war. So konnte sie mit charmantem Lächeln die zwei Polizisten empfangen, die eben dem Streifenwagen entstiegen.

‚Wir wurden telefonisch hierher bestellt, es sei jemand am Ertrinken, eine Frau hörte Hilfeschreie', sagte der ältere, das war der Vorgesetzte – und mit einem Blick zu mir: ‚Aber es scheint ja noch einmal gut gegangen zu sein.'

Dann sah er meinen Badeanzug und brummte grimmig: ‚Aha, da wollte jemand nachtbaden!'

‚Besser nachtbaden als nacktbaden', sagte der jüngere, was ihm keinen Kommentar, sondern nur einen strafenden Blick seines Vorgesetzten eintrug.

‚Wie kamst du aus der Strömung heraus?', fragte der mich. ‚Normalerweise schafft das keiner, Drahtseil hin, Drahtseil her!'

‚Er sprang ins Wasser und half mir raus', stotterte ich und zeigte auf Christian.

‚Ein Abend der Wunder', knurrte der Vorgesetzte. ‚Nur ein Wahnsinniger oder ein Lebensmüder würde es wagen, hier ins Wasser zu springen!'

‚Oder ein lebensrettender Engel', sagte Irina in betont sachlichem Ton.

‚Sie müssen verrückt sein, junger Mann! Ohne eine sehr effektive Schutzengelschar wäret ihr zwei jetzt mausetot und jämmerliche Wasserleichen. An die Strudel darf ich gar nicht denken! Wenn ihr da hineingeraten wäret, dann gute Nacht! Ich kann es immer noch nicht fassen', sagte der Vorgesetzte kopfschüttelnd. Dann wandte er sich wieder zu mir und sagte äußerst mürrisch: ‚Adresse des Vaters, meine Dame. Ohne Ordnungsstrafe kommst du nicht davon. Das Badeverbotsschild am Ufer kann bei diesem hellen Mondlicht keiner übersehen!'

Nun war Irinas Stunde gekommen. Sie war ein wunderschönes Mädchen – ist heute noch eine schöne Frau. Sie pflanzte sich vor den beiden Polizisten auf und erzählte beredt und mit betörenden Augenaufschlägen von meinem herzkranken Vater, den man nicht aufregen dürfe. Sie brachte die beiden tatsächlich so weit, dass sie mich aufforderten, in das Polizeiauto zu steigen, um mich zu Onkel Bastian zu bringen und von ihm die Ordnungsstrafe zu kassieren. Ich schnatterte vor Kälte. Als wir uns nach Christian umblickten – ihm musste ja schließlich auch kalt sein in seinen nassen Kleidern –, war er verschwunden. Wie vom Erdboden verschluckt.

Ich lag tagelang mit hohem Fieber im Bett wegen Unterkühlung, aber das war mir egal. Ich heulte und heulte, weil ich mich bei dem Engel Christian nicht hatte bedanken können.

Onkel Bastian hatte schließlich Erbarmen und schlug mir vor, ein Dankeschön in der Zeitung drucken zu lassen. Er lieh mir das Geld dafür, ebenso wie für die Ordnungsstrafe.

,Danke, Engel Christian, und herzliche Grüße von Susanne!' war also ein paar Tage später in der Zeitung zu lesen."

„Hat Christian das je gelesen?", fragte Martin interessiert.

Susanne nickte. „Er hat", sagte sie. „Aber das wusste ich damals natürlich nicht."

Dann neigte sie sich zu Christian und streichelte seine Hand. „Christian, was kannst du bloß gemeint haben mit dem Satz ,Wie kannst du mir das antun, Susanne'? Was machen wir nur, Martin, was machen wir nur?"

Martin stand auf und holte für Susanne ein Glas Tafelwasser.

„Wir müssen weiter forschen", sagte er in ruhigem Ton. „Bitte, erzähle weiter."

„Meine Eltern haben von dem Vorfall nie erfahren. Tante Ermi, Onkel Bastians Frau, schenkte mir heimlich genau die Summe, die ich Onkel Bastian schuldete. ,Ein Glück, dass es dich noch gibt, Nichte!', sagte sie und nahm mich in die Arme. Mit Tante Ermis Hilfe war ich nun wenigstens die Geldsorgen los. Sonst aber litt ich sehr unter dem Schock des Abenteuers. Wochenlang konnte ich nachts kaum schlafen, und wenn, dann verfolgten mich die schrecklichsten Albträume. Mein Schwimmtrainer war unzufrieden mit mir. Ich hatte keine Schwimmerfolge mehr. Stundenlang saß ich in meinem Zimmer und malte Sonnenuntergänge – oder den Vollmond – und träumte von meinem Helden Christian. Die für die Pubertät so typische Melancholie wurde bei mir fast zur Schwermut. Übrigens: Außer Onkel Bastians Familie, außer den Polizisten und Christian und jetzt dir weiß niemand von dem, was ich eben erzählte."

„Darf ich fragen, warum du deinen Kindern nie davon erzählt hast?", fragte Martin.

Susannes Augen flammten auf, und um ihre Mundwinkel zuckte es belustigt. „Bei den Abenteuer-Genen, die sie von mir geerbt haben? Wo denkst du hin, Martin? Meine Kinder hätten die Sache super-cool gefunden, und bei jedem Streich – und sie waren reich an solchen! – wäre die Strömungsgeschichte aufs Tapet gekommen. Nein, hier war Schweigen angesagt, und ausnahmsweise war Schweigen hier wirklich mal Gold."

Martins Gesicht hatte plötzlich ein jungenhaftes Aussehen. „Schade, dass wir hier so dringlich und so ernsthaft reden müssen. Ich hätte arg gerne von den Streichen erfahren. Welche Kinder waren schlimmer? Alexander und Marko oder die Zwillinge?"

Susannes Gesicht wurde jung. „Marko war bei weitem der Brävste! Meine eigenen Kinder waren, sagen wir mal, äußerst anstrengend! Ja, ja, die vererbten Abenteuer-Gene!"

Ein Schatten fiel über Susannes Gesicht.

„Von der nun folgenden Fortsetzung der Christian-Susanne-Geschichte wissen heute nur wenige Menschen Genaueres. Martin, du wirst ein weiterer Mitwisser sein, und es fällt mir schwer, alles zu erzählen." – Susanne schaute ein wenig hilflos vor sich hin und spielte gedankenverloren mit ihren Händen.

Martin sagte freundlich: „Du weißt ja, Susanne, dass du mit meiner absoluten Diskretion rechnen kannst."

Susanne seufzte. „Nun also die Fortsetzung!
Ich wurde wieder zur braven Höheren Tochter. Junge Männer interessierten sich sehr für mich, aber ich dachte nur an meinen Helden Christian. Als die nächtlichen Albträume seltener wurden, konnte ich besser schlafen, wurde wieder gut in Sport und lernte viel für die Schule – mit dem Ergebnis, dass mein Vater mächtig stolz auf mein sehr gutes Abitur sein konnte. Für Vater war klar: Seine Tochter musste auf die Sporthochschule. Ich träumte von der Kunstakademie, bestand beide Eignungsprüfungen und versuchte ein Doppelstudium. Es klappte. Ich habe vergessen zu erwähnen, dass die Stadt meines Wasserabenteuers eine Universitätsstadt ist. Natürlich studierte ich dort, in der Hoffnung, Christian wiederzusehen."

Martin fragte: „Wo war das, Susanne?"

„Ich möchte es nicht sagen, Martin, weil Markos Geschichte damit zusammenhängt. Und Marko will nicht, dass man darüber spricht. Vielleicht erzählt er es dir selber einmal. Interessant ist, dass inzwischen an der vorher erwähnten Brücke ein Geländer angebracht worden ist, welches keiner mehr überwinden kann!"

„Also kann kein rettender Engel mehr von oben kommen", sagte Martin.

„Nein, jetzt nicht mehr", sagte Susanne mit dünner Stimme. „Zurück zu mir. Das Doppelstudium klappte. Ich war ungeheuer fleißig. Das erste Semester verlief ohne große Zwischenfälle. Jeden Tag hoffte ich, Christian zu begegnen. Ich habe ihn in jeder Mensa gesucht, besuchte alle AStA-Veranstaltungen, um ihn vielleicht dort zu treffen, und so weiter und so weiter. Nach dem ersten Semester war mir dann klar: Christian wohnt nicht mehr in dieser Stadt, ich werde ihn nie mehr wiedersehen. – Ja, und dann lernte ich Enrico Caldari kennen."

„Den italienischen Motorrad-Rallye-Fahrer?", fragte Martin.
Susanne nickte.
„Oh!", sagte Martin.

„Ich liebte ihn mit dem ganzen Überschwang der Jugend und meines Naturells und mit diesem irrsinnigen Gefühl von Selbstsicherheit und Freiheit, wie ich es damals in meinem fünfzehnten Lebensjahr empfunden hatte. Stichwort: Wasserabenteuer!", fuhr Susanne fort und strich mit der Hand durch ihr Haar.
„Und ich, ich schwärmte für ihn mit dem ganzen Überschwang meines fünfjährigen Bubenherzens," sagte Martin, und seine Augen leuchteten, „ich kann dich verstehen, Susanne. Enrico Caldari war mein großes Idol. Ich wollte wie er Motorrad-Rallye-Fahrer werden."
Dann wurde Martin ernst. „Ich weiß, was passierte. Der Unfall! Nicht von ihm verschuldet. Ich habe tagelang geheult und war fast untröstlich. Es war meine erste Erfahrung mit der Unerbittlichkeit des Todes. Deshalb kann ich mich noch so gut daran erinnern."
Susannes Gesicht war ausdruckslos. „Mir war, als ginge das Licht meines Lebens aus. Acht Tage nach seinem Tod wusste ich durch einen Schwangerschaftstest, dass ich von ihm schwanger war. Kannst du dir vorstellen, was das für mich als wohlgesittete Höhere Tochter eigentlich hätte bedeuten müssen? Mein Vater mit seinen Herzproblemen! Die einzige Tochter bekommt ein uneheliches Kind! Seltsamerweise belastete mich das nicht. Ich war glücklich. Das Licht des Lebens leuchtete wieder, weil etwas von Enrico weiterleben würde. Ich freute mich. Aber dann begann die Misere. Ich konnte nichts mehr essen, nichts blieb bei mir, nicht einmal Wasser. Ich spuckte und spuckte,

konnte das Haus deswegen nicht verlassen und kam auch kaum mehr zum Schlafen. Meine Hauswirtin war verreist. Ich war ganz allein im Haus. In meiner Studentenbude hatte ich kein Telefon. Nach drei Tagen hatte ich sechs Pfund abgenommen und sah aus wie ein Gespenst. Mühsam schleppte ich mich mit Willenskraft aus dem Haus. Ziel war die nächstgelegene Arztpraxis. Aber ich kam bloß zur Bushaltestelle, die etwa dreißig Meter von meiner Studentenbude entfernt war. Dort setzte ich mich auf die Bank unter der Bedachung. Mir war schwummerig. Ich wollte auf keinen Fall ohnmächtig werden, weil ich als Arzttochter wusste, dass eine Ohnmacht dem Embryo schaden könnte. Also blieb ich sitzen. Leute stiegen aus Bussen aus, andere stiegen ein. Niemand beachtete mich. Ich befand mich in so einer Art Halbschlaf, ich weiß nicht, wie lange.

Dann sagte eine Stimme, die mir irgendwie bekannt vorkam: ‚Kann ich Ihnen helfen, ich glaube, es geht Ihnen nicht gut.'

Ich schaute auf. Es war Christian! Christian, von dem ich über fünf Jahre lang geträumt hatte! Das Seltsame war, dass ich überhaupt nicht erstaunt war. Ich war ohne jegliche Emotion und sagte müde: ‚Mir geht es schlecht. Ich glaube, ich muss sterben.'

Und dann Christian: ‚Oh, Sie sind's, Susanne. Wo ist die nächste Telefonzelle? Ich rufe einen Rettungswagen.'

Ich zeigte die Straße hinunter: ‚Etwa 600 Meter, auf der gleichen Seite!'

Er rannte los. Wieder überfiel mich dieser absurde Dämmerzustand zwischen Ohnmacht und Realität. Dauernd murmelte ich vor mich hin: ‚Ich bin schwanger, ich darf nicht ohnmächtig werden.' Wirklich klar zu Bewusstsein kam ich erst nach der ich-weiß-nicht-wievielten Infusion im Krankenhaus.

Christian saß an meinem Bett und war in eine Zeitung vertieft. Ich betrachtete ihn genau. Christian! Er hatte mir schon wieder das Leben gerettet.

‚Christian, sind Sie ein Mensch oder ein Engel?', fragte ich.

Er schaute auf und lachte. ‚Prima, Sie haben mich wiedererkannt, Susanne! Natürlich bin ich ein Engel, was denken Sie? Ich bin für den Wasserhaushalt zuständig, vor allem für Leute, die entweder zuviel Wasser in sich haben oder zu wenig!'

‚Wenigstens muss ich dieses Mal keine Dankesanzeige in die Zeitung geben!', sagte ich.

Christian lachte wieder. ‚Ich habe Ihre Anzeige damals gelesen, und sie hat mich gefreut!'

‚Und ich habe tagelang geheult, weil ich mich bei Ihnen nicht bedankt habe. Warum sind Sie denn so schnell verschwunden?'

‚Ganz einfach! Es hat mich gefroren, ich bin ja mit der Kleidung ins Wasser gesprungen. Da die Polizei zur Stelle war, hat man mich damals nicht mehr gebraucht. – Aber nun muss ich Ihnen etwas Aktuelles sagen, was wichtig ist. Ich bin mit dem Rettungswagen hierher ins Krankenhaus mitgefahren. Sie murmelten vor sich hin, Sie seien schwanger und dürften nicht ohnmächtig werden. Der mitfahrende Arzt nahm darauf wohl an, ich sei der Vater Ihres Kindes, denn er bat mich, die Anmeldeformulare bei der Verwaltung zu erledigen. Das konnte ich leider nicht, weil ich nur Ihren Vornamen kenne. Deshalb bin ich noch da.'

‚Haben Sie dem Arzt nicht gesagt, dass Sie mich eigentlich ja gar nicht kennen?'

‚Nein, das habe ich nicht. Ich sagte: »Ich glaube, die Dame ist privat versichert.« – Susanne, hoffentlich stimmt das auch?'

Ich nickte: ‚Ja, ich bin über meinen Vater versichert.'

Darauf Christian: ‚Dann wusste ich nicht, ob Ihre Kusine bei der Brücke damals geschwindelt hat, als sie sagte, Ihr Vater sei schwer herzkrank. Sie haben keinen Ehering am Finger. Wissen Ihre Eltern von der Schwangerschaft? Falls nicht, sollten Sie mit dem Arzt darüber reden. Vielleicht ist es nicht gut, wenn Ihre Eltern über die Verwaltung und die Krankenhausrechnungen davon erfahren. Sie sollten das Ihren Eltern selber mitteilen. Entschuldigen Sie bitte, wenn ich mich einfach so in Ihre Privatangelegenheiten eingemischt habe, aber ...' – er lachte – ‚schließlich habe ich Sie ja nicht umsonst aus dem Wasser gezogen! Übrigens bat mich der Arzt, Ihnen sofort mitzuteilen, dass mit dem Baby alles in Ordnung sei. Es hätte keinen Schaden genommen. Richtig ohnmächtig waren Sie nicht.'

Ich bedankte mich bei Christian für seinen guten Rat, denn meinem Vater ging es damals wieder einmal sehr schlecht. Ich füllte das Anmeldeformular aus, und Christian brachte es der Sekretärin. Als der Arzt kam, bat ich ihn, meinen Eltern eine Diagnose zuzuschicken, in der das Wort Schwangerschaft nicht vorkam.

Dann erzählte ich Christian von Enrico.

‚Dass Sie sich in Enrico verliebt haben, kann wohl jeder verstehen! Ich war auch von ihm begeistert. Er war etwas ganz Besonderes!', sagte er.

Christian besuchte mich fast jeden Tag. Ich wusste damals nicht, was das für ihn bedeutete. Er arbeitete als Jurist in einer Kanzlei, um sich seinen Lebensunterhalt zu verdienen und seine Mutter finanziell zu unterstützen. Sie war Witwe, bekam nur eine kleine Witwenpension, zwei

Söhne waren noch in der Ausbildung. In seiner Freizeit und am Wochenende half er kostenlos seinem Freund Rainer Sommerlicht, um dessen Firma wieder auf Vordermann zu bekommen. So hatte Christian fast keine Zeit. Aber darüber sprach er nicht.

Nach acht Tagen wurde ich aus dem Krankenhaus entlassen. Eigentlich hatte ich vor, meinen Eltern erst dann von der Schwangerschaft zu erzählen, wenn die Arztrechnungen sich eindeutig auf die Schwangerschaft beziehen würden. Aber Christian riet mir, wenigstens meine Mutter ins Vertrauen zu ziehen."

Susanne blickte zu Martin hinüber.

„Martin", sagte sie, „bin ich zu ausführlich? Stört es dich eigentlich, wenn ich mit wörtlicher Rede erzähle und die indirekte Rede vermeide?"

Martin lächelte ermunternd: „Bitte, mache genauso weiter."

„Ich fuhr also direkt nach dem Krankenhausaufenthalt nach Hause. Mein Vater lag im Bett, und ich plauderte nach Lieber-Tochter-Art nett mit ihm. Es fiel mir auf, dass er meinen Aufenthalt im Krankenhaus mit keinem Wort erwähnte, obwohl die Rechnungen an ihn ja schon abgeschickt und zum Teil auch schon bezahlt worden waren, wie der Arzt mir gemäß unserer Abmachung mitgeteilt hatte. Anschließend saß ich auf dem Hocker in der Küche und erzählte meiner Mutter von meinem Zustand. Sie war sehr verständnisvoll, meinte aber, man müsse dem Vater die Sache so lange wie möglich verheimlichen. Dann hörten wir Vaters Klingel aus seinem Krankenzimmer. Er saß im Bett und lachte, als wir hereinkamen.

‚Nun, was habt ihr bezüglich meines Enkelkindes beschlossen?', fragte er und sagte, als er mein erschrecktes Gesicht sah: ‚Nein, nein, Susanne, schimpfe nicht über deinen Arzt, er hat mir eine nichtssagende und rücksichtsvolle Diagnose geschickt. Aber als alter Doktor erkenne ich doch schon an der Gesichtshaut einer Frau, dass sie schwanger ist. So oft in meinem Leben habe ich zu Patientinnen gesagt: »Ein Kind zu bekommen ist nie ein Unglück.« Das gilt doch auch für dich. Also nimm bitte keine Rücksicht auf mein dummes Herz, Kind, und erzähle!'

Martin, du kannst dir nicht vorstellen, wie fassungslos ich war. Natürlich hatte Vater als Landarzt die Situation schon hundertmal erlebt: Lediges Mädchen bekommt ein Kind. Und schon hundertmal hatte er sich dabei gütig und liebevoll und hilfreich erwiesen, vor allem, was Vorurteile anbetraf. Aber bei der eigenen Tochter sieht so was ja ganz anders aus. Martin, heutzutage ist eine alleinstehende Mutter nichts Besonderes, junge Leute leben ohne Trauschein zusammen, es gibt Homo- und Lesben-Ehen. Früher aber war dies alles ein Tabu. Ein uneheliches Kind zu bekommen galt in vielen Kreisen noch als Schande. Ich hätte nie gedacht, dass Vater so gütig reagieren würde, und fing gegen meinen Willen an zu weinen. Er nahm mich in den Arm und sagte noch einmal tröstend: ‚Erzähle!'

Ich erzählte – und am Ende sagte Vater, indem er die Hand meiner Mutter ergriff: ‚Ich bin froh, dass unsere Linie fortgeführt wird. Ich würde mich freuen, wenn ich die Geburt des Kindes noch erleben dürfte. Wir nehmen dein Kind bei uns auf, Susanne, eine Kinderfrau wird es versorgen, bis du einen Berufsabschluss hast. Was sagst du dazu?'

Was hätte ich sagen können? Ich war gerührt und dankbar.

Wieder zurück an der Uni, durfte ich vom Arzt aus keinen Sport mehr treiben. Deshalb widmete ich mich hauptsächlich dem Kunststudium. Christians Kanzlei war in derselben Stadt. So trafen wir uns so oft, wie es seine Zeit zuließ.

Eines Tages begleitete er mich nach einem gemeinsamen Theaterbesuch nach Hause."

Susanne nahm Christians Hand in die ihre, schaute ihn an und fragte: „Christian, weißt du es noch?" – Dann mit einem Blick zu Martin: „Wir hatten Shakespeares ‚Der Widerspenstigen Zähmung' gesehen, und auf dem Heimweg schimpfte ich über dieses frauenfeindliche Theaterstück. Es regnete. Natürlich hatte ich keinen Schirm dabei, du schon, vorsorglich wie immer. Du hieltest den Schirm schützend über mich, bliebst plötzlich stehen, legtest behutsam deinen Arm um mich und hast gefragt: ‚Magst du Shakespeare nicht, Susanne?' Ich brummte knurrig, ich hätte nichts gegen Shakespeare, nur was gegen frauenfeindliche Theaterstücke. Natürlich könne man darüber nachdenken, ob es ein Lehrstück für Frauen oder eine Satire auf Männer sei. Ich erinnere mich noch, dass ich dir fast trotzig ins Gesicht schaute. Christian, plötzlich leuchtete dein sonst so ernstes Gesicht auf, als wäre es von einer inneren wärmenden Sonne erhellt, und du sagtest mit glänzenden Augen: ‚Kennst du das folgende Sonnet, Susanne?' Daraufhin hast du deklamiert:

Shall I compare thee to a summer's day?
Thou art more lovely and more temperate.
Rough winds do shake the darling buds of May,
And summer's lease hath all too short a date:
Sometime too hot the eye of heaven shines,
And often is his gold complexion dimm'd;

And every fair from fair some time declines,
By chance, or nature's changing course, untrimm'd;
But thy eternal summer shall not fade
Nor lose possession of that fair thou ow'st;
Nor shall Death brag thou wand'rest in his shade,
When in eternal lines to time thou grow'st.
  So long as men can breathe or eyes can see,
  So long lives this, and this gives life to thee.

Christian, ich habe das Sonett noch in jener besagten Nacht in mein Tagebuch geschrieben. Den Text hatte ich aus Gymnasiums Zeiten noch im Kopf. Ich kann's immer noch auswendig. Christian, hörst du mich?"

Susanne starrte auf Christians Gesicht. Martin Nieheim war leise ans Fenster getreten.

„Mein Gott, wie sehr sie ihn liebt! Mit dem Sonett will sie ihn wecken", dachte er. Und mit einem plötzlichen Gefühl von Panik: „Was machen wir, wenn wir ihn nicht aus dem Koma holen können?"

Susanne schwieg eine Weile. Dann sagte sie eindringlich: „Christian, es gibt keinen Menschen auf der Welt, der dieses Sonett hätte besser vortragen können als du damals. Ich hatte plötzlich das Gefühl, du wärst ein verwunschener Künstlerprinz, verkleidet im Fell eines Juristen. Bis zu diesem Zeitpunkt warst du für mich der Held meiner Teenager-Träume gewesen, der mich zweimal schon aus einer großen Not errettet hatte, ein ganz guter Freund. Aber während deines Sonetts passierte es. Es machte bei mir Klick, und ich verliebte mich wirklich in dich. Ich verliebte mich in dich, Christian! Und wie! Christian, das Sonett von Shakespeare!!! Unser Sonett! Ich versuche es mal auf Deutsch. Christian, hörst du mich?

Soll einem Sommertag ich dich vergleichen?
Viel lieblicher, gemäßigter du bist:
Des Maien Lieblingsblüten müssen Stürmen weichen,
Zu kurz nur währt des Sommers Frist.

Bisweilen brennt zu heiß des Himmels Auge nieder,
Oft hüllet sich sein Gold in Wolken nur,
Der Schönheit Pracht vergehet wieder,
Durch Zufall, durch den Wandel der Natur:

Jedoch dein ew'ger Sommer bleibt besteh'n,
Nie wird der Schönheit Glanz dir je verblassen,
Noch soll der Tod sich rühmen, in seinem Schatten dich
zu seh'n,
Wenn du in ew'gen Zeilen durch die Zeit wirst wachsen.

Solange Menschen atmen, Augen seh'n,
wird dieses Lied, wirst du in ihm besteh'n.

Oder so ähnlich, Christian! Die deutsche Übersetzung habe ich nicht mehr genau im Kopf. Christian, was war das doch für eine unwahrscheinlich romantische Situation! Der Regen prasselte auf den Schirm nieder, unter dem wir beide einträchtig standen, und du zitiertest das Sonett vom Summer's Day! – Ich dachte: ‚Lieber Gott, wie schön wäre es, wenn das Thee oder Du von diesem Sonett an mich gerichtet wäre.' – Ich hielt deinen Vortrag bloß für eine Art von Schwärmerei für Shakespeare; denn ich konnte mir absolut nicht vorstellen, dass ein Mann sich in eine abgebrochene Studentin mit einem unehelichen Schwangerschaftsbauch verlieben könnte, am wenigsten so ein toller

Mann wie du, Christian. Für einen Augenblick fühlte ich mich todunglücklich.

Aber als du dann sagtest: ‚Susanne, ich liebe dich, willst du mein ewiger Sonnentag sein? Willst du meine Frau werden? Ich will deinem Kind auch ein guter Vater sein!', da konnte ich vor lauter Glück nur noch nicken und heulen. – Oh Christian! Ein paar Minuten später habe ich dann gedichtet und dabei immer noch geschluchzt, Christian, weißt du noch:

> Shall I compare me to a rainy day?
> With raindrops deftly dropping from the sky!
> But all these drops are golden tears of joy.

Und dann hast du gelacht und sagtest:

> ‚Ich dich mit einem Regentag vergleichen?
> Mit großen Tropfen, die vom Himmel fallen?
> Auch wenn es gold'ne Tränen sind?'

Du nahmst mich in den Arm: ‚Nein, Susanne, Darling, du bist kein Regentag. Du bist ein Sommertag. Susanne, du bist der sonnigste Mensch, den ich kenne, und was für süße goldene Freudentränen du doch regnen lassen kannst ...'

Das hast du damals gesagt, Christian! Und jetzt frage ich mich verzweifelt: Waren meine Sonnentage zu heiß für dich? War meine Sonne zu heiß? Hat sie dich verbrannt? Ich glaube, ich werde noch verrückt! Christian, was habe ich falsch gemacht? Was habe ich dir angetan? Sage es mir, bitte! Ich liebe dich doch so! Christian, bitte, wach auf!"

Susanne legte ihr Gesicht auf Christians Hände und weinte herzzerbrechend.

Martin Nieheim, der versierte und vielgefragte Psychotherapeut, gewohnt, die Seelen anderer Leute virtuos zu durchleuchten, fühlte sich plötzlich als eine Art Seelen-Voyeur. Er schob dieses ungewohnte Gefühl beiseite. Schließlich hielt er sich ja sonst strikt an den Grundsatz, bei Freunden nicht zu therapieren. Aber in diesem Fall wollte er den Pflegeeltern seines Freundes Marko, diesen beiden so sehr sympathischen Menschen, unbedingt helfen.

Nach einigen Minuten sagte er betont sachlich: „Susanne, ist Alexander Enricos Sohn?"

Susanne blickte auf und fuhr sich mit dem Taschentuch über das Gesicht.

„Martin, ich habe ganz vergessen, dass du da bist. Entschuldige bitte. Ich muss mich zusammennehmen. Ja, Alexander ist Enricos Sohn. Aber das wissen nicht viele Leute. Unsere Kleinfamilie weiß es, ebenso Enricos Familie in Italien. Christians Geschwister wissen es auf Christians Wunsch hin nicht. Ich weiß, ich kann mich auf deine Diskretion verlassen.

Also, weiter! Mein Vater freute sich über den Schwiegersohn, den er sofort ins Herz schloss. Als ich im fünften Monat war, heirateten wir. Es war eine Hochzeit in kleinem Kreis mit Rücksicht auf meinen Vater, der unbedingt daran teilnehmen wollte. Onkel Bastian und Tante Ermi, Kusine Irina mit ihrem Freund, Christians Mutter und Christians Geschwister Maria, Hermann und Heinrich waren dabei. Mein Vater hielt sich tapfer in seinem Rollstuhl. Irina fand die Hochzeit äußerst romantisch. Sie erzählte niemandem von unserem Wasserabenteuer. Christian und ich hatten sie dringlich um Verschwiegenheit gebeten. Ich trug ein sehr schönes Hochzeitskleid im Empirestil, das meinen sich rundenden Bauch vorteilhaft verhüllte. Meine Schwangerschaft blieb also verborgen. Mit Christians Geschwistern verstand ich mich sofort blendend. Meine Schwiegermutter war freundlich, höflich distanziert. Solange ich sie kannte, lebte sie auf einer Distanzwolke. Ich habe nie das Gefühl gehabt, dass sie sich für die Geschicke ihrer Kinder ernstlich interessierte. Sie hat nie erfahren, dass Alexander nicht Christians Sohn ist. Christian bestand darauf.

Leider habe ich Christians Vater nicht kennen gelernt. Er kam bei einem Autounfall ums Leben, acht Tage nach Christians Abiturfeier. Wenn ich jetzt so darüber nachdenke, muss das einige Wochen vor meinem Wasserabenteuer passiert sein. Man hat bei den Meyersons nie über den Vater Anton Meyerson gesprochen. Bei der bloßen Erwähnung seines Namens war meine Schwiegermutter noch Stunden danach wie versteinert. Sie hat seinen Tod nie verwunden und war wahrscheinlich deswegen so unerreichbar.

Keiner der Meyersons ließ jemals eine hämische oder verächtliche Bemerkung über meine Schwangerschaft fallen, die ja einige Wochen nach der Hochzeit nicht mehr zu übersehen war. Gesundheitlich ging es mir gut. Christian und ich zogen in eine nette Vierzimmerwohnung. Wir waren glücklich. Unsere Welt war in Ordnung. Nur nachts hatte ich Probleme. Ich konnte oft nicht schlafen. Dann überfiel mich die Angst, das Kind könnte in den ersten Schwangerschaftswochen einen Schaden erlitten haben. Christian spürte das oft. Manchmal, wenn ich verzweifelt und mucksmäuschenstill im Bett lag, nahm er plötzlich meine Hand in die seine und sagte beruhigend: ‚Hab Vertrauen, wir werden das Kind schon schaukeln!' Er war mir so nah. Und jetzt ist er so weit weg."

Susanne streichelte Christians blasses Gesicht und starrte wie blind vor sich hin. Dann gab sie sich einen Ruck.

„Acht Tage vor der Niederkunft schrieb ich noch eine Klausur, ich sollte ja auf Wunsch meiner Eltern einen Berufsabschluss haben.

Christian hatte in der Kanzlei vier Wochen Urlaub beantragt, der Urlaub begann zwei Tage vor dem errechneten Geburtstermin. Genau an Christians erstem Urlaubstag setzten die Wehen ein. Christian brachte mich ins Krankenhaus. Nach vierundzwanzig Stunden schlimmer Wehen meinerseits geruhte Alexander seinerseits, das Licht der Welt zu erblicken. Als ich nach einer kurzen Narkose wieder erwachte, saß Christian neben mir.

‚Susanne, ein pumperlgesunder Alexander lässt grü-ßen!', lachte er und klingelte der Schwester. Sie brachte das Baby. Was für ein Glücksgefühl!"

Susanne streichelte Christians Hand. „Oh, Christian!"
Dann schaute sie Martin an und lachte ein bisschen.
„Du hast auch zwei Kinder und kennst das herrliche Gefühl, wenn ein gesundes Kind auf die Welt kommt. Du glaubst gar nicht, wie sehr Christian sich über unseren gesunden Alexander gefreut hat. Schließlich ging er ins Stationszimmer, um meine Eltern und seine Mutter telefonisch zu benachrichtigen. Bei meinen Eltern löste er einen Begeisterungssturm aus.

‚Ein Kind ist uns geboren, ein Sohn ist uns geschenkt! – Und der Sohn ist gesund!', soll mein Vater, so erzählte später meine Mutter, immer wieder gesagt haben.

Nach einigen Stunden im Aufwachzimmer wurde ich ins Krankenzimmer gebracht, in ein Zweibettzimmer. Im Zimmer lag eine Frau an der Fensterseite, den Kopf dem Fenster zugewandt, sie drehte sich nicht um.

‚Pssst, sie schläft', wisperte ich.

Leise räumte Christian meine Sachen in den mir zugewiesenen Schrank. Er war kreidebleich, hatte er doch über siebenundzwanzig Stunden ohne Schlaf im Krankenhaus verbracht. Flüsternd überredete ich ihn, jetzt endlich nach Hause zu gehen und sich von den Strapazen zu erholen. Wir verabschiedeten uns, und er verließ lautlos das Zimmer.

Ich verfiel in einen glücklichen Halbschlaf, erwachte aber, als meine Zimmergenossin aufstand. Ich schaute auf und freute mich. Es war Juliane Zebritz, eine Kommilitonin aus der Sporthochschule.

‚Hi, Juliane', sagte ich. ‚Nett, dass du meine Bettnachbarin bist. Ich habe seit drei Stunden einen Sohn. Warum bist du hier?'

Juliane war schneeweiß im Gesicht.

Juliane war unsere Beste an der Uni gewesen. Mit Ausnahme vom Schwimmen. Da konnte mich keine schlagen. Bei näherem Hinsehen erschrak ich. Ich hatte Juliane einige Monate nicht mehr gesehen. In den paar Monaten war aus dem wunderschönen Mädchen eine krank aussehende Frau geworden.

‚Hallo, Susanne!', sagte sie.

Und dann weinte sie haltlos.

Ich sagte hilflos: ‚Geht es dir nicht gut, Juliane?'

Juliane antwortete nicht. Sie weinte und weinte.

Dann öffnete sich die Tür, eine junge Krankenschwester brachte zwei Babies herein und sagte betont munter: ‚Den Alexander für die Frau Meyerson und den Marko für das Fräulein Zebritz.' Das Wort ‚Fräulein' tat mir weh. Juliane nahm das Kind wortlos in die Arme.

Ich will es kurz machen. Es dauerte einen ganzen Tag, bis ich Julianes Geschichte aus bruchstückhaften Sätzen zusammensetzen konnte.

Juliane war im Alter von siebzehn Jahren mit ihrer Tante aus der früheren DDR geflohen. Die Tante verheiratete sich bald danach. Juliane wohnte bei der Tante, ging aufs Gymnasium und nach dem Abitur zur Sportakademie. Sie war wunderschön – wie eine Märchenfee. Wir hatten sie alle gern, weil sie sehr kameradschaftlich war. Im Rahmen der theoretischen Ausbildung mussten wir immer wieder mal Referate produzieren. Juliane bekam von Professor X ein ausgefallenes Thema, er lud sie deshalb ein, am Abend zu ihm in die Wohnung zu kommen – zwecks Besprechung. Juliane fühlte sich geehrt. Er empfing sie freundlich in seinem Apartment, bot ihr einen Platz auf dem Sofa an und fragte sie nach einem Getränk ihrer Wahl. Juliane entschied sich für ein Apfelsaftschorle. Das Gespräch verlief sehr positiv. Der Professor zeigte sich begeistert über Julianes Ideen. Danach bot er ihr einen Likör an. Juliane, die fast schon militante Antialkoholikerin, wagte nicht abzulehnen. Als sie etwa zur Hälfte das Glas geleert hatte, wurde ihr schwindlig. Daran konnte sie sich noch erinnern. An alles andere nicht. Sie erwachte am anderen Morgen – auf dem Sofa liegend – allein in der Wohnung des Professors. Es war etwa zehn Uhr. Ihr war sterbensübel. Auf dem Tisch lag ein Zettel:

‚Liebes Fräulein Zebritz, Sie sind plötzlich eingeschlafen. Ich wollte Sie nicht wecken. Lassen Sie beim Verlassen der Wohnung einfach die Tür ins Schloss fallen. Viele Grüße Ihr Professor X.'

Martin, ich nenne ihn Professor X, weil ich nicht weiß, ob Marko mit seiner Namensnennung einverstanden wäre.

Juliane hatte starke Schmerzen im Unterleib. Mühsam erhob sie sich und verließ die Wohnung. Zu Hause entdeckte sie, dass ihr Slip blutig war. Sie dachte an eine Zwischenblutung, das gibt es ja manchmal. Und den

Unterleibsschmerzen schenkte sie keine Beachtung. Als die Monatsregeln ausblieben, dachte sie sich nichts, denn das gibt es ja auch manchmal. Erst nach vier Monaten ging sie zum Arzt und erfuhr, sie sei schwanger, im vierten oder fünften Monat, je nachdem, wie man rechnet. Sie war geschockt und restlos verzweifelt, weil sie sich die Schwangerschaft absolut nicht erklären konnte. Ihre einzige Erklärung war, dass an jenem Abend beim Professor etwas mit ihr geschehen war. Ich erinnere mich noch genau, dass ich Juliane an dieser Stelle wütend unterbrach und schimpfte: ‚Professor X hat dir ein Betäubungsmittel in den Likör gegeben, du warst weg vom Fenster, und er hat dich vergewaltigt!'

Aber Juliane lächelte bloß müde und sagte: ‚Was weiß ich? Vergiss nicht, das war der erste Alkohol in meinem Leben. Vielleicht hat der Professor mich gar nicht vergewaltigt. Vielleicht wollte ich alles in meinem Dusel selbst. Ich habe ja für ihn geschwärmt. Was weiß ich? Du kannst dir nicht vorstellen, wie verzweifelt ich war. Meine Tante war meine einzige Bezugsperson auf dieser Welt, mit meinen Eltern in der DDR konnte ich ja keine Verbindung aufnehmen. Tante reagierte auf die Nachricht über die Schwangerschaft bitterböse, drückte mir fünftausend Mark in die Hand, das ist ja sehr viel Geld, und sagte, sie wolle nichts mehr mit mir zu tun haben, ich solle mich schämen, und so eine blöde Geschichte wie die mit dem Professor gäbe es nirgendwo und nie und sowieso überhaupt nicht!'

Juliane weinte zum Erbarmen.

Martin, du kennst mich ja. Ich schmiedete lauthals Pläne. Sobald ich aus dem Krankenhaus entlassen werden würde, würde ich zu dem Universitätspräsidenten gehen, und der müsste Professor X zu einem Vaterschaftstest zwingen. So einem Typ müsse das Handwerk gelegt werden. Und so weiter und so weiter. Juliane meinte mutlos, das alles sei vergebliche Liebesmüh.

Aber mein Wutausbruch gegen Professor X bewirkte bei Juliane eine Veränderung. Die schiere Verzweiflung und ihre Starrheit wichen. Ihre Sätze kamen nicht mehr stoßweise und bruchstückhaft, sie redete wieder fast wie früher und konnte nun ohne Stockungen weitererzählen.

Nach dem Schwangerschaftstest ging sie nicht mehr zur Uni. Sie arbeitete in einem Restaurant in der Küche – bis zum Tag der Geburt. Mit dem Jugendamt hatte sie ausführliche Gespräche geführt und das Kind zur Adoption angemeldet. Alles war mit den Adoptiveltern genau besprochen und geregelt gewesen. Aber als die Adoptiveltern gleich nach der Geburt das Kind sahen, wollten sie es nicht, weil es starkes Untergewicht hatte und dazu noch heftige Motorik-Probleme bei Ärmchen, Händchen und Beinchen. Viel Pflege, viele Arztbesuche und viel Krankengymnastik wären auf die Adoptiveltern zugekommen. Das wollten sie nicht. Sie wollten ein gesundes Kind.

Juliane sagte, während sie ihren kleinen Marko in den Armen wiegte: ‚Ich weiß nicht, ob ich ihn erneut für eine Adoption freigebe, er ist doch so süß!'

Und das stimmte, er war wirklich herzig mit seinem schwarzen Wuschelkopf.

Das Reden tat Juliane gut. Sie erholte sich überraschend schnell. Es war eine friedliche Stimmung, wenn man uns unsere Kinder zum Stillen brachte. Mein Alexander trank seine Muttermilch wie ein Weltmeister. Ich produzierte zu viel Milch, deshalb musste bei mir immer noch mit der Milchpumpe Milch abgepumpt werden. Der kleine, schwache Marko brauchte eine Ewigkeit. Die Schwestern wogen ihn pro Mahlzeit zwei- bis dreimal, bis er das nötige Quantum intus hatte.

Christian besuchte uns jeden Tag. Er war ganz vernarrt in unseren Alexander.

Am Tag vor Julianes offizieller Entlassung aus dem Krankenhaus war ihr Bett morgens leer, schön gemacht, und auf der Bettdecke lag ein Brief an mich. Ich habe ihn so oft gelesen, dass ich den Text immer noch auswendig kenne.

Liebe Susanne, lieber Christian!

Wenn Ihr diesen Brief lest, bin ich über alle Berge. Ich war ja der Meinung, dass Marko adoptiert werden würde, und habe mir deshalb zehn Wochen vor der Geburt mit dem Geld meiner Tante ein Visum und ein Flugticket ins Ausland besorgt. Wenn ich finanziell Boden unter den Füßen habe, werde ich Marko zu mir nehmen. Bitte, besorgt ihm bis dahin via Jugendamt nette Pflegeeltern.

Vielen Dank für alles!
Eure Juliane

Ich war fassungslos, und eine unbändige Wut stieg in mir auf. Wie konnte sie den armen, kranken, mickrigen, kleinen Marko so im Stich lassen? Aber dann fiel mir ein, wie sehr sie in der vorhergehenden Nacht das Baby nach dem Stillen geherzt und geküsst und dabei bittere Tränen vergossen hatte, und ein tiefes Mitleid stieg in mir auf. Woher nahm ausgerechnet ich das Recht, Juliane zu verurteilen? Im Vergleich zu ihr war ich ja auf Rosen gebettet. Ich hatte meine Eltern und Christian. Und sie?

Schweren Herzens ging ich ins Stationszimmer und bat um ein Gespräch mit Oberschwester Verena. Oberschwester

Verena war etwa sechzig Jahre alt. Sie war die Seele der Gynäkologischen Abteilung, um alle rührend besorgt, gleichgültig, welchen Status die Frauen innehatten oder welcher Religion oder Nation sie angehörten. Deshalb hatte sie auch darauf bestanden, dass Juliane nach der Niederkunft in ein Zweibettzimmer gebracht worden war. Ihr Spruch: ‚Wichtig ist der Mensch und nicht die Privatversicherung! Dieser Frau muss man alle erdenkliche Hilfe gewähren!'

Ich reichte ihr wortlos den Brief. Sie las ihn, zwei dicke Tränen liefen über ihr rundliches Gesicht, und sie sagte: ‚Oh je, arme Juliane, armer Marko!'

Dann schaute sie mich ernst an: ‚Wir dürfen Juliane Zebritz nicht verurteilen. Ich glaube, Marko ist das Ergebnis einer Vergewaltigung. Im Laufe der Zeit bekommt man einen Blick für so was.'

Und nach einer Weile sagte sie bekümmert: ‚Ich fühle mich schuldig.'

Als sie meinen erstaunten Blick sah, flossen noch ein paar Tränen.

Dann sagte sie: ‚Ich hätte etwas ahnen müssen, Frau Meyerson. Am Tag vor Alexanders Geburt hat Juliane den Marko taufen lassen. Sie hatte mich und einen Pfleger inständig gebeten, Taufpaten für ihr Kind zu sein, sie sei ganz allein hier im Westen, ihre Familie sei in der DDR. Wir bräuchten keinen Verpflichtungen irgendwelcher Art nachzukommen. Wir haben nur zugesagt, weil sie so verzweifelt wirkte und weil wir wussten, dass das Ehepaar, das Marko hatte adoptieren wollen, von der Adoption Abstand genommen hatte. Während der ganzen Tauffeier hat Juliane dann unaufhörlich geweint. Nach der Taufe sagte Pfarrer Schmieder – ein sehr lieber, alter Herr – zu mir, ich möge doch ein mütterliches Auge auf Juliane haben, sie komme ihm irgendwie sehr seltsam vor. Das ist der Grund, warum ich so oft in euer Zimmer kam. Sie werden sich erinnern, Frau Meyerson, ich kam sogar noch nachts um elf zu euch herein. Aber seit Sie mit Juliane im Zimmer waren, wirkte Juliane lange nicht mehr so verstört. An eine Suizidgefahr wollte ich nicht glauben und glaube auch jetzt nicht daran. Aber wo steckt Juliane? Sie ist ja nun auf dem Weg ins Ausland. Wohin bloß? Ich muss jetzt sofort den Chefarzt und wohl auch die Polizei benachrichtigen.'

Ich erzählte ihr Julianes Geschichte. Die gute Schwester Verena war geschockt.

‚Dieser Professor hätte doch auch ins Freudenhaus gehen können, wenn er es so nötig hat', rief sie zornentbrannt. ‚Oder er hätte bei der Aktion ein Kondom benutzen können! Und überhaupt!!! Er ist ein schreckliches Ungeheuer!!!'

Dann nahm sie Julianes Brief an sich und begab sich auf die Suche nach dem Chefarzt. Ich ging niedergeschlagen zurück in mein Zimmer, wo die Schwesternschülerin schon mit Alexander wartete. Alexander brüllte lauthals vor Hunger. Es war höchste Zeit zum Stillen. Christian wartete schon im Zimmer auf mich, und ich erzählte ihm kurz, was vorgefallen war. Alexander lag noch an meiner Brust, als Oberschwester Verena hereinkam. Sie war immer noch aufgeregt.

‚Was machen wir mit dem kleinen Marko?', jammerte sie. ‚Er bräuchte dringend Muttermilch. Frau Meyerson, Sie produzieren doch viel zu viel Milch, man muss ja immer abpumpen. Haben Sie etwas dagegen, wenn wir Ihre Restmilch dem Marko im Fläschchen geben?'

Natürlich war ich damit einverstanden. Kurze Zeit später stand Schwester Verena wieder da. Es gab ein Riesenproblem: Marko konnte aus der Flasche nicht trinken. Selbst nicht mit einem Spezialtrinksauger. Kurz und gut: Niemand konnte Schwester Verena eine Bitte abschlagen. Sie machte Christian und mir klar, dass Marko wahrscheinlich keine Überlebenschance hätte, wenn er nicht gestillt werden würde. Außer mir kam keine Frau im Krankenhaus in Frage. Und es musste schnell gehandelt werden. Das Kind hätte sonst großen Schaden gelitten. Christian und ich akzeptierten, und so wurde ich zur Amme, und Marko wurde mir an die Brust gelegt."

Martin schaute von seinem Laptop auf.

„Was seid ihr doch für prächtige Menschen, du und Christian!", sagte er.

Susanne blickte versonnen vor sich hin. „Es ist schon ein seltsames Gefühl, ein fremdes Kind zu stillen. Aber der kleine, kranke Marko hatte so viel Würde und Persönlichkeit. Ich hatte bis dahin nicht gewusst, dass Babies fertige kleine Menschen sind. Er trank mit ernster Hingabe, als sei er dafür dankbar, dass ich ihm das Leben rette, aber er trank unendlich langsam. Ich hatte vor lauter Rührung Tränen in den Augen. Christian saß daneben und verhielt sich absolut still. Mir gingen tausend Gedanken durch den Kopf. Wie würde es mit dem kleinen Marko weitergehen? Meine Entlassung aus dem Krankenhaus stand ja kurz bevor.

Ich glaube, Christian konnte meine Gedanken lesen, denn als ich ihn flehentlich anblickte, sagte er sehr ernst: ‚Ich verstehe auch ohne Worte, was du mich fragen willst, Susanne. Es ist allein deine Entscheidung. Ich werde dir in der Zukunft bei der Kindererziehung kaum helfen können. Zum Monatsersten verlasse ich die Rechtsanwaltskanzlei und arbeite nur noch in der Firma Rainer Sommerlicht. Das bedeutet für mich wahnsinnig viel Arbeit. Und das heißt im Klartext für dich, dass du mit zwei Kindern dein Studium aufgeben müsstest, denn deiner Kinderfrau kannst du nicht die Aufsicht und die Arbeit für zwei Babies zumuten, während du studierst. Marko braucht Gymnastik und auch sonst viel Zeit, viele Arztbesuche und so weiter. Überlege es dir gut. Ich glaube nicht, dass Juliane sich bald melden wird. Mit deiner Berufsausbildung wäre es dann Essig. Treffe keine unüberlegte Entscheidung!'

‚Vielleicht kommt Juliane doch bald wieder', sagte ich.

Aber trotz Vermisstenanzeige und ausführlicher Suche der Polizei war Juliane unauffindbar. Auch Julianes Tante und ihre Eltern in der DDR konnten wir nicht ausfindig machen. Ich musste also mit Alexander und Marko eine weitere Woche im Krankenhaus bleiben, bis Marko außer Lebensgefahr war. Schwester Verena war rührend. Zuerst wurde Alexander gestillt. Dann durfte er im nicht belegten Nachbarbett liegen, mit dem Schnuller im Mund, bis Marko seine zeitlich sich sehr in die Länge ziehende Mahlzeit beendet hatte.

‚Alexander darf nicht eifersüchtig werden!', sagte Schwester Verena. Und dann lachend: ‚Der Alexander liegt in seinem großen Bett wie ein selbstzufriedener Prälat.'

Während ich die beiden Kinder stillte, hing außen an meiner Tür immer das Plakat ‚Bitte nicht stören!', weil Marko sehr schreckhaft war. Etwa acht Tage nach Alexanders Geburt – Marko lag gerade an meiner Brust – klopfte es, und sofort danach ging die Tür auf. Meine Mutter streckte den Kopf herein und sagte: ‚Wir sind's. Wir dürfen doch reinkommen, oder?', und damit schob sie meinen Vater im Rollstuhl herein.

Ich erschrak, denn meine Eltern wussten zwar, dass Juliane verschwunden war, von meinem Job als Amme wussten sie aber noch nichts. Marko muss meinen Schreck gespürt haben, denn er fing sofort an fürchterlich zu schreien. Alexander seinerseits wollte seinem Kumpel in nichts nachstehen. Er schubste energisch den Schnuller mit der Zunge aus dem Mund und brüllte aus Leibeskräften mit. Es herrschte Chaos. Da fing mein Vater laut an zu lachen, so herzlich, wie wir ihn schon lange nicht mehr hatten lachen hören.

‚Mit so viel Trara sind wir doch noch nie begrüßt worden, was, Hanna!', rief er.

Meine Mutter Hanna nahm kurzentschlossen Alexander aus dem Bett, wiegte ihn hin und her und redete behutsam auf ihn ein. Dann bekam Alexander wieder seinen Schnuller, worauf er sich allmählich beruhigte. Schwester Verena kam herein – sie hatte das Gebrüll gehört –, erfasste die Situation im Nu, nahm mir Marko ab, sagte zu ihm: ‚Ihro Majestät, Sie haben jetzt genug bekommen! Es gibt keinen Anlass so zu schreien!', und wollte ihn mitnehmen.

‚Halt!', sagte mein Vater. ‚Welcher ist jetzt mein Enkel, oder habe ich gar zwei und weiß noch nichts davon?'

Schwester Verena lachte: ‚Raten Sie mal!'

Meine Mutter sagte schmunzelnd: ‚Wie kannst du fragen? Ich habe deinen Enkel im Arm. Das ist Alexander. Er sieht genauso aus wie du auf deinen Babyfotos.'

‚Alles klar?', fragte Schwester Verena und verschwand. Nachdem ich Vater Markos Geschichte erzählt hatte, wurde er sehr ernst.

‚Sannekind!', sagte er, ‚wie soll das weitergehen?'

Ich musste mit den Tränen kämpfen. ‚Sannekind' hatte er immer gesagt, wenn mir mein Naturell als Kind mal wieder einen Streich gespielt hatte. Ein ernstes Gespräch mit dem Thema Marko war also angesagt.

Um es kurz zu machen, du weißt ja, wie wir uns entschieden haben. Marko blieb bei uns."

„Hast du deinen Entschluss bereut?", fragte Martin.

Susanne antwortete nicht sofort.

Dann sagte sie: „Bereut, nie! Aber bedauert habe ich, dass ich nicht mehr weiterstudieren konnte. Ich war ja mit großer Leidenschaft Kunst- und Sportstudentin gewesen. Mit zwei Kindern war es mit dem Studium natürlich vorbei. Wenn der Haushalt mir über dem Kopf zusammenschlug, habe ich oft geheult, vor allem nachts, wenn Christian auf Geschäftsreise war. Die Kinder schliefen, ich saß im Wohnzimmer, und plötzlich überfiel mich eine übergroße Sehnsucht nach der Uni. Dann ging ich leise ins Kinderzimmer und sah mir meine beiden schlafenden, herzigen Buben an. Das tröstete ein wenig. Es mir war klar, dass das Leben, oder nenne es das Schicksal, mir diese Aufgabe abverlangte. Also habe ich mich darauf eingestellt. Als Tochter eines Landarztes wusste ich, dass Leben und Wohl eines Mitmenschen immer an erster Stelle stehen müssen. Zum Glück hatte ich nie viel Zeit zu grübeln. Marko brauchte sehr viel Zeit und Zuwendung – und genauso Alexander, denn er durfte ja nicht eifersüchtig werden. Wenn man ein krankes Kind hat, darf das gesunde Kind auf keinen Fall zu kurz kommen, das ist unabdingbar wichtig. Aber wem erzähle ich das, du bist ja Psychologe. Um mein Seelengleichgewicht einigermaßen herzustellen, gab ich Schwimmkurse im Rahmen der DLRG und malte einige Kinderbücher. Ein Buch wurde von einem Verlag gedruckt. Danach bat mich der Leiter der Volkshochschule, die Leitung von Malkursen zu übernehmen: ‚Malen mit Susanne', einen Kurs für Kinder und einen für Erwachsene. Das machte mir großen Spaß und verhalf mir zu Selbstvertrauen. Aber darüber wollen wir heute ja nicht reden.

Darum wieder zurück zur Zeit im Krankenhaus. Wie schon gesagt, Alexander, Marko und ich blieben wegen

Markos labilem Gesundheitszustand länger im Krankenhaus als sonst üblich. Zudem musste ich so eine Art Schnellkurs für Krankengymnastik absolvieren. Die Krankengymnastin und Schwester Verena opferten viel private Zeit dafür. Ihnen lag das Schicksal des kleinen Marko mit seinen Motorik-Problemen sehr am Herzen.

Etwa sechs Tage nach Julianes Verschwinden nahm ich ein paar Stunden Urlaub vom Krankenhaus und fuhr mit dem Taxi zur Sporthochschule, um den Hausmeister der Uni-Turnhallen zu besuchen. Er war mir immer ein väterlicher Freund gewesen. Ich musste bei ihm noch eine Wettschuld einlösen, eine Flasche Sekt. Er freute sich riesig, als er mich sah.

‚Sie sahen ja niedlich aus mit Ihrem dicken Bauch, Susanne', lachte er, ‚aber ohne dicken Bauch gefallen Sie mir besser!'

Ich schwärmte von meinem Baby Alexander und fragte nach den Neuigkeiten. Er erzählte, dass Professor X spurlos verschwunden sei. Es werde so einiges gegen ihn gemunkelt, Studentinnen betreffend. Ich war fassungslos, ging schnurstracks ins Sekretariat und bat um eine Unterredung beim Präsidenten. Die wurde mir unkonventionell schnell gewährt – ich hatte an der Uni wegen meiner früheren Schwimmerfolge einen Stein im Brett –, und so wurde Julianes Schicksal in der Sporthochschule aktenkundig, allerdings unter dem Siegel der Verschwiegenheit und mit der dringenden Bitte meinerseits, doch den Professor ausfindig zu machen – wegen eines Vaterschaftstests. In der folgenden Nacht konnte ich kaum schlafen. Arme, arme Juliane! Wenn ich sie doch nur hätte erreichen können!

Übrigens: Vom Professor fehlt bis heute jede Spur.

Meine Mutter hatte, wie besprochen und versprochen, eine Kinderfrau besorgt. Trotzdem waren die ersten Monate zu Hause sehr anstrengend. Zwei Kinder stillen, viel Krankengymnastik mit Marko durchziehen, dafür sorgen, dass Alexander nicht eifersüchtig wurde, und so weiter, siehe oben, ich habe ja schon davon gesprochen. Nach fünf Monaten bekam ich eine schlimme Brustentzündung. Die Kinder mussten von jetzt auf gleich auf die Flasche umgestellt werden. Gottlob haben die zwei die plötzliche Umstellung gut überstanden. Christians Schwester Maria hat geholfen. In ihrer freundlichen und selbstverständlichen Art! Als junge Lehrerin opferte sie Ferien und Wochenenden, um mir beizustehen. Sogar noch nach ihrer Heirat. Ihr Mann Heinz war ein verständnisvoller Onkel. Als ich nach der Brustentzündung wieder einigermaßen hergestellt war, kündigte unsere Kinderfrau. Sie musste ihre kranke Mutter pflegen. Zum Glück hatte Maria damals gerade Ferien und half mal wieder. Danach kam Leonie als Haushaltshilfe zu uns. Du kennst sie, die jetzige Frau Bauer. Du hast sie ja in unserem Haus kennen gelernt. Sie war und ist eine Perle.

Mein Vater war ein herziger Opa zu den zwei Buben. Bei Alexanders Taufe – Marko war im Krankenhaus ja schon getauft worden – wollte er unter allen Umständen dabei sein. Mit seinen leuchtend weißen Haaren saß er wie verklärt im Rollstuhl. Heinrich, Christians kleiner Bruder, stupste mich plötzlich während der Tauffeier an und flüsterte: ‚Susanne, dein Vater sieht aus, als hätte er einen Heiligenschein.'

Dieser Satz wird mir immer in Erinnerung bleiben, denn drei Tage später war Vater tot.

Obwohl wir alle seit Jahren mit einem Herzstillstand bei ihm hatten rechnen müssen, traf uns diese Tatsache wie eine Keule. Wieder einmal wurde Christian zur unentbehrlichen Hilfe. Er nahm sofort eine Woche Urlaub – Rainer Sommerlicht machte es möglich! – und half, wo er konnte. Viele hundert Menschen kamen zur Beerdigung. Vor allem Mütter. Vater hatte einigen tausend Babies dabei geholfen, das Licht der Welt zu erblicken. Trotz des starken Mitgefühls von allen Seiten kam meine Mutter mit der neuen Situation als Witwe kaum zurecht. Es war eine schlimme Zeit.

Einige Monate später wurde Leonie auf dem Fußgängerüberweg von einem Auto angefahren. Mindestens ein Jahr Arbeitsunfähigkeit stand ihr bevor. Daraufhin verkaufte Mutter kurzerhand Vaters Haus mit der Praxis und kaufte von dem Geld unser jetziges Haus. Für sich selber mietete sie eine Dreizimmerwohnung, nicht weit von uns entfernt, und ersetzte Leonie voll und ganz. Immer wenn Christian kam, ließ sie uns allein, wenn wir sie nicht gerade dringend brauchten.

‚Es ist so wichtig, dass ihr ein richtiges Familiengefühl bekommt', sagte sie. ‚Christian hat so wenig Zeit für die Familie, da braucht ihr ihn für euch selber. Ich muss nicht immer dabei sein.'

Nach einem Jahr kam Leonie wieder. Aus Dankbarkeit wollten wir Mutter etwas Besonderes schenken. Du weißt, sie hatte Archäologie studiert. Als Studentin hatte sie ein Vierteljahr in Troja verbracht, es war ein Praktikum oder so was Ähnliches gewesen, ich weiß nicht genau. Darum war das Thema ‚Troja' lebenslang ihr Steckenpferd. Und ich bin quasi mit der schönen Helena und ihrem Paris aufgewachsen. Als ich im Alter von sieben Jahren eine schreckliche Angina hatte, träumte ich in meinem hohen Fieber, ich würde im Trojanischen Pferd ersticken, und so weiter und so weiter. Ich könnte jetzt endlos erzählen. Kurz und gut, wir buchten für Mutter eine Reisegruppenfahrt nach Troja. Sie freute sich riesig. Bei der Besichtigung von einer von Schliemanns Ausgrabungsstätten in Troja stieß die Reisegesellschaft zufällig auf eine Gruppe von Studenten, die aufmerksam der Stimme ihrer Professorin lauschten. Mutter wurde stutzig. Diese Stimme kannte sie doch. Sie gehörte einer Kommilitonin aus Mutters Studentenzeit, dem ‚Puzzle-Dorle', wie sie damals liebevoll genannt worden war, weil sie die ausgegrabenen Scherben absolut meister-haft hatte zusammensetzen können. Mutter blieb wie angewurzelt stehen und starrte. Frau Professorin Dr. Dorothea Maurer fühlte sich beobachtet und schaute Mutter an.

‚Hanna!', rief sie, und die beiden Frauen lagen sich zum Erstaunen der Studenten in den Armen. Mutter verließ die Reisegruppe, blieb bei den Archäologen und kam erst nach einem halben Jahr wieder nach Deutschland zurück. Sie wirkte um Jahre verjüngt. Danach pendelte sie als Archäologen-Hilfskraft für ‚Tante Dorle' und als Großmutter-Hilfskraft dauernd hin und her.

„Entschuldige bitte, wenn ich dich unterbreche", sagte Martin, „aber ist das die Tante Dorle, von der Marko seit Jahren so schwärmt?"

Susanne nickte und lachte ein wenig.

„Die ganze Großfamilie schwärmt von Tante Dorle. Christians Geschwister sind zur Zeit mit ihr in Griechenland. Es ist ihre letzte Archäologenfahrt. Sie wird demnächst neunzig."

„Marko hat mir kürzlich von einem Fantasiefreund aus seinen Kindertagen erzählt, einem Zwerg Bodo. Hatte der nicht auch mit Tante Dorle zu tun?"

Susanne schmunzelte.

„Unser Zwerg Bodo hatte nur indirekt mit Tante Dorle zu tun. Als Marko und Alexander etwa vier Jahre alt waren, hatte ich eine böse Grippe, und Mutter agierte mal wieder bei uns als Hilfskraft. Da kam ein Telefonanruf von Tante Dorle, sie habe auch die Grippe, und Mutter müsse für sie einen Vortrag über Troja halten, den man nicht absagen könne. Sie müsse nur das bereits fertige Manuskript vorlesen und danach Fragen beantworten. Das könne sie ja. Mutter war furchtbar aufgeregt. Ob sie wohl in der Lage wäre, über eine Stunde lang deutlich vorzulesen?

‚Ich muss meine Sprechwerkzeuge aktivieren!' sagte sie, holte sich aus der Leihbücherei ein altmodisches Sprecherziehungsbuch, und damit übte sie mit Begeisterung stundenlang.

Oma Hannas Sprechübungen lauteten etwa so:

‚Am Abend saß Anna am Waldrand, Anna las das Abendblatt, Anna aß Ananas' – ‚Enkel Ethelbert und Enkel Engelbert verzehrten edle erlesene Erdbeeren' – ‚Urs und Ulf fuhren murrend und knurrend um Ulm herum' – ‚Igelin Irmi und Igel Firmin liebten sich innig' – ‚Oben droben wohnen fromme Nonnen, holen Kohlen, kochen Bohnen von den Dosen, loben Bodo ob der großen roten Rosen, stopfen Bodos rote Lotterhosen ...'

Susanne lachte plötzlich laut auf.

„Martin, da fällt mir gerade was auf. Typisch für den geheimen Schalk meiner Mutter. Das Stopfen der roten Lotterhosen stand ganz bestimmt nicht in dem Sprecherziehungsbuch. Das war höchstwahrscheinlich ihre Erfindung. Aber als die Buben von Bodos roten Lotterhosen hörten, kamen sie zu mir ins Schlafzimmer gerannt.

‚Musani, wer ist Bodo mit den roten Lotterhosen?'

Ich wollte eben erklären, es handle sich um eine Sprechübung mit ‚ooooo', aber Alexander kam mir zuvor und sagte mit leuchtendem Auge, er wisse es jetzt auf einmal ganz genau, Bodo sei ein Zworg – er sagte Zworg, weil er das Wort Zwerg damals noch nicht richtig aussprechen konnte – und Bodo sei der Gärtner der frommen Nonnen und brauche eine Leiter, um die großen roten Rosen zu pflegen, und darum hätte er auch seine rote Lotterhose zerrissen, und jetzt müssten die frommen Nonnen seine rote Lotterhosen flicken, usw. usw., kurz, meine Mutter übte Sprechen, und die Buben malten stundenlang Bilder von Bodo in allen möglichen Lebenslagen, immer natürlich mit sehr imposanten roten Lotterhosen. Danach verließ Bodo die frommen Nonnen. Er kam zu uns und erlebte die spannendsten Abenteuer."

Martin lachte.

„Ach so war das! Marko hat mir erzählt, dass die unsichtbare Fantasiefigur Bodo sogar einen Platz am Tisch und einen eigenen Teller und eigenes Besteck bekam. Auf Bodos Stuhl lagen viele Kinderbücher, auf denen Bodo sitzen musste, sonst hätte er den Tischrand ja nicht erreicht."

„Es wurde ihm pantomimisch immer Essen geschöpft", sagte Susanne, „nur beim Nachtisch bestand Christian darauf, dass Bodo eine sichtbare Portion erhielt.

,Ihr müsst ihm halt beim Nachtisch helfen', erklärte er dann den Buben, ,so ein Zwerg hat ja keinen großen Magen.'

Wie gesagt, der Zwerg Bodo war ein Mitglied der Familie. Autofahrten in den Urlaub waren kein Problem mehr. Einer konnte immer eine abenteuerliche Bodo-Geschichte erzählen, dabei verging die Zeit wie im Fluge."

„Hat Christian auch Geschichten erzählt? Sein Beruf gab zu Fantasien ja kaum Anlass", fragte Martin.

„Hast du eine Ahnung von Christian! Seine Geschichten waren die besten. Es galt die Regel, dass das Schlüsselwort jeder Geschichte ein ‚o' beinhalten musste, weil Bodo das so wollte. Christians Geschichten von Bodos Abenteuern auf dem Schloss auf der Insel Rhodos, nahe bei dem Koloss von Rhodos, waren unübertroffen. Er musste sie hundertmal erzählen."

Susanne fuhr über Christians Stirn. „Weißt du noch, Christian? Alexander hat immer vom Kloß von Rhodos gesprochen!"

Und zu Martin gewandt: „Noch einmal kurz zu Bodo. Als Marion und Michael zur Welt kamen, verließ uns Bodo still und heimlich. Eines Tages lagen keine Kinderbücher mehr auf Bodos Stuhl. Auf meine Frage, was mit Bodo sei, antwortete Alexander etwas verlegen, der sei jetzt wieder zurück zu den frommen Nonnen, unsere Familie sei ihm jetzt zu groß.

‚Er hätte sich nun wirklich auch von uns verabschieden können', tat ich etwas beleidigt.

‚Er, er hat euch alle lieb!', stotterte Alexander, und nach einer kleinen Pause: ‚Und er ist auch sehr dankbar, und darum bedankt er sich ganz herzlich für alles und lässt euch alle grüßen.'

Darauf ich: ‚Das ist aber nett von ihm!', worauf Alexander wiederum etwas verlegen und mit altkluger Miene sagte: ‚Er ist ja auch so ein wohlerzogener Zwerg.'

Ja, und wenn Christian nicht manchmal später noch ab und zu lauthals unser selbstgemachtes Bodolied geschmettert hätte, wäre Bodo wohl ganz in Vergessenheit geraten."

„Was seid ihr doch für wunderbare Eltern!", sagte Martin fast sehnsüchtig. „Wenn du gerade vom Bodolied sprichst – spielt Christian eigentlich ein Instrument?"

„Er kann sehr gut singen. Das merke sogar ich, obwohl ich leider sehr unmusikalisch bin. Und er hat den Kindern immer die Geigen gestimmt. Marion behauptet, das könne keiner so gut wie er. Vielleicht spielte er ein Instrument in seiner Jugend. Möglich wäre es schon, aber er hat nie davon gesprochen. Immer, wenn ich über seine Kindheit und Jugend reden wollte, hat er abgeblockt und sofort das Thema gewechselt. Warum, weiß ich nicht. Natürlich mache ich mir jetzt dauernd darüber Gedanken, wegen meiner Geigen auf dem Plakat, ob da irgendetwas mit Geigen in seiner Kindheit war. Irgendwie war Christians Kindheit immer ein Tabu. Ich fürchte, ich habe versagt. Hätte ich auf dem Thema Kindheit immer wieder beharren müssen? Ich mache mir solche Vorwürfe. Nach vierzig Ehejahren ..."

Martin unterbrach sie: „Man kann niemanden dazu zwingen, er möge seine Seele öffnen. Haben seine Geschwister nie von ihrer Kindheit und Jugend erzählt?"

„Kleine Banalitäten, ja. Aber da Mutter Meyerson sich sofort auf die Distanzwolke begab, wenn von Vater Anton Meyerson die Rede war, mieden alle das Thema. Und damit auch ich. Das blieb auch dann so nach Mutter Meyersons Tod."

„Susanne, ich glaube, dass wir hier einhaken müssen. Warum haben alle das Thema Kindheit totgeschwiegen? Man hätte ja mal ohne Mutter Meyerson darüber reden können."

„Du hast recht. Ich wollte das auch einige Male. Aber dem Thema wurde dann, wie gesagt, ausgewichen. Ich wollte nicht aufdringlich sein. Und Christian war immer ausgeglichen, ich möchte fast sagen, psychisch perfekt. Ich habe mir also über dieses Thema nie sonderlich den Kopf zerbrochen."

„Christians Geschwister sind mit eurer Tante Dorle in Griechenland. Kann man sie telefonisch erreichen?"

„Leider frühestens übermorgen in einem Hotel in Athen. Keiner hat ein Handy dabei. Tante Dorle wollte das so. Aber apropos Christians Musikalität: Rainer Sommerlicht hat bei seiner Abschlussrede Christians außerordentliche musikalische und musikantische Fähigkeiten erwähnt. Wie kommt er auf musikantische Fähigkeiten? Für morgen früh hat er einen Krankenbesuch angesagt. Wir müssen ihn fragen. Er kennt Christian ja schon seit Kindertagen."

„Also müssen wir morgen früh unbedingt mit ihm darüber reden. Weißt du, es kann nicht jeder so mir nichts dir nichts einfach Geigen stimmen – wie sonst niemand auf der Welt. Da muss Erfahrung dahinterstecken." Martin lächelte Susanne aufmunternd an: „Ich habe eure chronologische Lebensgeschichte mit dem Thema Bodo unterbrochen. Ich sagte ja, ich frage kreuz und quer. Bitte, erzähle weiter."

Susanne sagte eine Minute lang nichts, dann: „Martin, hast du Bodo ins Spiel gebracht, um mich aufzuheitern?"

„Ein bisschen ja, aber nicht nur. Ich möchte einfach so viel wie möglich über Christians Seele und sein Gemüt erfahren. Darum werde ich dich noch öfters bei deinem Bericht in Seitenwege abdrängen. Kreuz und quer, wie soll ich ihn sonst kennen lernen? Bei meinen Besuchen bei euch war Christian ein sehr höflicher, freundlicher und fröhlicher Mann. Aber ich weiß deshalb ja noch lange nicht, wer er eigentlich ist. Die Bodogeschichte spricht doch deutlich von seinem Humor und seiner Kreativität, von seiner Sensibilität und Güte, denk doch bloß an die Extra-Nachtischportion für Bodo. Kinder essen doch so gerne eine Extra-Portion Nachtisch! Solche kleine Episoden sagen viel über einen Menschen aus. Aber jetzt, bitte, wieder weiter im Text!"

ALEXANDER

„Wo waren wir stehen geblieben? – Bei Marko und Alexander als Babies! – Also: Christian war täglich pünktlich bei den Mahlzeiten zu Hause, er aß nie in der Kantine. Er war der Mittelpunkt der Familie, ‚der Bestimmer', wie Alexander sagte. Es gab nichts, was die Buben nicht mit ihm besprochen hätten. Wenn die Kinder Schwierigkeiten hatten, durften sie Christian in der Firma anrufen, mit ausdrücklicher Genehmigung von Rainer Sommerlicht, der unserer Familie gegenüber immer ein schlechtes Gewissen hatte, weil Christian so sehr viel Zeit in der Firma verbringen musste."

Susanne streichelte Christians Hand.

„Es gibt keinen besseren Familienvater als dich, Christian!", sagte sie.

„Wie hat sich eigentlich Marko in die Familie eingefügt?", fragte Martin.

Susanne lächelte ein wenig. „Da gab es nichts einzufügen, er gehörte ganz einfach zu uns. Er war ein selbstverständliches Mitglied der Familie. Am ersten Abend, als ich mit den Babies Alexander und Marko zu Hause war und die beiden endlich schliefen, fragte Christian: ‚Und wie heißen wir nun, Susanne? Mama und Papa ist problematisch, es gibt ja auch noch eine Mama Juliane.' Dieses Problem hatte ich noch gar nicht bedacht, und wir beredeten es ziemlich lange. Wir entschlossen uns, Christian ‚Dad' zu nennen, das war nicht so familiär wie ‚Papa', und für mich einigten wir uns auf die Bezeichnung ‚Mutti Susanne', so war noch Platz für ‚Mutti Juliane'. Wer von den beiden

Buben die geniale Abkürzung von ‚Mutti Susanne' zu ‚Musani' erfunden hat, weiß ich nicht mehr. Auf jeden Fall ist mir diese Anrede bis heute geblieben. Nur Marion sagte und sagt ‚Mama' – und statt ‚Dad' meistens ‚Papa'. Da fällt mir zum Thema ‚Christian war der Bestimmer' noch eine Episode ein, ein Gespräch zwischen Marko und Alexander, das ich zufällig mitbekam, als die beiden etwa fünf Jahre alt waren.

Alexander zu Marko: ‚Du Marko, der Friedhelm Schauber sagt, zu Hause sei er der Bestimmer. Glaubst du das?'

Marko nach einer Weile: ‚Kann schon sein. Er kriegt alles, was er will.'

Und Marko weiter: ‚Xandi, wölltest du bei uns der Bestimmer sein?'

Pause. Dann Alexander: ‚Vielleicht schon. Aber dann täten du und ich immer streiten. Wölltest du bei uns der Bestimmer sein?'

Marko: ‚Nööö! Weil – Dad weiß immer alles am besten!'

Ein bisschen ist das heute noch so. Bis jetzt war Christian immer der Mittelpunkt und große Ratgeber in der Familie.

Marko und Alexander waren unzertrennlich. Sie machten alles gemeinsam. Wenn Marko seine gymnastischen Übungen zu absolvieren hatte, machte Alexander mit Begeisterung mit. Markos Behinderung war nie ein besonderes Thema – sie war eine Realität, eine Aufgabe für die ganze Familie."

Martin nickte. „Und mit welchem Erfolg! Marko sagte kürzlich zu mir, er sei ein medizinisches Wunder, das nur euch zu verdanken sei. Seine Probleme lagen ja hauptsächlich in der Motorik der Arme, Hände und Finger. Heute hat er mehr Fingerspitzengefühl als sonst einer, sein Ruf als Chirurg ist einmalig."

„Wir sind alle sehr stolz auf ihn", sagte Susanne. „Aber es ist nicht ein Wunder unserer Familie, es lag an ihm. Er wollte mit aller Willenskraft seine Behinderung loswerden und hat geübt und geübt, und wir freuen uns alle so, dass er es geschafft hat. Vielleicht hat Bodo auch noch ein wenig mitgeholfen. Marko malte unzählig viele Bilder von Bodo mit den roten Lotterhosen. Außerdem war Wassergymnastik wichtig. Ich kam dadurch mit den Leuten vom DLRG zusammen, meine Schwimmkurse datieren aus jener Zeit."

Susanne lächelte wieder. „Marko und Alexander waren sechs Jahre alt, als die Zwillinge Marion und Michael zur Welt kamen. Die beiden nahmen sich sofort mit großer Liebe der Babies an. Deshalb gab es ja auch keinen Platz mehr für Bodo. Marko war Marions Schutzengel, Alexander fühlte sich vor allem für Michael verantwortlich. Und die Zwillinge hatten Aufsicht nötig. Wie ich schon vorher erzählt habe: Sie waren wild. Sie kletterten auf die höchsten Bäume, brachen im Eis ein, hatten dauernd verpflasterte Knie, hatten jede Menge Schnittwunden, die genäht werden mussten, und so weiter und so weiter. Unser Hausarzt lachte jedes Mal, wenn wir in seiner Praxis auftauchten und nannte die beiden nur Tarzan und Jane. Jaja, meine Abenteuergene!

Markos und Alexanders vierzehnte Geburtstage wurden heftig gefeiert. Zuerst der Geburtstag von Marko, dann ein paar Tage später der von Alexander. Danach bat Christian meine Mutter und Leonie, mit den Zwillingen eine Ferienwoche an der Nordsee zu verbringen. Die Zwillinge mussten großes Ehrenwort geben, nur an erlaubtem Badestrand ins Wasser zu gehen. Das große Ehrenwort war wichtig, die zwei konnten nämlich schwimmen wie Fische, und wer weiß, wo überall die beiden ohne dieses Ehrenwort ins Wasser hinein gesprungen wären!"

Martin lachte: „Jaja, Susannes Schwimmgene!"

„Sei mir still mit meinen Genen!", sagte Susanne. „Es war das erste Mal, dass die Familie in den großen Ferien nicht dauernd zusammen war. Mir war bei der Sache nicht ganz wohl. Aber wir hatten mit den Großen Wichtiges zu besprechen, wir mussten mit ihnen allein sein."

Susanne stand auf, nahm einen Apfel aus der Obstschale und fragte: „Darf ich dir auch einen Apfel anbieten, Martin?"

Martin bejahte, und Susanne ging ans Waschbecken, um die Äpfel zu waschen. Beim Blick in den Spiegel erschrak sie.

„Es gibt Märchen", sagte sie, „wo Menschen für kurze Zeit einschlafen oder mit Erdmännlein sprechen oder was weiß ich was in scheinbar kurzer Zeit tun, und danach sind sie um Hunderte von Jahren älter. Wenn ich mich im Spiegel ansehe, komme ich mir genau so vor. Ich habe das Gefühl, ich bin uralt, und genauso sehe ich auch aus. Wenn ich meine Haare nicht gefärbt hätte, wäre ich in den letzten Tagen wahrscheinlich schneeweiß geworden. Während meiner Erzählungen rauscht bei mir im Hinterkopf und im Hintergrund meiner Seele konstant immer dasselbe Programm wie ein Wasserfall: Wo liegt das Missverständnis? Ich glaube, ich werde noch verrückt!"

Martin sagte nichts. Susanne sah an seinem Gesicht, wie sehr auch ihn die ganze Situation belastete.

„Wir müssen das Problem lösen!" Susanne riss sich zusammen. „Machen wir weiter!"

„Ihr hattet Wichtiges mit den Großen zu besprechen", sagte Martin.

Susanne seufzte. „Mir war himmelangst vor dieser Aussprache. Christian bestand darauf, unserem Alexander mitzuteilen, dass Enrico sein Vater war. Enrico ist als Vater in der Geburtsurkunde eingetragen, und Christian wollte nicht, dass Alexander durch Zufall dahinterkommen würde. Christian hatte zwar die Dokumente in Urgroßonkels Schreibtisch versteckt, aber er fürchtete die Entdeckerfreude unserer Kinder. Ein Bankschließfach wäre eine Möglichkeit gewesen, das fällt mir gerade ein. Aber daran haben wir damals nicht gedacht.

Wir begannen den Tag mit Basketballspielen, dann gab es das Lieblingsessen der beiden: Wiener Schnitzel und Pommes Frites und viel Salat. Nach dem Essen schickte Christian mich in die Konditorei, um Kuchen zu holen. Ich könne mir Zeit lassen, sagte er. Wir hatten vorher beschlossen, dass Christian den beiden die Tatsachen ohne mich erzählen würde.

Ich ließ mir Zeit, mir war schrecklich mulmig dabei zumute. Als ich mit meinen Kuchenstücken zurückkam, bot sich mir im Wohnzimmer ein anrührender Anblick. Christian saß im Sessel, und die beiden Buben standen vor ihm. Marko hatte sein Gesicht in Christians linker Schulter begraben und schluchzte herzzerbrechend. Alexander stieß seinen Kopf in rhythmischen Stößen auf Christians rechte Schulter und jammerte dabei ganz verzweifelt und unaufhörlich: ‚Ich will, dass du mein Vater bist, ich will, dass du mein Vater bist!'

Du kannst dir nicht vorstellen, wie elend mir zumute war. Ich hatte Schuldgefühle und Minderwertigkeitsgefühle und was weiß ich was für sonstige Gefühle noch dazu.

Christian sah mich im Türrahmen stehen, sein Gesicht war konzentriert nachdenklich.

‚Gut, dass du kommst, Susanne', sagte er. ‚Würdest du mir bitte eine Stecknadel und Zündhölzer bringen?'

Als ich mit der Stecknadel und den Zündhölzern wieder ins Wohnzimmer zurück kam, weinten die beiden immer noch.

Christian schob nun die Buben liebevoll von sich und sagte: ‚Meine Herren, wir drei können jammern, wie wir wollen. Wir können das Rad der Geschichte nicht drehen, wie wir es gerne hätten. Ich kann euer Erzeuger nicht sein, so gerne ich es auch wäre. Aber ich bin und bleibe euer Dad, das bleibt unbestritten. Ich hätte jetzt eine Bitte an euch. Susanne ist mit Alexander blutsverwandt und mit Marko milchverwandt, denn schließlich hat Marko ja fünf Monate lang Musanis Milch getrunken. Das will schon was heißen. Ich möchte aber auch gerne mit euch verwandt sein. Darf ich euch bitten, meine Blutsbrüder zu werden: Stichwort Winnetou und Old Shatterhand. Seid ihr einverstanden?'

Die Buben nickten bleich und schniefend.

‚Also, Zündholz, um die Stecknadel zu desinfizieren, haben wir schon. Oder hättest du ein Sterillium im Haus, Susanne, das wäre vielleicht zur Desinfektion für die Nadel besser?' Christians Stimme war ruhig und sachlich.

Ich holte Sterillium

‚Und könntest du Urgroßonkels Meerschaumpfeife aus seinem Schreibtisch holen, der Tabak liegt daneben. Wir müssen anschließend noch das Kalumet rauchen', sagte Christian zu mir – und zu Marko und Alexander gewandt: ‚Männer, seid ihr soweit?'

Ich kam erst nach fünf Minuten mit der Meerschaumpfeife und dem Tabak wieder ins Wohnzimmer zurück. Meine drei Männer saßen mit weihevollen Gesichtern auf dem Sofa.

‚Blutsbrüder, sollen wir Musani mitrauchen lassen, was meint ihr?', fragte Christian. Die Buben nickten wieder, und so rauchten wir aus Urgroßonkels Meerschaumpfeife. Ich hustete wie verrückt, die drei Blutsbrüder mussten lachen, aber der Bann war nicht gebrochen.

Nach der Blutsbrüderszene ging Alexander stumm nach oben, Marko hinter ihm her.

Dann hörten wir folgendes Gespräch.

Vor der Badezimmertür sagte Marko zu Alexander: ‚Xander, du hast wenigstens einen Fuß auf dem Boden, du kennst und hast deine Mutter. Ich, ich kenne keinen Vater und keine Mutter.'

Darauf Alexander: ‚Es tröstet mich überhaupt kein bisschen, wenn es dir noch schlechter geht als mir. Du hast deine Situation zeitlebens gekannt. Du heißt ja auch Zebritz. Ich heiße Meyerson, bin aber kein Meyerson. Ich bin ein Kuckuckskind!!! Man hat mir heute den Boden unter den Füßen weggerissen. Ich will nicht Gene von irgendeinem wunderschönen, erfolgreichen Motorradfahrer haben. Außerdem habe ich ja noch nicht einmal ein Foto von ihm gesehen! Aber, egal wie er aussieht, ich will Dads Gene. Ich will Dads Gene, Meyerson-Gene. Aber ich bin ein Kuckuckskind! Das ist wirklich ein beschissenes nachträgliches Geburtstagsgeschenk! Beschissen! Beschissen! Beschissen! Scheiße, Scheiße, Oberscheiße!'

‚Du bist kein Kuckuckskind!', schrie Marko.

Man hörte das Knallen der Badezimmertür. Alexander hatte sich eingeschlossen.

Christian sah mich an und wurde totenbleich.

‚Wir haben's falsch gemacht, Susanne', sagte er. ‚Wir haben es falsch gemacht. Wir hätten's ihm früher oder später erzählen sollen. Aber niemals ein paar Tage nach seinem vierzehnten Geburtstag. Dem Pubertätsgeburtstag! Oh Gott, das haben wir falsch gemacht! Das war ein Schlag in sein Seelenkontor! Wie konnte ich bloß vergessen, wie man sich in der Pubertät fühlt! Die Idee mit der Blutsbrüderschaft und der Milchverwandtschaft war auch nicht das Gelbe vom Ei! Die beiden empfanden das wahrscheinlich als albern pädagogisch und kindisch! Sie sind doch schon vierzehn! In dem Alter ist man so verdammt sensibel! Und auch schon ein bisschen erwachsen! Was bin ich für ein dummer, unsensibler Mensch! Weißt du, was ich mir vorgestellt habe? Ich erkläre ihm Enricos Vaterschaft, dann nimmt Alexander mich ganz cool in den Arm und sagt: ‚Du bist trotzdem mein Vater', und das Thema ist beendet. Wie konnte ich so hirnrissig naiv sein? Wir hätten einen Psychologen zu Rate ziehen sollen! Der arme Kerl! Der arme Kerl! Was machen wir bloß? Hast du denn kein Foto von Enrico?'

Ich suchte verzweifelt ziemlich lange in allen meinen persönlichen Schubladen, bis ich endlich einen alten Zeitungsausschnitt fand, mit einem Konterfei von einem strahlenden Enrico darauf – mit charmantem Siegerlächeln.

Christian ging damit vor die Badezimmertür. Ich rannte verzweifelt hinunter in den Hobbyraum, wollte nichts mehr sehen und nichts mehr hören. Ich hatte das schreckliche Gefühl, alles falsch gemacht zu haben. Es wäre meine – wirklich meine – Aufgabe gewesen, Alexander alles zu erzählen, und das nicht in zeitlicher Nähe von seinem Geburtstag. Warum hatte ich mir nicht bei einem Psychologen Rat geholt? Aber Alexander war ja bis dato der unbeschwerteste, fröhlichste Junge der Welt gewesen, den seelisch bislang noch nie was umgeschmissen hatte. Du kannst dir gar nicht vorstellen, wie traurig mir zumute war.

Was sich im oberen Stock abspielte, weiß ich nicht. Nach etwa einer halben Stunde kamen alle drei herunter, Christian rief nach mir, wir würden jetzt in die ‚Riesenmühle' gehen, dem Lieblingslokal unserer Kinder – eine dreiviertel Wanderstunde von unserem Haus entfernt. Bleich und angespannt verließen wir das Haus. Während der

Wanderung versuchte ich, mit Alexander zu reden, es lief aber auf einen Monolog meinerseits hinaus, Xander schwieg beharrlich. Ich redete und redete. Heute kann ich mich nicht mehr daran erinnern, was ich alles gesagt habe.

In der ‚Riesenmühle' waren die Jungen wortkarg und aßen wenig von ihrem Eis mit heißen Himbeeren. Beim Nachhauseweg hielt ich die Spannung nicht mehr aus, wollte für Stimmung sorgen, rannte los und rief: ‚Wer spielt mit Fangen?', übersah eine Baumwurzel, stürzte. Alle vier hörten das Krachen. Ein komplizierter Beinbruch!

Die drei Männer trugen mich zur nächsten Bank am Waldweg, dann rannte Christian los, zum nächsten Telefon, um die Sanitäter zu benachrichtigen. Die Jungen blieben bei mir mit der Aufgabe, auf mich aufzupassen. Ich hatte höllische Schmerzen. Aber ich riss mich zusammen und erzählte alles, was ich wusste – von Enrico für Alexander und von Mutti Juliane für Marko. Endlich kam der SANKA, ich wurde ins Krankenhaus transportiert und am gleichen Abend noch operiert.

Wie es mir ging, kannst du dir vorstellen. Gerade jetzt, wo meine Buben mich so dringend gebraucht hätten, sagte mir der Chefarzt vier Wochen Krankenhausaufenthalt voraus, anschließend zwei Wochen REHA. Ich war verzweifelt. Ich hatte mich so auf die letzten zwei Wochen der großen Ferien gefreut. Ein Segeltörn in Holland war für die ganze Familie gebucht worden. Und nun das!

Als ich nach der Operation wieder ansprechbar war, teilte Christian mir mit, dass er einen Reiterhof ausfindig gemacht habe, der Alexander und Marko bis zum Segeltörn bei sich aufnehmen wolle. Maria und ihr Mann Heinz hätten sich bereit erklärt, die Zwillinge nach ihrer Rückkehr von der Nordsee zu sich zu holen und mit ihnen in die Berge zu fahren – bis zum Segeltörn.

‚Für die Kinder sind die Ferien also gebongt, Susani! Beim Segeltörn werde ich mit den Kindern allein fertig, also rege dich nicht auf! Und für dich ist ja dann auch wieder deine Mutter da', sagte er aufmunternd. Ich versuchte, tapfer zu sein, aber es gelang mir nicht. Ich weinte.

Christian nahm mich in den Arm und sagte: ‚Wir werden dich beim Segeltörn arg vermissen, aber da müssen wir jetzt alle einfach durch. Aber nun einen Augenblick, bitte, ich muss noch ganz schnell etwas holen.'

Er öffnete die Tür, bückte sich und kam mit einem riesigen Strauß voll duftender roter Rosen wieder herein.

‚Überraschung!', sagte er ‚ich liebe dich, Frau Meyerson.'

Schmunzelnd öffnete er seine seltsam ausgebeulte Aktentasche, holte eine große Glasvase heraus, legte mir ein Handtuch auf den Bauch, drückte mir ein kleines Küchenmesser in die Hand und sagte, während er die Vase am Waschbecken mit Wasser füllte: ‚Du weißt ja, man muss die Stiele neu anschneiden, dass die Rosen länger halten. Ich hole inzwischen die Buben zum Auf-Wiedersehen-Sagen. Wir fahren heute noch zum Reiterhof.'

Dann stellte er die Vase neben mein Bett auf den Boden.

‚Du musst die Stiele nun anschneiden, Schatz! Bis bald!'

Ich bedankte mich für die Rosen, sagte aber fast barsch: ‚Deine gut gemeinte Beschäftigungstherapie mit dem Stieleabschneiden greift bei mir wahrscheinlich nicht.'

Christian kam noch einmal zurück, sagte: ‚Susani, es tut mir ja so leid, dass es dir so schlecht geht!', nahm mich in die Arme und streichelte behutsam mein kaputtes Bein. Ich lächelte mühsam.

‚Du musst jetzt gehen!', sagte ich mit einem dicken Kloß im Hals.

Christian gab mir einen Kuss und ging.

Mir war übel. Vor Erschöpfung schlief ich ein – mit den Rosen auf dem Handtuch und mit dem Messer in der Hand.

Eine Stunde später kam Christian wieder mit Alexander und Marko. Zum Verabschieden! Die Buben wirkten immer noch verstört. Mein Herz war schwer. Hast du das schon einmal gespürt, wenn einem das Herz schwer ist? Das ist nicht nur so eine Redensart. Du spürst dein Herz, als wär's ein Stein. Was waren die zwei doch bis gestern noch für muntere, lustige Kerle gewesen. Und jetzt standen sie da, bleich und verzagt. Ich hätte nun etwas Kluges und Pädagogisches sagen müssen, aber ich hatte höllische Schmerzen, und mir fiel nichts ein. Ich nahm die beiden in den Arm, soweit mir das im Liegen gelang, und weinte.

‚Arme Musani, du musst jetzt ganz tapfer sein!', sagte Marko.

Alexander sagte gar nichts. Er legte nur ganz still seinen Kopf an meine Schulter. Ich verabschiedete mich auch von Christian. Er musste auf eine längere Geschäftsreise, die nicht aufzuschieben war.

Am Abend kam Maria. Ich hatte ein verquollenes Gesicht vom Heulen.

‚Susanne, das gibt's doch nicht, dass du ausschaust wie das heulende Elend. Du bist doch sonst so tapfer', sagte sie und nahm mich in die Arme.

Maria war rührend um mich besorgt, bis die Nordsee-Urlauber wieder zurück waren.

Du hättest die Zwillinge sehen sollen, Martin, als sie zurückkamen. Braungebrannt und quietschvergnügt! Sie kamen strahlend ins Krankenzimmer und erzählten sofort pausenlos von Tim, dem Geigenspieler, einem Musik-studenten, der am Strand an der Nordsee Geige gespielt hatte, um sich etwas Geld zu verdienen, und mit dem sie Freundschaft geschlossen hatten.

‚Mama', sagte Marion, ‚wir wünschen uns zu Weihnachten etwas ganz Wichtiges und Vernünftiges, nämlich Geigenunterricht! Dann braucht ihr uns nie und niemals mehr im Leben etwas zu schenken. Bitte, bitte!'

‚Du hättest Tim geigen hören sollen', schmeichelte Michael, ‚Musani, bitte, bitte, bitte! Oma Hanna hat versprochen, jedem eine Geige zu kaufen.'

Meine Mutter lachte.

‚Die Zwillinge hätten keine Aufsicht gebraucht', sagte sie. ‚Sie saßen fast immer verzückt neben Tim und lauschten. Sie lauschten, es gibt kein anderes Wort dafür. Von dir haben sie das nicht, Susanne.'

Die Zwillinge taten mir gut. Aber nach zwei Tagen fuhren sie – wie vereinbart – mit Heinz und Maria in die Alpen zum Wandern. Nun kam Mutter jeden Tag zu mir ins Krankenhaus.

Täglich brachte sie mir die Post. Marko und Alexander waren etwa zehn Tage im Reiterhof, als ein Brief von der Reiterhofleitung kam, des Inhalts – ach – ich mag, wie schon gesagt, die indirekte Rede nicht, also etwa so: ‚Sehr geehrtes Ehepaar Meyerson, Ihr Sohn Alexander und Ihr Pflegesohn Marko sind zwar Musterschüler, was die Pferde anbetrifft, leider aber sonst nicht. Sie sondern sich immer von der Gruppe ab und nehmen an fast keinen gemeinschaftlichen Unternehmungen teil. Gestern Abend hat einer der Leiter Alexander dabei erwischt, wie er nachts um halb zwölf in betrunkenem Zustand durchs Parterre-Fenster wieder zurück ins Heim einsteigen wollte. Die beiden hatten wohl eine nächtliche Stunde im Freien mit Alkohol verbracht. Marko war gerade dabei, Alexander bei der Einsteigaktion zu helfen. Wenn Sie, Frau Meyerson, nicht im Krankenhaus wären, hätten wir die beiden sofort nach Hause geschickt. Marko bat sehr eindringlich um Nachsicht. Begründung: Alexander habe zur Zeit psychische Probleme. Die Jungen haben uns versprochen, dass so etwas nicht noch einmal vorkommt. Wir halten es aber für unsere Pflicht, Sie über dieses Vorkommnis zu informieren und Ihnen mitzuteilen, dass beim nächsten Fehlverhalten die beiden unverzüglich heimgeschickt werden. Mit freundlichen Grüßen' – und so weiter und so weiter.

Ich war geschockt. Meine Musterkinder! Ich konnte es fast nicht fassen! Aber dadurch wurde mir klar, wie sehr unser Alexander litt. Bis dato hatte er noch niemals Alkohol getrunken. Ehrlich gesagt, Martin, ich habe diesen Brief Christian nie gezeigt. Ich wollte ihn nicht damit belasten. Aber ich schrieb meinem Alexander einen langen Brief, in dem ich ihm Bescheid gab, dass ich eine Mitteilung von der Reiterhofleitung bekommen hätte und dass ich ein einziges Mal im Leben Christian etwas verheimlichen wolle und ihm den Brief nicht zeigen würde. Dann beschrieb ich ausführlich, wie Christian mir an der Bushaltestelle geholfen hatte, damals, als ich schwanger war, dass er, Alexander, ohne Christian wahrscheinlich jetzt nicht leben würde, und wenn doch, dann wahrscheinlich in behindertem Zustand. Schließlich und endlich hatte ich es ja nur Christians Fürsorge zu verdanken, dass ich ins Krankenhaus eingeliefert worden war. Und dass diese Schwangerschaft für mich das Glück meines Lebens bedeutete, nicht nur deshalb, weil ich einen so netten Sohn wie Alexander bekam, sondern dadurch auch den besten Ehemann der Welt und Marko und die Zwillinge. Und dass es deshalb keinen Grund für ihn gäbe, sich psychischen Problemen hinzugeben. Christian sei sein Vater und damit basta. Dann bat ich Alexander, keinen Blödsinn mehr zu machen und sich zusammen mit Marko fröhlich und unbeschwert an den gesellschaftlichen Ereignissen zu beteiligen.

Mutter kam, ich hatte gerade den Briefumschlag zugeklebt. Ich legte ihr den Brief in die Hand, sagte: „Sei so lieb und bring ihn zur Post!", und dann bekam ich völlig unerwartet einen Weinkrampf. Ich konnte mit dem Weinen nicht aufhören.

Mutter schwieg lange. Schließlich nahm sie meine Hand in die ihre und sagte ruhig: ‚Noch sind wir nicht im Paradies, Susanne! Und so ein Bad im Tränensee ist manchmal ganz erfrischend. Aber man muss aufpassen, im Tränensee nicht zu ertrinken. Man muss ans Ufer schwimmen und dann nichts wie raus! Man hat ja die Aufgabe, das Leben positiv zu bewältigen!' An diesen Zuspruch muss ich oft denken. Aber manchmal kann ich die Tränen einfach nicht zurückhalten."

Susanne streichelte Christians Hand. „Christian, kannst du uns hören? Martin und die Ärzte hier – und ich, wir versuchen mit allen Kräften, dein Problem positiv zu bewältigen. Verliere den Mut nicht!

Jetzt erzähle ich wieder weiter:
Vier Tage später kam ein Brief von Alexander direkt ins Krankenhaus: ‚Danke! Alles okay! Dein Alexander'.

Mutter holte die beiden Großen nach Ablauf des Reiterkurses mit dem Auto vom Reiterhof ab. Sie übergab der Reiterhofleitung einen großen Blumenstrauß und bedankte sich herzlich für das Verständnis, das unseren pubertierenden Jungen entgegengebracht worden war.

Dann kam Christian von der Geschäftsreise zurück, die Zwillinge von den Alpen, und meine Fünf fuhren los zum Segeltörn. Für mich war es eine schwere Zeit. Ich konzentrierte mich auf mein Bein und auf Gymnastik. Nach dem Segeltörn hatten Alexander und Marko ihre alte Fröhlichkeit wiedergefunden, und unser Leben nahm wieder seinen gewohnten Lauf. Das heißt, nicht ganz. Die Zwillinge bekamen Violinunterricht und übten Geigenspielen fast schon mit Besessenheit. Die beiden Großen gingen zweimal in der Woche in die Volkshochschule in den Italienisch-Kurs. Alexanders Frage nach den italienischen Großeltern war natürlich unvermeidbar gewesen. Als er hörte, dass diese von seiner Existenz nichts wüssten – und ich sie gar nicht kennen würde, sagte er, nach dem Abitur wolle er sie besuchen, deshalb müsse er Italienisch lernen. Daher der Italienisch-Kurs. Natürlich mit Marko.

Überhaupt waren die Großen nun plötzlich von einem übermächtigen Ehrgeiz beseelt. Früher hatte es mit Xander immer Zoff gegeben wegen schlampig gemachter Schularbeiten, seine Zeugnisse befanden sich stets am Rande des Abgrunds. Aber jetzt wollte er es seinem Dad zeigen, der sollte stolz auf seinen Stiefsohn sein. Alexander wuchs über sich selbst hinaus. Er lernte und brachte gute Noten heim. Marko war immer schon ein Spitzenschüler gewesen. Das blieb so. Es ging uns allen gut. Wir hatten eigentlich keine Sorgen. Über Enrico wurde kein Wort mehr verloren."

Susanne fuhr mit der Hand über die Bettdecke. Und nach einer kleinen Weile: „Es kann doch nicht sein, Martin, dass Christians Koma etwas damit zu tun hat, dass ich ihm Alexanders dumme Geschichte von damals auf dem Reiterhof nicht erzählte. Glaubst du, dass er das irgendwie erfahren hat? Es ist das Einzige, was ich ihm je verschwiegen habe. Was meinst du?"

Martin schüttelte den Kopf.

„Ich glaube nicht, Susanne. Ich bin nach wie vor fast sicher, dass der Schock etwas mit dem Plakat zu tun hat, mit

Geigen, mit seiner Kindheit. Morgen kommt Herr Sommerlicht. Ich bin überzeugt, er hilft uns weiter. Susanne, bevor du wieder weitererzählst, noch eine Frage: Hat Christian überhaupt einen Fehler? Er kommt mir nach deinen Schilderungen fast vor wie ein Heiliger."

Susanne seufzte. „Weiß du, was: Ich habe in den letzten Tagen hier am Krankenbett immer wieder dasselbe gedacht. Er ist so etwas Ähnliches wie ein Heiliger. Kein Streit, kein kleines Laster, nichts Negatives. Das ist mir bisher noch nie aufgefallen, aber es ist so. Das ist unglaublich. Ich habe noch nie darüber nachgedacht, weil er so unwahrscheinlich viel Humor hat und ..."

Es klopfte.

Eduard Braun und Frau Behrend standen draußen und drückten Susanne einen riesigen Blumenstrauß in die Hand.

„Wir wünschen so sehr von Herzen alles Gute", sagte Frau Behrend. Eduard Braun hatte nasse Augen. Sie verabschiedeten sich sofort wieder, und Susanne ging auf die Suche nach einer großen Blumenvase.

„Von seinem Chauffeur und seiner Sekretärin", sagte sie, als sie – wieder zurück im Krankenzimmer – die Blumen in die Vase ordnete.

„Um unser Gespräch von vorher wieder aufzugreifen, Susanne", sagte Martin, „eine Schwäche muss er doch haben. Ist er vielleicht ein Workaholic?"

„Ich glaube nicht. Im Urlaub konnte er herrlich entspannen und faulenzen. Und was die Schwächen betrifft: Das ist es ja, was mich so stutzig macht. Ich finde nichts dergleichen. Kleinigkeiten, ja. Er ist ein wenig pedantisch. Das bin ich nun absolut nicht. Aber das gab kaum Probleme: Er war er ja fast nie zu Hause. Schließlich war er der Boss Zwei in der Firma. Wenn er daheim war, dann war er hundertprozentig Ehemann und Vater – oder er war Sohn –

wir haben seine Mutter gepflegt – oder er war Schwiegersohn – wir haben meine Mutter gepflegt – oder er war Opa – Alexander hat drei Kinder. Martin, kann es sein, dass ich ihn als Mensch gar nicht richtig kenne? Bei der Abschiedsfeier hat er zu mir gesagt: ‚Susani, jetzt beginnen unsere Flitterwochen.' Daran muss ich unaufhörlich denken."

„Hat er Sport getrieben?"

„Im Urlaub war er der aktivste Sportler, ansonsten hatte er für Sport ja kaum Zeit. Aber die Sportschau, Schwimmwettkämpfe und Fußballspiele waren und sind allen meinen Männern wichtig. Da saßen oft alle zusammen gespannt vor dem Fernseher. Und dann ging es hoch her. Wenn es geht, kommen die Jungen sogar heute noch. Was ich damit sagen will: Wir sind keine langweilige Familie."

„Ich weiß, Marko schwärmt geradezu vom Meyerson'schen Sportfernsehen."

Martin schwieg eine Weile.

Dann sagte er: „Ich fürchte, er hat irgendwann einmal in seinem Leben irgendein Problem hinuntergeschluckt und war deshalb immer so sehr selbstbeherrscht. Ich habe ja nur zwei Kinder, aber manchmal ertappe ich mich dabei, dass ich ziemlich unkontrolliert in der Gegend rumbrülle, ich, der Psychologe, weil mir meine lieben Kleinen gewaltig auf die Nerven gehen, sorry to say. Ist Christian denn nie ausgeflippt?"

Susanne lachte kurz auf. „Was glaubst du, was ich mit meinem Temperament in meinem Leben schon rumgebrüllt habe!" Dann wurde sie wieder ernst. „Jetzt fällt mir etwas ein. Einmal ist Christian, wie du sagst, regelrecht ausgeflippt. Interessanterweise aus Ärger über sich selber. Zu dieser Episode muss ich aber etwas ausholen."

„Also: Marko und Alexander waren keine Heiligen. Sie kosteten ihre Pubertät aus nach allen Regeln der Kunst. Christian hat davon nicht allzu viel mitgekriegt. Wenn die Kinder schliefen, erzählte ich ihm dann immer alles in abgemilderter Form. Er war ja belastet genug mit der Firma. Schulisch gab es, wie gesagt, kaum Probleme. Marko hatte das beste Abitur seines Jahrgangs. Alexander schaffte ein Eins-Komma-Fünf-Abi. Wir waren alle furchtbar stolz auf die beiden, sogar die Zwillinge. Die Abiturienten durften sich zur Belohnung etwas wünschen, und sie wünschten sich zusammen mit der Familie einen Ferienaufenthalt in der Toskana. Die beiden bestimmten den Ferienort, buchten die Ferienwohnung für alle sechs, und ab ging's in die Toskana. All das hätte mir als außergewöhnlich auffallen müssen. Aber nein. Xander und Marko hatten oft ausgefallene Ideen, ich dachte mir überhaupt nichts dabei. Am zweiten Tag unseres Aufenthaltes fanden wir morgens einen Zettel von Marko und Xander auf dem Küchentisch: ‚Wir sind heute Abend wieder zurück'. Die beiden waren neunzehn, auch das machte mich nicht stutzig.

Aber als sie schon kurz nach zwölf Uhr mittags wieder zurück kamen – und Alexander total verstört und ohne ein Wort zu sagen sofort in seinem Zimmer verschwand, wurde mir mulmig. Ich flehte Marko an, zu erzählen, was geschehen war. Marko zögerte. Dann erzählte er doch.

Erinnerst du dich, Martin, dass Marko und Xander ab dem Segeltörn in den Italienisch-Volkshochschulkurs gingen, mit dem Ziel, nach dem Abi Xanders Großeltern kennen zu lernen? Daran hatte ich überhaupt nicht mehr gedacht. Seit der Reiterhofaffäre hatten Alexander und ich nie oder nur ganz selten über Enrico gesprochen. Für mich war klar: Marion und Michael geigten, Marko und Xander spielten Fußball und lernten Italienisch. Jedem Tierchen sein

Pläsierchen, so hatte ich das in den letzten fünf Jahren gesehen. Wir waren auch schon öfters im Urlaub in Italien gewesen, und Marko und Alexander hatten mit ihrem Italienisch voller Stolz geglänzt. An den eigentlichen Anlass, warum die beiden Italienisch lernten, hatte ich nie mehr gedacht. Das ist kaum zu fassen. Ich glaube, ich habe das ganz einfach verdrängt. Wie dem nun auch war – als Marko sagte: ‚Wir haben gleich nach dem Abi nach der Adresse von Enricos Eltern geforscht und sie herausgefunden und wollten heute Morgen Alexanders Großeltern besuchen', fiel mir alles wieder ein. Martin, hast du die Harry-Potter-Bücher gelesen? Nein? Also: Professor Dumbledore war ein großer Zauberer. In seinem Zimmer war ein großes, rundes Steinbecken, in dem man mit etwas Zauberei die Vergangenheit genau sehen konnte –, weißt du, so war's mir plötzlich. In mir stieg die Vergangenheit auf, die Vergangenheit, die ich so sehr verdrängt hatte: Enrico, sein Tod, meine Schwangerschaft, mein Dämmerzustand an der Bushaltestelle, Christian, der Tag, an dem ich mein Bein brach, der Brief aus dem Reiterhof, danach der Italienischkurs und so weiter. Wie hatte ich nur vergessen können, dass Alexander mit vierzehn die Absicht geäußert hatte, nach dem Abitur seine Großeltern zu besuchen! Mein Wunsch nach einer heilen Welt war wahrscheinlich so groß gewesen, dass ich unbewusst alles Unangenehme einfach weggeschoben und verdrängt hatte. Ich fühlte mich schrecklich schuldig und mies. Wieder einmal hatte ich es versäumt, mit meiner Familie alles zu bereden!"

Susanne saß eine kurze Zeit gedankenverloren da. Dann fuhr sie sich mit den Händen durch die Haare, setzte sich kerzengerade und sagte: „Ich schäme mich deswegen. Ich meine, dass ich's vergessen hatte. – Aber nun weiter, was Marko berichtete:

An besagtem Morgen fuhren Marko und Alexander mit dem Bus in Enricos Heimatdorf, zwanzig Kilometer von unserem Urlaubsort entfernt. Marko schlug vor, in einem kleinen Lebensmittelgeschäft in der Nähe der Bushaltestelle zu fragen, wo die Caldaris wohnten. Alexander hatte Hemmungen und setzte sich deshalb in die Dorfkirche, während Marko unerschrocken das Geschäft betrat, sich ein paar Orangen kaufte und ganz so nebenbei erwähnte, seine Verwandten seien Fans von Enrico Caldari gewesen, und er würde so gerne Enricos Eltern kennen lernen, ob das wohl ginge. Die Leute im Laden waren freundlich. Das sei kein Problem, meinten sie. Die nette rundliche Mittvierzigerin erzählte mit strahlenden Augen, sie sei Claudia, die Freundin von Enricos Zwillingsschwester Gina, und Enrico sei ja so ein netter Mensch gewesen, und seine Eltern würden beide noch leben und seien ja so nette Leute und und und und. Marko dachte an den wartenden Alexander und trennte sich nur schwer. Er hätte zu gerne noch viel über Enrico erfahren. Claudia erklärte genau den Weg zu Enricos Elternhaus, Marko holte Alexander in der Kirche wieder ab, und die beiden machten sich auf den Weg zu den Caldaris. Alexander war kreidebleich vor Aufregung und hätte am liebsten den Rückzug angetreten. Aber Marko überredete ihn, den gefassten Plan jetzt auch durchzuführen. Der Plan bestand darin, dass Marko vor der Tür stehen würde, Alexander hinter ihm, Marko würde dasselbe sagen wie bei Claudia, und das Weitere würde sich dann geben.

    Geplant, getan. Marko klingelte. Enricos Schwester öffnete die Tür, hörte nicht auf das, was Marko sagte, sondern starrte Alexander fassungslos an, wurde totenblass, schlug ein Kreuz und machte schlotternd die Tür vor den Nasen der beiden wieder zu. Es herrschte Stille. Die beiden wagten nicht mehr zu klingeln. Kurze Zeit später fuhren sie mit dem Bus wieder zurück.

‚Alexander hat seither kein einziges Wort gesprochen', sagte Marko nach seinem Bericht niedergeschlagen, ‚ich glaube, unser Plan war doch keine so gute Idee.'

Christian fuhr vom Stuhl auf, wie von der Tarantel gestochen.

‚Los, Susanne!', sagte er in sehr autoritärem Ton, wie ich ihn noch nie von ihm gehört hatte. ‚Komm mit! Wir müssen sofort zu den Caldaris!'

Und auf mein fassungsloses ‚Warum' antwortete er knapp: ‚Weil Alexander genau so aussieht wie Enrico vor zwanzig Jahren. Sag bloß, das ist dir noch nicht aufgefallen! Die arme Frau ist wahrscheinlich Enricos Zwillingsschwester. Sie denkt, sie hätte einen Geist gesehen. Warum sonst hätte sie ein Kreuz gemacht? Wir müssen sofort hin. Susanne, zieh bitte etwas besonders Nettes an, Marion, du sorgst fürs Essen für dich, Alexander und Michael! Michael, du musst dich um Alexander kümmern. Kein Wort zu Alexander, wo wir sind. Kein Wort darüber! Hört ihr?! Marko, du kommst mit, du erklärst mir den Weg. Außerdem brauchen wir dich als Dolmetscher. Wann wir zurückkommen, wissen wir nicht.'

Mir war schrecklich zumute. Aber ich wagte nicht, Christian zu widersprechen. Christian startete mit Karacho. Kannst du dir vorstellen, Martin, dass mir bis zu diesem Zeitpunkt gar nicht bewusst gewesen war, wie sehr Alexander Enrico ähnelte? Mittelgroß, braune Augen, schwarze Locken, gutaussehend. Christian hatte recht. Xander sah Enrico zum Verwechseln ähnlich. Aber aufgefallen war mir das vorher nicht. Xander war für mich einfach immer nur Xander gewesen.

Unterwegs konzentrierte sich Christian hauptsächlich auf den Verkehr und sagte kein Wort.

Kurz vor dem Ortsschild fing er plötzlich im höchsten Diskant an zu brüllen: ‚Seid ihr zwei total verrückt geworden? So eine dackelhafte Schnapsidee hätte ich euch Abiturienten nie im Leben zugetraut. Wie kann man nur so eine extrem hirnverblödete und hirnverbrannte Aktion starten? – Und was machen wir jetzt? Was machen wir jetzt? Was tun wir jetzt? – Wir gehen zu den Caldaris, Susanne klingelt, ich stelle den Fuß in die Tür, dass sie uns nicht wieder vor der Nase zugeschlagen wird, und Marko sagt in seinem besten Italienisch: Guten Tag, ich will euch bloß sagen, zwanzig Kilometer von hier liegt ein junger Mann im Bett in einer Ferienwohnung, und das ist kein Geist, das ist der Sohn von eurem Enrico! Was sollen wir tun? Was stellt ihr euch vor? Ich werde noch wahnsinnig! So eine absurde Situation!'

Marko und ich saßen da wie erstarrt. So einen Ausbruch hatten wir von Christian noch nie erlebt. In mir tobten plötzlich die seltsamsten Gefühle. Ich war plötzlich ein junges Mädchen mit einem unehelichen Kind und fühlte mich zum ersten Mal in meinem Leben unendlich allein. Diese Gefühle waren neu für mich. Ich hatte mich noch nie zuvor als ledige Mutter gesehen.

Christian bremste plötzlich scharf, fuhr an den Straßenrand und hielt.

Und dann drehte er sich um, nahm Markos Hand in die seine und sagte besänftigend: „Entschuldige meinen Wutanfall, Marko. Bei mir sind die Emotionen übergeschwappt. Ich war ungerecht. Nicht bei Xander und dir liegt der Fehler, sondern bei mir. Meine Wut richtet sich gegen mich selber. Ich, ich war extrem hirnverblödet und hirnverbrannt. Aus dem Fiasko nach Alexanders vierzehntem Geburtstag habe ich nichts gelernt. Spätestens damals hätten Susanne und ich uns um die Großeltern Caldari kümmern sollen, eigentlich aber schon vor neunzehn Jahren, nach Alexanders Geburt. Schließlich haben wir ja auch Detektive und die Polizei eingeschaltet, um etwas über deine Eltern zu erfahren. Leider ohne Erfolg. Genauso hätten wir für Alexander nach seinen Großeltern forschen müssen. Jeder Mensch hat ein Recht darauf, seine Wurzeln zu kennen, und die Großeltern hätten ein Recht darauf gehabt, vom Kind ihres Sohnes zu wissen. Das wäre die Pflicht für uns als Eltern gewesen. Susanne, wir haben kläglich versagt. Marko, eigentlich war eure Idee ja gar nicht so schlecht. Schließlich und endlich konntet ihr nicht wissen, dass Alexander und Enrico sich gleichen wie ein Samenkorn dem andern. – Marko, verzeih mir bitte.'

Marko hatte Tränen in den Augen. Wir hatten seit Jahren keine Tränen mehr bei ihm gesehen.

‚Alles okay, Dad', sagte er. Und nach einer Weile: ‚Was hältst du davon, wenn wir den Dorfpfarrer aufsuchen? Wir könnten ihm alles erzählen. Er könnte uns raten, was wir tun sollen.'

Christian schwieg einen Augenblick. Dann sagte er: ‚Du hast recht. So machen wir's. Das ist die beste Möglichkeit.' – Er wollte losfahren.

Aber Marko legte seine Hand auf Christians Schulter und fragte: ‚Habt ihr wirklich die Polizei und Detektive eingeschaltet, um meine Eltern zu finden?'

‚Wir wollten dich adoptieren, Marko, aber ohne Einwilligung der leiblichen Eltern geht das nicht', sagte Christian. ‚Ob du dich nun Pflegesohn oder Adoptivsohn nennst – für uns bist du unser Sohn und wir lieben dich sehr, das weißt du.'

Und um jeglicher Rührung vorzubeugen und um alles eben ausgesprochene Unangenehme abzuschütteln, rief

Christian: ‚Der Worte sind genug gedrechselt, kommt, lasst uns Taten seh'n und zu dem Herrn Pfarrer geh'n! Susanne! Tu mir den Gefallen und reiß dich zusammen!'

Damit fuhr Christian, für ihn ganz untypisch, mit ungewohnter Schnelligkeit in Richtung Enricos Heimatdorf.

Eigentlich hätte ich mich über Enricos Dorf freuen müssen. Jetzt konnte ich sehen, wo er aufgewachsen war, etc. etc.! Aber mir war so kläglich zumute. Wie würde unsere Expedition ablaufen? Wahrscheinlich verstehst du mich nicht, du bist ein Mann. Außerdem bin ich heute ja nicht das Thema. Also rede ich jetzt nicht über meine Gefühle, sondern erzähle weiter."

Susanne schwieg eine Weile. Dann sagte sie schuldbewusst: „Verzeih, Martin. Das klang gerade äußerst mufflig. Und du bist doch so nett. Aber das hier ist eben nun wieder ein Beispiel dafür, dass ich kein Gefühl dafür habe, wo und wann meinen Lieben der Schuh drückt."

Martin sagte: „Moment mal, Susanne. Du meinst, du hättest schon früher mit Xander nach Italien aufbrechen sollen, damit er seine Verwandten väterlicherseits kennen lernt. Auch Christian hatte diesbezüglich Selbstvorwürfe, wie du gerade erzählt hast. Okay, natürlich wäre es richtiger so gewesen. Aber wenn Xander das wirklich gewollt hätte, hätte er euch dementsprechend gelöchert, so wie ich ihn kenne. Nein, er wollte nach dem Abitur diese Facette seines Lebens selber und ohne Eltern beleuchten und erleben. Als Zeichen des Erwachsenseins. Vermutlich sollte es eine Überraschung für euch sein – oder was auch immer. Das ist der reine Zufall, dass seine Ähnlichkeit mit Enrico ihm einen Strich durch die Rechnung gemacht hat. Und was dein Gefühl für deine Lieben betrifft, du bist und warst eine Supermutter und Superehefrau. Also, quäle dich mit diesem

Thema nicht weiter. Deine vier Kinder stehen doch positiv mit beiden Beinen im Leben, was willst du mehr?"

„Christian sagte zu mir: ‚Wie kannst du mir das antun, Susanne?' Und ich weiß nicht, weshalb. Verzeih, aber das bringt mich fast um, und alle meine Sünden fallen mir ein."

„Und ich bin fest überzeugt, dass wir bald des Pudels Kern finden werden, um mit Goethe zu sprechen. Nach wie vor bin ich der Meinung, dass dich an Christians Koma keine Schuld trifft. Aber nun bin ich doch sehr neugierig darauf, wie die Geschichte Caldari weitergeht. Das ist ja richtig spannend."

Susanne atmete tief durch und setzte sich wieder gerade.

„Wir kamen zum Pfarrhaus etwa um zwölf Uhr. Italien-Romantik pur! Herrliche Sonne, das Dorf, pittoresk, war menschenleer. Wir parkten im Schatten der Dorfkirche.

‚Geh du allein, Marko, und erkläre dem Pfarrer die Lage. Wenn er uns braucht, kannst du uns ja holen. Wenn wir zu dritt vor der Tür stehen, bekommt seine Pfarrhausfrau einen Koller, so kurz vor dem Mittagessen. Oder vielleicht ist auch schon Siesta-Zeit, was weiß ich', sagte Christian.

Wir hatten das Pfarrhaus gut im Auge. Die Pfarrhaushälterin öffnete. Sie war etwa 50 Jahre alt, vielleicht auch älter, hatte eine etwas rundliche Figur, dunkelbraune Augen und pechschwarzes Haar, war eigentlich eine nette Person, aber ihr mürrischer Blick war trotz der Entfernung nicht zu übersehen.

‚Mittagsessenszeit', sagte Christian lakonisch.

Dann erschien der Pfarrer, etwa vierzig Jahre alt, groß, schlank, schon leicht schütteres, dunkles Haar, trauriges Gesicht. Aber als unser Marko mit lebhaften Gebärden und unglaublicher Redegewandtheit auf ihn einsprach – wir konnten Markos Italienisch hören, verstanden leider natürlich kein einziges Wort –, ging die Sonne auf in des Pfarrers Gesicht. Marko wurde ins Haus gebeten.

Nach fünf Minuten kam Marko wieder heraus und rannte auf unser Auto zu.

‚Oh je‘, sagte ich.

Aber dann sah ich, dass er lachte und seine Augen strahlten.

‚Ihr sollt zum Mittagessen reinkommen, dann können wir in Ruhe die Lage besprechen!‘, rief er zum Autofenster hinein und rannte sofort wieder ins Pfarrhaus zurück.

Im Pfarrhausflur roch es nach Minestrone. Die Pfarrhaushälterin stand unter der Küchentür, sah mich, stürzte auf mich zu, nahm mich in die Arme, küsste mich auf die Stirn, und alles, was ich verstehen konnte, war ‚Carissima‘, ‚Enrico‘ und ‚Alessandro‘.

Beim Mittagessen – es gab tatsächlich Minestrone – erfuhren wir dann, dass vor ein paar Minuten Signora Caldari angerufen hatte, sie sei ganz verzweifelt. Ihre Tochter Gina sei heute ausnahmsweise mal da, und nun behaupte sie steif und fest, sie hätte ein Erlebnis der dritten Art gehabt, Enrico sei als Erscheinung vor der Haustür gestanden, sie gehe von dieser Behauptung nicht ab, und der Pfarrer solle doch bitte vorbeikommen.

‚No problem now for Gina‘, sagte der Pfarrer in mühsamem Englisch, um sich uns verständlich zu machen. ‚We must go to the Caldaris at once.‘

Seine Haushälterin Chiara erzählte Marko – anfangs übersetzte Marko fließend –, sie sei eine Kusine von Enrico. Man habe zwar von einer Freundin Enricos in Deutschland gewusst, aber nichts Näheres, und sie freue sich riesig über Alessandros Existenz. Dann hörte Marko mit dem Übersetzen auf und erzählte von unserer Familie wie ein

Wasserfall. Der Pfarrer vergaß Christian und mich völlig und hörte Markos Schilderungen hingerissen zu.

Aber plötzlich gab er sich einen Ruck und unterbrach Marko. Chiara bekam den Auftrag, den Caldaris unseren Besuch telefonisch zu melden.

Zu uns gewandt sagte er: ‚It is high time to go to the Caldari Family now.'

Der Pfarrer und Chiara fuhren mit uns mit, um uns beizustehen. Aber das wäre nicht nötig gewesen. Chiara hatte ja vorher schon die Caldaris über uns total ins Bild gesetzt.

Ich will es kurz machen. Christian hielt mich an der Hand, als wir bei den Caldaris eintrafen. Der Empfang war äußerst herzlich. Mama Caldari und Gina sahen aus wie Geschwister verschiedenen Alters, der Pfarrhaushälterin Chiara nicht unähnlich. Enricos Vater sah aus, wie wohl Enrico im selben Alter ausgesehen hätte und wie wohl Alessandro, jetzt sage ich schon Alessandro, also Alexander, im Alter einmal aussehen wird. Es rührte mich zu Tränen.

Man bat Christian, Alessandro und den Rest der Familie zu holen. Ich fuhr mit Christian. Marko blieb bei den Caldaris, um von uns zu erzählen.

Als wir zur Ferienwohnung kamen, stand unsere dreizehnjährige Marion vor dem Haus. Sie sah geradezu hilflos aus mit ihrer Zahnspange im verheulten Gesicht. Christian nahm sie in die Arme.

‚Was ist los, Marionmädchen?', fragte er.

‚Alexander steht nicht auf, er redet nichts und isst seine Pizza nicht', schluchzte sie, ‚und dabei ist Michael so nett zu ihm.'

‚Keine Sorge, alles kommt ins Lot', sagte Christian und ging in Xanders Zimmer.

Nach einer Ewigkeit kamen die beiden heraus, Xander in seiner besten Hose und seinem schönsten T-Shirt. Er redete nicht viel, aß aber seine inzwischen längst kalt gewordene Pizza, und dann fuhren wir alle zusammen zurück zu den Caldaris. Alexander saß vorne im Auto bei Christian und schwieg beharrlich. Christian schien das nicht zu stören, er erzählte sehr ausführlich von den Erlebnissen der letzten paar Stunden.

Kurz vor dem Ortsschild fuhr Christian wie heute schon einmal an den Straßenrand und hielt.

‚Alexander', sagte er. ‚Möchtest du bei den Caldaris irgendwelche Erbansprüche anmelden?'

Alexander schaute Christian zornig ins Gesicht.

‚Wie käme ich dazu?', rief er entrüstet. ‚Nie im Leben habe ich an so etwas gedacht!'

‚Eben', sagte Christian trocken, ‚das dachte ich mir. Würdest du mir einen Gefallen tun? Bitte, sage das dem Opa Caldari, oder besser dem Pfarrer, sollte er noch da sein. Der bringt diese Nachricht dann schon an die richtige Adresse. Du kannst gut Italienisch, dann dürfte das für dich doch kein Problem sein. Willst du?'

‚Ich verstehe zwar nicht, warum, aber wenn dir so viel daran liegt, klar. Ich werde darüber hinaus auch noch sagen, dass ich nur die Verwandten kennen lernen wolle. Ist das okay so?'

‚Sehr okay sogar', sagte Christian und hätte beim Anfahren fast einen Unfall gebaut, weil ihm Marion von hinten die Haare durchwuschelte und rief: ‚Dad, du bist der beste Vater auf der ganzen Welt!'

In der Bibel steht, dass ein Kalb geschlachtet wurde, um die Ankunft des verlorenen Sohnes zu feiern. Wie viele Kälber bei den Caldaris geschlachtet wurden, weiß ich nicht, aber es war ein Riesenfest vorbereitet worden, als wir ankamen. So etwas ist wohl nur in Italien möglich. Das halbe Dorf war anwesend. Die Familie Caldari vergoss heiße Tränen, als Alexander sie begrüßte. Oma Caldari konnte nicht aufhören, ihn zu küssen. Von den andern wurde er angestaunt wie ein Weltwunder. Aber er hielt sich tapfer.

,Ich komme mir vor wie ein Zirkuspferd', flüsterte er mir ins Ohr.

Und ich sagte: ,Junge, da müssen wir durch!'

Nach einer Stunde etwa fragte ich Xander: ,Hast du Dads Wunsch erfüllt und mit dem Pfarrer gesprochen?'

Xander nickte.

,Dem Pfarrer schien das zu gefallen', sagte er.

Ich war beruhigt und dankbar, dass Christian in der allgemeinen Aufregung an so etwas wichtig Weltliches gedacht hatte.

Marion und Michael genossen das Fest sehr. Marko musste wohl von ihren Geigenkünsten erzählt haben, denn irgendjemand schleppte plötzlich zwei Geigen an, Christian stimmte sie mal wieder meisterhaft, und die beiden spielten irgendwelche italienischen Musikstücke, die sie auswendig konnten, wahrscheinlich auch etwas von Vivaldis Jahreszeiten – du weißt ja, ich bin unmusikalisch – und eroberten so die Herzen aller Zuhörer.

Alexander verlor seine Scheu und sprach Italienisch genauso gut wie Marko. Ich würde dir so gerne weiter von dem Fest erzählen, aber das ist heute ja nicht das Thema. Christian wurde sofort von allen geliebt und hoch geachtet."

Martin lachte: „Ich kann mir vorstellen, dass auch du die Sympathie aller im Nu erobert hast."

„Du hast recht", sagte Susanne. „Zu meinem Erstaunen war das so. Gina ist Englischlehrerin, so konnten wir uns gut unterhalten. Vater Caldari sprach fast den ganzen Abend kein Wort. Er saß neben uns, strahlte Alexander an und war glücklich. Enricos Bruder Enzo hatte sich Marko geschnappt, benutzte ihn als Dolmetscher und unterhielt sich so mit Christian. Zum Abschluss des Festes luden die Caldaris uns alle ein, die Woche doch bei ihnen zu verbringen. Die Jugend war begeistert, und so kam es, dass wir zwar alle in der Ferienwohnung schliefen, unsere Vier aber untertags bei den Caldaris waren, während Christian und ich die Toskana erkundeten.

Die Verbindung mit den Caldaris besteht bis heute. Wir besuchen uns immer noch gegenseitig.

Den Meyerson-Verwandten erzählten wir, wir hätten Freunde in der Toskana kennen gelernt, was ja nun auch nicht gelogen ist. Marion und Michael wurden zum Stillschweigen, Enrico betreffend, verpflichtet. Alexander wollte das so. Ich bin aber überzeugt, dass Maria die volle Wahrheit ahnt."

„Was für einen Beruf hat eigentlich Enricos Vater?", fragte Martin.

„Er lebt leider nicht mehr. Er hatte eine Autoreparaturwerkstatt, war ein sehr intelligenter und praktischer Mann. Sehr liebenswürdig. Christian hat sich besonders gut mit ihm verstanden. In welcher Sprache die beiden miteinander sprachen, weiß ich nicht. Christian hat das große Latinum, vielleicht hat ihm das geholfen. Nach Opa Caldaris Tod übernahm Enricos ältester Bruder Enzo das Geschäft. Oma Caldari lebt noch. Sie ist weit über achtzig. Alexander besucht sie jährlich mindestens einmal. Meistens mit Frau und Kindern."

Susanne sah erschöpft aus.

Martin tippte heftig in seinen Laptop.

„Ich glaube, für heute machen wir Schluss", sagte er nach einer kleinen Weile, „du fällst ja fast vom Stuhl. Nur noch eine Frage, Susanne. Du sagst, Christian hätte sich bei

Marko entschuldigt mit den Worten ‚Meine Emotionen sind übergeschwappt. Meine Wut richtet sich gegen mich selber.' Susanne, denke scharf nach. Waren das wirklich Christians Worte, oder sind diese Worte dein erzählerisches Talent?"

Susanne lächelte müde.

„Es ist der genaue Wortlaut. Sein Verhalten war so ganz anders als sonst, dass ich die Einzelheiten nie vergessen werde."

„Susanne, du sagtest, dass er an besagtem Abend angesichts des Plakats Wut in den Augen hatte. Könnte es sich dabei um einen Parallelfall handeln? Ich meine, dass auch dieses Mal wieder irgendeine Wut in ihm sich gegen ihn selber gerichtet hat. Denn seine Emotionen sind ja extrem übergeschwappt, so viel ist sicher."

„Ich weiß es nicht. In seinen Augen war nicht nur Wut, sondern auch bittere Enttäuschung. Wenn ich nur wüsste, warum. Und er hat gesagt: ‚Wie kannst du mir das antun, Susanne?' Das klingt ja nun nicht nach Wut gegen sich selbst."

Martin murmelte vor sich hin: „Das Ganze hat mit Geigen zu tun", packte seinen Laptop in die Mappe und sagte, zu Christian gewandt: „Morgen früh um neun komme ich wieder, Christian. Wir holen dich aus deinem Schlamassel wieder heraus. Versprochen. Vielleicht bringt Rainer Sommerlicht Licht ins Dunkel. Wir geben die Hoffnung nicht auf."

Dann schüttelte er Susannes Hand.

„Bitte, vergiss nicht zu schlafen, du kommst sonst auf den Hund. Aber vorher würde ich an deiner Stelle noch etwas Leckeres in der Cafeteria essen."

Die Krankenschwester kam, und Susanne begleitete Martin hinaus. Danach stellte sie Frau Behrends Blumenstrauß in den Flur, unterhielt sich mit der Schwester und wollte noch zu Christian reden, als sie wieder mit ihm allein war.

Aber irgendwie fehlten ihr die Worte. Ihre Gedanken schweiften zurück in die Vergangenheit. Bilder tauchten auf von den Caldaris, von den Kindern, von Geigen, von Mutter Hanna, von Tante Dorle und immer wieder von Geigen und von ...

Sie schrak zusammen, als Marion ihr behutsam über die Hand strich.

„Oh, du bist's, Marion", sagte sie benommen, „ich muss eingeschlafen sein."

„Mutterle!", sagte Marion.

Dann wandte sie sich Christian zu.

„Hallo, Papa!", sagte sie, streichelte liebevoll Christians Hand und durchwuschelte seine Haare, wie sie es als Kind so oft getan hatte. „Ich bin's, Marion. Papa, bitte, wach doch auf. Dad! Bitte! Dad! Papa! Wach auf!"

Christian Meyerson rührte sich nicht.

Marion knickte buchstäblich ein. Die selbstbewusste, schöne Leiterin der Musikschule kniete vor Susanne, legte den Kopf in ihren Schoß und weinte.

Susanne ließ Marion eine Weile weinen, streichelte Marions Haar, dachte: „Sie hat Christians glänzend schwarze Haare", – und: „Lieber Gott, hilf doch!"

Dann sagte sie in ruhigem Ton: „Marion, Martin Nieheim meint, wir würden es schon schaffen. Er meint, das Ganze hätte mit Geigen zu tun. Denk mal nach, Marion."

Marion stand auf, etwas zitterig, und setzte sich auf den zweiten Stuhl im Zimmer.

„Er denkt an Geigen. Die Wölkchen und der Text auf dem Plakat können's ja wohl kaum gewesen sein. Also die Geigen! Geigen stimmen kann er wie kein anderer. Er hat uns gezeigt, wie man es macht. Auf meine Frage als Kind, warum er das so gut könne, sagte er, er hätte halt ein Händchen dafür. Und man muss zugeben, er hat für alles ein Händchen. Er kann doch einfach alles. Er repariert den Wasserhahn, die Waschmaschine und und und. Aber wenn ich es mir überlege, wie professionell er die Geige beim Stimmen in die Hand nimmt, dann gibt das eigentlich schon zu denken."

„Weißt du, Marion, was mich oft gewundert hat? Wenn ihr irgendwo aufgetreten seid, Theater, Sport und so, da hatte er immer für euch Zeit und hat in der Firma freigenommen. Aber wenn ihr gegeigt habt, und das war ja oft der Fall, da hat es bei ihm fast immer zeitlich gehakt. Ich sagte ihm das auch ein paar Mal, aber er hat dann immer schnell das Thema gewechselt."

„Natürlich ist uns das auch aufgefallen, aber wir dachten immer, Musik sei halt nicht so sein Ding."

„Rainer Sommerlicht erwähnte bei seiner Abschiedsrede seine große Musikalität. Warum haben wir davon nichts gemerkt, außer, dass er prima singen kann?"

„Mama, du bist ja nun nicht gerade die ganz große Musikerin. Meinst du nicht, dass er dir zuliebe ...?"

„Nein, das genau meine ich nicht. Da steckt was anderes dahinter. Wir können Maria erst in drei Tagen fragen. Ich glaube, irgendetwas war in seiner Kindheit mit Geigen. Wenn ich das Thema auf seine Kindheit brachte, wich er sofort aus. Und du weißt ja selber, wie Oma Meyerson reagierte, wenn von ihrem Mann die Rede war. Was war da bloß? Alle, die man fragen könnte, sind in Griechenland."

„Die ersten Geigen bekamen wir von Oma Hanna. Wenn Dad zu Hause war, durften wir nicht üben. Das Gequietsche ginge ihm auf die Nerven, sagte er. Ansonsten war Dad gegen Lärm absolut unempfindlich. Andererseits aber, wenn wir neue Geigen brauchten, kaufte sie Dad. Das war jedes Mal ein Mordstheater. Keine Geige war ihm gut genug. Er ließ sie sich alle vorspielen, die Verkäufer verzweifelten fast. Woher hatte er das Ohr dafür? Du, ich glaube, Martin hat recht mit seiner Geigentheorie. Onkel Sommerlicht muss uns aufklären, warum er von Papas Musikalität gesprochen hat. Im Augenblick befinden wir uns im Wartestand. Und du, Mama, gehst jetzt zum Essen. Du wirst sonst krank. Ich bleibe da, bis du zurück bist."

Susanne seufzte: „Zu Befehl, Herr General. Du hast ja recht. Danke, dass du gekommen bist."

Sie stand schwerfällig auf und ging schleppenden Schrittes zur Tür.

„Wie alt sie geworden ist!", dachte Marion kummervoll.

Vor der Tür drehte sich Susanne noch einmal um und sagte mit fast kindlicher Stimme: „Marion, wenn ich weg bin, meinst du, du könntest für Papa nicht das Bodo-Lied singen? Vielleicht ...!" – und mit kläglichem Lächeln: „Ich hätte es ja schon längst selber gesungen, aber du weißt ja – bei mir würde er nicht einmal die Melodie wiedererkennen."

Marion nahm ihre Mutter in den Arm.

„Deine Idee ist gut. Wir müssen alles probieren. Aber jetzt musst du wirklich etwas essen!"

Marion setzte sich auf den Stuhl neben Christians Bett, nahm seine Hände in die ihren und sagte: „Papa, was würden wir nicht alles tun, um dir zu helfen!"

Und dann sang sie mit Tränen in den Augen so laut, so kindlich und so kitschig, wie es nur ging, das altvertraute Bodo-Lied.

Christian Meyerson rührte sich nicht.

Als Susanne vom Essen zurück kam, war Marion weg. Alexander saß bei Christian. Er sah sehr bleich und mitgenommen aus. Susanne nahm ihn in die Arme und fragte zuallererst nach seinen Keuchhustenkindern. Alexander antwortete müde, er hätte fast die ganze Nacht nicht geschlafen.

„Iris ist fix und fertig. Darum bin ich heute Nacht immer wieder aufgestanden. Die Kinder haben gehustet und gehustet. Heute Morgen war ich beim Arzt. Er gab neue Medikamente, diese Nacht würde es besser werden, hat er versprochen. Übrigens: Marko hat vor zwei Minuten angerufen und gefragt, wie's Dad geht, und wir sollen doch zu Hause nach Dads Versicherungspolice suchen. Marion ist schon unterwegs. Musani, ich muss sofort nach Hause und ins Bett. Ich bin fix und fertig und schlafe fast im Stehen ein. Im Urgroßonkel-Schreibtisch sei ein Geheimfach, ist dem Marko wieder eingefallen. Dad hätte dieses Fach vor der Feier erwähnt. Vielleicht sei die Police dort. Außerdem müsse in irgendeiner Schreibtischschublade ein geheimnisvoller Brief sein, von dem Dad noch vor der Feier als Riesenüberraschung gesprochen habe. Marion sucht danach. Wenn sie all das nicht findet, suche ich morgen. Heute kann ich nicht mehr."

„Dann nichts wie ins Bett mit dir", sagte Susanne betont munter und schob Alexander zur Tür hinaus.

Eine Minute später stand er wieder da, noch bleicher als vorher.

„Ich bin total durch den Wind, verzeih. Jetzt operiert Marko noch. Du sollst ihn in zwei Stunden in der Klinik anrufen, er wartet auf deinen Anruf in seiner Praxis, ob Marion fündig geworden sei und was in dem Brief stehe. Ciao. Alles Gute, Dad, oh Dad. Weißt du, Musani, der Gedanke an Dad macht mich ganz krank. Aber wem geht das nicht so. Gute Nacht, ihr zwei."

„Christian, wir sind alle durch den Wind", sagte Susanne niedergeschlagen zu Christian, als Alexander wieder draußen war. „Der Brief! Du hast von einer Riesenüberraschung und einem Brief gesprochen. Den Brief haben wir vor lauter Aufregung ganz vergessen. Marion schaut jetzt danach."

Als Marion eine Stunde später wieder auftauchte, saß Susanne tränenüberströmt auf ihrem Stuhl.
„Oh Mütterle", sagte Marion und nahm sie tröstend in die Arme. „Hallo, Dad!"
„Hast du den Brief und die Police?", flüsterte Susanne heiser.
„Einen Brief habe ich. Ob's der richtige ist, weiß ich nicht. Die Police bleibt unauffindbar. Ein Geheimfach habe ich nicht entdeckt."
„Was steht denn in dem Brief?"
„Mama! Ich lese doch eure Briefe nicht! Ihr habt uns doch so gut erzogen!"
Marion lachte kurz auf und durchwuschelte Christians Haare.
„Man darf mich zur Zeit nicht allzu ernst nehmen", sagte Susanne und besah sich den Absender des Briefes. „Aus Australien. J. Hendrikson. Wahrscheinlich ein Geschäftsbrief. Aber an uns beide adressiert."
„Mama, du liest jetzt den Brief, ich hole mir in der Cafeteria ein paar belegte Brötchen!"

Marion kam nach zehn Minuten wieder zurück. Susanne stand am Fenster. Sie drehte sich langsam um.
„Mama, du siehst so seltsam entrückt aus! Was ist los?" – Marions Stimme klang beunruhigt.
„Christian hat recht. Eine Riesenüberraschung!" – Susannes Gesicht erinnerte an die Susanne von früher. „Der Brief betrifft unseren Marko. Er ist sehr, sehr wichtig!

Marion, der Brief muss heute Abend noch zu Marko in die Klinik. Schaffst du das zeitlich oder soll ich einen Taxifahrer damit beauftragen?"

„Passt schon! Was steht denn in diesem wichtigen Brief drin?"

„Marko soll es dir selber sagen. Frage ihn heute nicht mehr danach. Er muss zuerst mit dem Inhalt allein fertig werden. Aber was machen wir? Der Brief ist ja offen. Wenn du ihn an der Pforte abgibst, kann ihn jeder lesen!"

„Das stimmt! Nicht alle Menschen sind so gut erzogen wie deine Kinder!"

Marion lachte wieder und gab ihrer Mutter einen Kuss. Dann holte sie aus ihrer Handtasche eine Rolle Tesafilm heraus.

„Als Leiterin einer Musikschule muss man wegen loser Notenblätter immer einen Tacker und Tesafilm dabei haben", sagte sie und klebte den Brief zu. „Übrigens ist es nicht schlimm, dass ich die Versicherungspolice nicht gefunden habe. Xander soll morgen suchen, vorausgesetzt, er ist nicht mehr so müde. Xander findet doch meistens alles."

„Marko sagt, im Urgroßonkel-Schreibtisch sei ein Geheimfach. Vielleicht ist da die Police."

„Sagte ich doch vorher schon, ich habe das Geheimfach nicht entdeckt. Aber warum sollte Dad eine harmlose Versicherungspolice in einem Geheimfach unterbringen? – Jetzt muss ich los, wenn ich noch zur Paracelsus-Klinik soll. Sei so lieb und ruf Marko an, der Brief sei in der Pforte."

Wieder allein, nahm Susanne Christians Hand in die ihre und sagte: „Liebster, dieser Brief kann die Ursache für deinen jetzigen Zustand nicht gewesen sein. Aber bei mir sind die Emotionen beim Briefelesen vorher fast übergeschwappt."

MARKO UND MARION

Marko verließ den Operationssaal um Mitternacht. Er fühlte sich wie ausgebrannt. Die Operation war schwierig gewesen, jedoch gut verlaufen. Aber Christians Koma drückte ihn nieder wie eine schwere Depression. Wenn er nicht gezwungen war, sich beruflich zu konzentrieren, schwebte der Gedanke an seinen Dad über ihm wie eine schwere Dunstglocke.

„Psychisch und physisch fix und fertig", murmelte er vor sich hin, während er durch den wenig beleuchteten Krankenhausflur zur Pforte ging. Susanne hatte ihm auf seinem Anrufbeantworter mitgeteilt, Marion sei – die Police betreffend – nicht fündig geworden, hätte aber den besagten Brief für ihn zur Pforte gebracht.

Der Mann an der Pforte strahlte ihn an. Alle in der Klinik hielten große Stücke auf Marko.

„Frau Meyerson junior war da mit einem Brief für Sie, Herr Doktor."

Marko nahm dankend den Brief entgegen.

Wie im Trancezustand fuhr er zu seiner Vierzimmerwohnung. Dort trank er ein Glas Mineralwasser und aß ein Sandwich, das er nachmittags im Krankenhausrestaurant gekauft hatte. Dann öffnete er den Brief.

Marions Telefon klingelte um vier Uhr nachts. Schlaftrunken und mit einem großen Schreck im Herzen griff sie nach dem Hörer. „Dad! Es ist was mit Dad! Es ist etwas passiert!", dachte sie.

Marko war am Telefon.

„Erschrick nicht, es ist nichts passiert. Marion, kann ich bei dir vorbeikommen? Ich muss etwas Wichtiges mit dir bereden."

„Natürlich, ich mach uns Tee!"

„Es muss mit dem Brief zusammenhängen, das ist doch sonst nicht Markos Art", murmelte Marion vor sich hin, während sie sich mühsam aus dem Bett quälte. Nach kurzem Überlegen entschied sie sich trotz der frühen Morgenstunde für ihre „Arbeitskluft". Die Arbeitskluft bestand aus einem schwarzen Kostüm, für acht Uhr war eine wichtige Besprechung in der Musikschule angesagt.

Der Tisch in Marions Dreizimmerwohnung war nett gedeckt. Tee und Knäckebrot standen auf dem Tisch, als Marko erschien. Zwar hatte er dunkle Ringe um die Augen, aber die Augen leuchteten.

„Verzeih, es ist ungeheuer wichtig!", sagte er und drückte ihr den Brief in die Hand. „Bitte, lies!"

„Hast du heute Nacht überhaupt ein Auge zugetan? Setz dich doch bitte auf die Couch, falls du plötzlich einschläfst!", sagte Marion betont munter, setzte sich auf den Stuhl ihm gegenüber und las:

Liebe Susanne, lieber Christian!

Neununddreißig Jahre! Ich weiß! Bitte, verzeiht mir!
Wie und wo soll ich anfangen? Als ich im achten Monat mit Marko schwanger war, entschloss ich mich, ihn adoptieren zu lassen. Im Jugendamt wurde alles mit den Adoptiveltern genau besprochen. Ich sollte am besten das Kind gar nicht sehen, so würde alles leichter für mich, hieß es. Die Adoptiveltern würden ihn dann so bald wie möglich aus dem Krankenhaus holen. Also kaufte ich ein Ticket bei

einer Schifffahrtsbehörde. Ich wollte nach der Niederkunft weg, nach Australien, ans Barrier Reef, Tauchlehrerin werden. (Ich hatte ja das Geld von meiner Tante – und in den letzten Monaten der Schwangerschaft in der Restaurantküche noch einiges dazu verdient.) Aber wie Ihr wisst, Marko machte einen Strich durch die Rechnung. Marko war kaum lebensfähig und trank nicht aus dem Fläschchen. Also musste ich ihn stillen, ob ich wollte oder nicht. Dann wollten ihn die Adoptiveltern nicht, aber das wisst Ihr ja auch.

Es war mir – wie gesagt – während der Schwangerschaft immer klar gewesen, dass ich nach Australien reisen würde. Zurück an die Uni wollte ich nicht – ich wollte den Professor nie mehr im Leben sehen. Aber dann gewann ich den kleinen süßen Marko so sehr lieb. Ich war todunglücklich. Also telefonierte ich an die Schifffahrtsbehörde, ob ich den Fahrpreis zurückbekommen könne, es sei was dazwischen gekommen, ich könne nicht fahren. Nein, das ginge nicht, hieß es, das sei zu kurzfristig. Ich war verzweifelt, habe mich dann aber, wie Ihr ja wisst, im letzten Moment Hals über Kopf entschlossen, die Reise anzutreten. Es war furchtbar. Vier Tage lang hing ich über der Reling, weinte mir die Augen aus und spuckte. Das Heimweh nach meinem Kind hat mich fast aufgefressen.

Am vierten Tag abends wachte ich in der Schiffskrankenkabine auf. Ich war auf dem Deck ohnmächtig aufgefunden worden. Der Arzt gab mir Psychopharmaka, und so erlebte ich die Reise wie im Nebel. Am Barrier Reef machte ich den Taucherschein und anschließend eine gründliche Ausbildung als Tauchlehrerin, bekam dort dann gleich eine befristete Anstellung und arbeitete frenetisch wochenlang ohne einen freien Tag. Abends bediente ich im Restaurant. Ich wollte nur viel Geld verdienen, um dann Marko ernähren zu können und mein Studium zu beenden, *an einer anderen Universität natürlich. Eines Tages rettete ich einem jungen Mann im Meer das Leben – das ist eigentlich nichts Besonderes für einen Tauchlehrer, aber der junge Mann war äußerst dankbar und lud mich ein paarmal zum Essen ein. Gegenseitige Liebe auf den ersten Blick! John machte mir einen Heiratsantrag. John ist Besitzer einer großen Schaffarm. (Hätte mir früher einer erzählt, ich würde auf eine Farm heiraten, ich hätte ihn für verrückt erklärt!)*

Ich erzählte John von Marko. „Kein Problem, den holen wir!", sagte er, und ich schrieb Euch einen langen Brief an Eure alte Adresse. Wir heirateten. Nach vielen Wochen des Wartens kam der Brief zurück: ‚Neue Adresse nicht mehr bei der Post gespeichert'. Ich war verzweifelt. Ich rief im Krankenhaus an. Schwester Verena war im vorzeitigen Ruhestand aus Gesundheitsgründen und nicht erreichbar. Ich rief bei der Uni an. Deine neue Adresse, Susanne, war nicht bekannt. Dann musste ich liegen, um eine Fehlgeburt zu vermeiden. Am Ende der Schwangerschaft bestand ich auf einem Kaiserschnitt. Markos Behinderung war eine Folge der langen und schweren Geburt gewesen, das wollte ich nicht noch einmal riskieren. Unser Baby Anne kam munter und rosig auf die Welt. Wir waren glücklich. John hatte die Idee, eine Detektei zu benachrichtigen, um Marko ausfindig zu machen.

Aber dann geschah das große Unglück. John hatte einen Autounfall, unverschuldet. Der Schuldige beging Fahrerflucht und konnte nicht ausfindig gemacht werden. John war (und ist immer noch) querschnittsgelähmt. Susanne, Christian, ich hatte eine große Schaffarm zu managen, ein Baby, einen querschnittsgelähmten Mann – verzeiht mir, ich habe Marko nie vergessen, aber ich war einfach überfordert. Johns Lähmung kostete wahnsinnig viel Geld, alles, was wir erspart hatten. Wir mussten, um alle Krankheitskosten zu bezahlen, die Farm beleihen. Von Jahr zu Jahr lebten wir in der Angst, die Farm verkaufen zu müssen. Und was wäre dann gewesen?

Glaubt mir, ich hätte Marko geholt, aber ich hatte das Geld dazu ganz einfach nicht. Und eine Detektei, um ihn zu finden, hätten wir auch nicht bezahlen können. Manchmal war ich total verzweifelt: Schuldgefühle und der dauernde Selbstvorwurf! Ich hätte Euch sofort nach meiner Ankunft aus Australien schreiben sollen, dann wäret Ihr mir nicht verloren gegangen.

Anne heiratete einen erfahrenen Farmer. Aber unser Geldproblem blieb. Eine schlimme Krankheit bei unseren Schafen warf uns im letzten Jahr finanziell noch weiter zurück. Dazu hatten wir (und haben leider immer noch!) die Probleme mit dem Klima! Wir waren wieder einmal drauf und dran, die Farm zu verkaufen, um die Schulden zu bezahlen.

Vor einem Monat wurde John zu einem Notar bestellt. Wir dachten an das Schlimmste und fürchteten, ein Gläubiger würde uns nun über den Notar die Daumenschraube ansetzen. John bekam den Bescheid, eine Riesensumme liege auf der Bank als Schenkung für ihn bereit, von einem Wohlmeinenden, der nicht genannt werden wolle. Was für eine Erleichterung! Wir vermuten, dass der Wohlmeinende jener Autofahrer ist, der uns so sehr ins Unglück gestürzt hat. Wir konnten alle Schulden bezahlen, und ein Computer, den wir uns vorher nicht hatten leisten können, hielt bei uns Einzug. John und ich haben drei Enkel. Freddy ist der älteste, er ist dreizehn. Er ist natürlich vom Computer kaum noch zu trennen.

Im Unterbewusstsein habe ich mich ja immer mit Marko beschäftigt. Darum habe ich Freddy vor ein paar Tagen von Marko erzählt. „Kein Problem, Granny", sagte er. „Mit *dem Computer und dem Telefon kann ich die Adresse deiner Freunde herausfinden."* Nach einer Stunde brachte er mir tatsächlich strahlend Eure Adresse. Der Brief käme mit dieser Adresse hundertprozentig an, behauptete er. Hoffentlich hat er Recht!

Susanne, Christian, ich würde so gerne mit Marko Kontakt aufnehmen. Könntet Ihr mit ihm reden und für mich ein gutes Wort einlegen? Ihr habt doch sicher noch Kontakt mit ihm. Ich bitte Euch herzlich darum. Beiliegend meine Visitenkarte mit Adresse, E-Mail-Adresse und Telefonnummer.

Vielen Dank für alles!
Eure dankbare Juliane

Marion hatte Tränen in den Augen. Sie stand auf, setzte sich neben Marko und strich behutsam mit den Fingerspitzen über sein Gesicht.

„Marko, ich freue mich ja so für dich."

Marko drehte sich halb um und schaute Marion voll ins Gesicht.

„Marion, weißt du, was das bedeutet? Jetzt ist mir die Hälfte meiner Gene bekannt. Ich habe heute Nacht zwei Stunden lang ein Telefongespräch mit Juliane in Australien geführt. In Australien ist ja jetzt schon Tag. Hör zu, meine Zebritz'schen Gene sind untadelig. Meine Behinderung in meiner Kindheit war die Folge einer sehr komplizierten Geburt. Juliane ist sich dessen ganz sicher und beruft sich dabei auf den Arzt, der sie entbunden hat. Dass nichts zurückgeblieben ist, verdanke ich euch allen, vor allem Musani. Zur Hälfte stimmt also alles mit mir. Was ich von meinem Erzeuger, dem Professor und vielleicht auch Schweinehund, geerbt habe, bleibt im Dunkeln. Marion, hör zu. Ich liebe dich so sehr. Ich habe dich immer geliebt. Aber ich hatte nie den Mut, dir das zu sagen oder zu zeigen. Ich hatte so große Angst vor meinen unbekannten Genen. Marion, liebe liebste Marion, glaubst du, meinst du, du könntest mich auch lieben? Glaubst du, du könntest diese meine ungewisse Hälfte riskieren? Ich weiß, es ist verrückt, dich um diese Zeit zu wecken und mit dieser Frage zu überfallen. Aber ich liebe dich bis zum Wahnsinn. Marion, willst du meine Frau werden?"

Marion wurde blass und starrte Marko aus großen Augen an. Sie sagte kein Wort.

„Habe ich dich erschreckt?", fragte Marko fast furchtsam.

Sie lehnte sich an ihn und weinte. Marko legte ganz still seinen Arm um ihre Schulter, wie er es immer getan hatte, wenn sie als Mädelchen mit einem kleinen oder großen Kummer zu ihm gekommen war.

Nach einer Weile sagte sie mit leiser Stimme: „Marko, bist du wirklich nicht schwul?"

Abrupt saß Marko senkrecht und fragte schroff: „Wie bitte? Wie kommst du darauf?"

„Ich war ein Leben lang in dich verliebt. Bis ich siebzehn war, habe ich immer gehofft, du könntest es auch in mich sein. Aber nach meinem Tanzkränzchen warst du plötzlich so seltsam distanziert mir gegenüber. Eine Freundin hattest du nie. Was also sollte ich denken?"

„Bis zu deinem Tanzkränzchen war ich nichts weiter als dein großer Bruder. Ich hatte ab und zu kurzfristig eine Freundin, eine wirkliche Beziehung ergab sich aber nie, weil ich einfach wegen des Studiums zu wenig Zeit dazu hatte. An deinem Tanzkränzchenabend saß ich in der unteren Diele und unterhielt mich mit deinem Tanzkurspartner. Da kamst du die Treppe herunter in deinem blauen Abschlussballkleid mit der Farbe deiner Augen. Marion, es traf mich wie ein Blitzschlag. Ich wusste: Marion Meyerson oder keine! Aber gleichzeitig durchfuhr mich eine große Bitterkeit! Es ist so schwer, Gefühle in Worte zu fassen. Bedenke meine Situation: Ich, ein Nobody, hatte das beste Elternhaus bekommen und die beste Erziehung, die man sich denken kann. Aber von mir selber wusste ich absolut nichts, außer von einer Behinderung, die auch hätte genetisch bedingt sein können. Und da waren dann halt Gerald, Kai, Ilona und Gesine."

„Ich verstehe nicht ..., wer ..., ach, meinst du meine vier Puppenkinder? Gerald, Kai, Ilona und Gesine. Ja, so haben sie geheißen. Dass du ihre Namen noch weißt! Armer Marko, du solltest immer ihr Vater sein. Ich war sieben, du dreizehn. Und du hast klipp und klar gesagt, ein Dreizehnjähriger würde nicht mehr ‚Mutti und Vati' mit Puppen spielen! Was ich heute ja so gut verstehen kann. Aber im Alter von sieben Jahren!"

„Und dann hast du immer von deinen armen Halbwaisen gesprochen und mich dabei vorwurfsvoll angeblickt. Und wenn ich mich recht erinnere, hätte ich ja sogar gerne Puppenvater gespielt, aber der Teenager war damals natürlich stärker in mir. Und jetzt ...!"

Marion nahm Markos Hände in die ihren und sah ihn an, schon wieder mit Tränen in den Augen. „Marko, waren deine Gene für dich so ein großes Problem?"

„Es ist nicht leicht, wenn man seine Wurzeln nicht kennt, vor allem, wenn man Medizin studiert hat und wenn die Frau gleich vier Kinder haben will. Du bist eine so wunderbare Frau. Ich wollte nie ein Risiko für dich sein. Aber jetzt ...!"

„Und ich habe gedacht, du wärst schwul", sagte Marion traurig. „Nach meinem Tanzkränzchen warst du so zurückhaltend. Du hast mich nie mehr in den Arm genommen. Du hast mir herzlich die Hand gegeben, ab und zu mal ein scheues Küsschen auf die Wange, mehr nicht, und dann hab ich geglaubt, du wärst ..."

„Sei still, ich hatte oft in deiner Nähe Angst, ich würde explodieren. Aber ich war brav! Ich bin nicht schwul!" – und mit spitzbübischem Grinsen: „Als Arzt kann ich das beurteilen!"

„Ich habe einige Freundschaften durchgespielt, nette Männer, das musst du zugeben – du hast sie ja, glaube ich, alle gekannt –, aber es lief bei mir immer wieder auf dasselbe hinaus: Den Marko oder keinen. Keiner war wie du. Und dich habe ich für schwul gehalten. ‚Also bleibe ich unverbandelt', dachte ich mir. In was für einer Welt haben wir zwei eigentlich gelebt? Passen wir überhaupt in diese Zeit? Wir haben unseren Kummer und unsere Sehnsucht mit Berufsbesessenheit sublimiert. – Marko, bitte, würdest du mich bitte noch einmal fragen, ich habe mir doch ein Leben lang so sehnsüchtig diese Frage gewünscht?"

Marko kniete vor Marion nieder und sagte: „Marion, ich kann dir nicht beschreiben, wie sehr ich dich liebe. Willst du meine Frau werden trotz meiner zur Hälfte ungewissen Gene?"

Marion kniete sich auch auf den Boden und nahm Markos Gesicht in ihre Hände: „Ja, ich will. Von ganzem Herzen. Bis zum Wahnsinn! Die dunkle, ungewisse Hälfte deiner Gene ist mir ganz wurscht!"

Sie nahmen sich in die Arme – voller Seligkeit – und vergaßen Zeit und Raum.

Nach ein paar Minuten: „Marko, wir knien immer noch!"

„Aber jetzt nicht mehr!", lachte Marko, stemmte sie in die Höhe und hielt sie in der Luft.

„Marko, du spinnst, du stemmst dir einen Bruch an! Lass mich los!"

Behutsam stellte Marko Marion wieder auf den Boden. Er ließ sie nicht los.

„Marko, so viele Waisenkinder haben keine Ahnung von ihren Genen und heiraten trotzdem ohne Probleme."

„Du hast recht, aber die meisten Waisenkinder hatten keine Behinderung in ihrer Kindheit, nicht alle sind Ärzte und machen sich deshalb Gedanken wegen ihrer Gene, und nicht alle haben so eine wunderbare Frau vor ihrer Nase, die nur den besten aller Männer verdient."

„Jetzt habe ich den besten aller Männer. Er ist vielleicht ein wenig zu sensibel, dieser Mann, und cool ist er auch nicht, aber er ist der beste. Marko, glaubst du, es gibt auf der Welt viele Mädchen, die morgens um sechs einen Heiratsantrag bekommen haben?"

„Keine Ahnung. Ich kenne zu wenige. Wenn ich dagegen an deine Freundschaften denke ...! An den Reitlehrer Berno, den Geigenlehrer Professor Mainers, den Tennispartner Ingo, den Walter Beerengart – Moment, was war der doch gleich ...?"

„Hör auf mit deiner Litanei! Was war mit ihnen?"

„Du glaubst nicht, wie schlimm diese Kerle für mich waren. Ich war zum Sterben eifersüchtig und hätte nie geglaubt, dass ich auch nur im geringsten bei dir Chancen hätte. Aber als ich bei Dads Verabschiedung mit dir tanzte, da hatte ich irgendwie das Gefühl ..."

„Als ich mit dir tanzte, hätte ich heulen können, weil ich dachte, du wärst ..."

„Sei still!" Marko hob sie wieder in die Höhe, sein glückliches Gesicht sah um Jahre jünger aus.

Marions Blick fiel auf die Uhr.

„Marko, es ist halb sieben. Ich muss um acht in der Musikschule sein. Wir müssen zurück auf den Boden der Tatsachen. Der Tee ist kalt. Wie wär's mit Instant-Kaffee und leckerem Knäckebrot?", fragte sie und strahlte Marko an.

Während des kärglichen Frühstücks wollte Marion noch schnell alles über das nächtliche Gespräch mit Mutti Juliane erfahren.

„Was ist das für ein Gefühl, wenn man zum ersten Mal mit seiner leiblichen Mutter spricht?"

Markos Ringe um die Augen wurden dunkler, er sah plötzlich wieder sehr mitgenommen aus.

„Das habe ich mich auf der Herfahrt auch gefragt. Ein ganzes Leben lang habe ich immer wieder mit Interesse und Sehnsucht an diese Mutti Juliane, wie Musani sie immer nannte, gedacht. Und nun war es soweit, was ich nicht mehr für möglich gehalten hatte, und ich hatte fast keine Gefühle außer ‚Gottlob, es geht ihr gut!', denn ich hatte immer großes Mitleid mit ihr gehabt und große Sorgen um sie." – Markos Augen wurden ganz schwarz. – „In meiner Pubertätszeit konnte ich oft nächtelang kaum schlafen. Ich stellte mir die grässlichsten Ereignisse und Schicksale vor, die Juliane hätten passieren können. Ich hatte Angst um sie, um das schöne Mädchen, das sie gewesen war. Musani hat doch ein Gruppenfoto, auf dem Juliane zu sehen ist. Nachts schlich ich oft heimlich in Musanis Zimmer, besah das Foto mit der Lupe, fühlte mich schuldig und betete für sie. Ohne meine Existenz hätte Juliane ja ein schönes, normales Leben führen können und wäre nie ins Ausland gegangen. Wenn ich endlich einschlief, hatte ich die fürchterlichsten Albträume."

Über Marions Gesicht liefen Tränen. „Warum hast du nie irgendjemandem davon erzählt? Du hast doch total zu unserer Familie gehört!"

„Dieses Nobody-Gefühl fing an, als Xander und ich den vierzehnten Geburtstag hinter uns hatten und Xander von Enricos Vaterschaft erfuhr und deshalb unwahrscheinlich verzweifelt war. Ich dachte, wenn Xander verzweifelt ist, was soll dann ich sagen? Zwar sagte Dad, ich sei zu Musani milchverwandt, aber was ist das schon für einen Pubertierenden? Ich fühlte mich in dieser Zeit unendlich allein und nicht zu eurer Familie gehörig. Erinnerst du dich an den Tag in Italien, als wir die Caldaris ausfindig machten?"

„Und ob! Ich habe heute noch das Gefühl von Zahnspange im Mund und von Unglücklichsein, wenn ich daran denke! Später natürlich dann die Hochstimmung bei den Caldaris."

„Als Dad, Musani und ich zu den Caldaris fuhren – du warst mit deinen Geschwistern in der Ferienwohnung – erzählte mir Dad, dass er mich eigentlich hatte adoptieren wollen, dass das aber nicht ging, weil Juliane schriftlich nur eine Pflegefamilie für mich bestimmt hatte. Deine Eltern hatten damals sogar einen Detektiv beauftragt, um Juliane zu finden. Umsonst! Ich weiß nicht, warum, aber nach diesem Caldari-Tag hörten meine Albträume auf, und ich fühlte mich zur Patchwork-Familie Meyerson gehörig. Zwar waren meine Ängste um Juliane nicht geringer, aber das Gefühl von Einsamkeit war weg. Darum war das Gefühl heute Nacht beim Gespräch mit Juliane wahrscheinlich hauptsächlich ein Gefühl von Erleichterung! Eine Last war von der Seele genommen! Es geht ihr gut! Und plötzlich das übermächtige Gefühl ‚Ich kann etwas über meine Gene erfahren, vielleicht erhört mich Marion', und ein ganz intensives Gefühl der Dankbarkeit und Liebe für Musani und Dad. Ich habe fast ein schlechtes Gewissen, weil ich mich eigentlich verpflichtet fühle, die berühmte Stimme des Blutes spüren zu müssen, aber ich spüre nichts. Was glaubst du, muss ich mich da schämen? Und im Unterbewusstsein schwelt immer der Gedanke: Ein bisschen mehr hätte Juliane ja schon nach mir suchen können. Warum hat sie nicht beim Einwohnermeldeamt oder beim Pfarramt angerufen? Schließlich hat sie mich ja taufen lassen. Aber ich nehme ihr nichts übel. Manchmal kommt man ja auf die naheliegendsten Dinge nicht. Und sie hatte es wirklich nicht leicht. Ob ich sie wohl je Mutti Juliane werde nennen können? Meine Mutter ist Musani, und was für eine gute Mutter sie doch ist! Ehrlich, Marion, sag mir, was du denkst!"

Marion schwieg eine Weile und schaute Marko nachdenklich an. Ihre Augen waren immer noch voller Tränen. Noch nie hatte er so viel über sich selbst gesprochen. Der nach außen immer gleichbleibend freundliche Marko hatte nie etwas von seinen Kümmernissen verlauten lassen. Wie allein und einsam musste sich der Jugendliche Marko gefühlt haben! Sie streichelte liebevoll seine Hand und sagte: „Ich glaube, ich würde genauso empfinden", – und nach einer kleinen Weile – „aber, bitte, erzähle den Eltern nie von deinen Einsamkeitszuständen. Dieses Gefühl haben ja viele Pubertierende. Das ist darum nichts Besonderes, aber ich glaube, es würde Mama und Papa wehtun. Du hast für uns alle ja immer so hundertprozentig zur Familie gehört."

Marko nahm Marions Hand und küsste sie. „Ich weiß, dass du sagst, was du denkst. Danke. Ich habe das Gefühl, als sei ich von einem Trauma erlöst! Marion, ich bin so glücklich!"

„Wenn du sie nicht mit ‚Mutti Juliane' angesprochen hast, wie dann?"

„Ich habe die Anrede vermieden, aber natürlich mit einem Du."

Marion wurde plötzlich wieder munter. „Aber, jetzt sage mir, wie war sie? Sie wird schließlich meine Schwiegermutter."

„Sie hat sich riesig gefreut. Sie hat eine junge Stimme mit leicht englischem Akzent. Denk dir: 39 Jahre Australien. Ich musste erzählen, erzählen, erzählen. Gleich zu Beginn unseres Telefongesprächs stellte ich die Frage wegen meiner Behinderung. Nach ihrer Antwort war ich so happy, dass ich geredet habe wie ein Wasserfall. Juliane scheint mir eine lebenstüchtige, selbstbewusste Frau zu sein, mit beiden Füßen auf dem Boden. Du, ich habe sie nach der Adresse der Großeltern aus der früheren DDR gefragt, schließlich ist die Mauer ja gefallen. Und stelle dir vor, sie hat die Adresse seit ein paar Tagen. Woher und wie habe ich vergessen zu fragen. Die Zebritz-Großeltern leben noch. Sie sind beide über neunzig. Du weißt, dass ich nach der Wende vergeblich versucht habe, sie ausfindig zu machen. Aber wegen eines Wasserschadens im Einwohnermeldeamt waren sie ja nicht auffindbar. Also: Sie sind vor vielen Jahren von Thüringen weggezogen, ins Land Sachsen." Marko strahlte. „Demnächst ist ein Ausflug nach Sachsen fällig, Marion! Sie wohnen nicht weit von Dresden. Ich bin gespannt, wie sie sind, meine Großeltern. Gehst du mit? Und Marion, wie wär's mit einer Hochzeitsreise nach Sydney? Vorausgesetzt, Dad geht es wieder gut, was wir uns ja so verzweifelt wünschen! Juliane hat die ganze Familie Meyerson eingeladen."

Marion fühlte plötzlich wieder die dicke Wolke der Traurigkeit. „Papas Koma! Was wären wir jetzt für ein verrücktes Liebespaar mit tausend Flausen im Kopf vor lauter Begeisterung, wenn Papas Koma nicht wäre! Irgendwie empfinde ich alles wie im Nebel. Glaubst du, dass Julianes Brief, Papas Unglück betreffend, irgendeine Rolle gespielt hat?"

„Kann ich mir nicht vorstellen. Er hat sich doch so riesig wegen des Briefes gefreut und war wohl deshalb voller Freude und in Hochstimmung, als wir das Haus betraten. Martin meint, dass der Gefühlsstress der Verabschiedung und vielleicht das Plakat, dass das einfach alles zu viel für seine Seele war."

„Wir müssen herauskriegen, was es mit dem Plakat auf sich hat, Marko!" Tränen stürzten aus Marions Augen. „Bei mir ist es wie bei Papa. Hochstimmung und Kummer."

Marko nahm sie in die Arme. „Mir geht es ja auch so. Aber gleichzeitig bin ich unwahrscheinlich glücklich, dass du mich willst. Lass mich dich noch einmal ganz schnell küssen, bitte!"

Und Marion atemlos – nach einer langen Weile: „Was für ein Glück, dass ich nicht erstickt bin! Marko, ich spüre die berühmten Schmetterlinge im Bauch!"

Marko lachte: „Ich weiß nicht, ob Männer das von sich selber auch sagen. Dazu kenne ich die einschlägige Sprache zu wenig. Aber diese Schmetterlinge, das kann ich dir sagen, die spüre ich allein bei deinem Anblick schon seit langem."

Beide sahen gleichzeitig auf die Uhr. Beide riefen gleichzeitig und in derselben Intonation: „Höchste Eisenbahn!" – und lachten. Jung, befreit, übermütig. Beide sagten gleichzeitig: „Oma Hannas Spruch, wenn's pressiert hat!" – und lachten wieder, in dem glücklichen Bewusstsein der Gemeinsamkeit.

„Wie viele Jahre hätten wir schon miteinander glücklich sein können, wenn Juliane sich früher gemeldet hätte!", sagte Marion ein wenig wehmütig beim Verlassen der Wohnung.

„Wir werden das versäumte Glück doppelt und dreifach nachholen! Versprochen!", rief Marko, nahm Marion noch einmal in den Arm und küsste sie.

„Marko, ich fühle mich herrlich kitschig glücklich, wie eine Romanheldin in einem Courths-Mahler-Roman!"

„Noch einmal ein Spruch von Oma Hanna: ‚Kein Roman, keine erzählte Geschichte kann so gefühlvoll sein wie das Leben selbst. Trauer und Glück lassen sich kaum in Worte fassen.' Ich kann mein Gefühl auch nicht in Worte fassen, Marion. Bis vor ein paar Stunden noch habe ich um Juliane getrauert. Und jetzt weiß ich, dass es ihr gut geht! Und ...", wieder umfasste er Marion und stemmte sie in die Höhe, „ich habe dich!!! Aber ...", er ließ sie langsam herunter, „jetzt müssen wir zur Arbeit!"

LEONIE

Martin Nieheim und Susanne warteten in Christians Krankenzimmer auf Rainer Sommerlicht. Susanne hatte noch einen Stuhl organisiert, und während sie Salzgebäck und Cola vorbereitete, erzählte sie von Julianes Brief.

„Weißt du, was mir in der Psychologie seit Jahren am meisten zu schaffen macht? Das sind diese Zufälle. Warum musste dieser Brief ausgerechnet am Morgen von diesem sowieso schon emotionsgeladenen Tag kommen und den Christian noch mehr in Emotionen versetzen, als so eine Abschiedsfeier es eh schon tut?", sagte Martin.

„Meine Mutter meinte, es gäbe keine Zufälle."

„Meine Mutter behauptete: ‚Angenehme Zufälle sind Fügungen und unangenehme sind Schicksalsschläge'." Martin lachte ein wenig. „Und ausgerechnet mein Mathe-Lehrer war der Meinung, Zufall sei ein Vorfall, der es auf etwas abgesehen habe!"

„Einstein hat gesagt ..."

Es klopfte zaghaft. Auf das ‚Herein' kam Leonie Bauer mit einem Blumenstrauß in der Hand ins Zimmer.

Sie weinte beim Anblick von Christian.

Wie immer, wenn andere weinten, vergaß Susanne ihren eigenen Schmerz, versuchte zu trösten und nahm Leonie in die Arme.

Leonie hielt ihre Rosen Christian vor die Nase.

„Deine Lieblingsrosen aus meinem Garten", sagte sie, „Christian, sie duften noch mehr als sonst, riechst du sie?"

Christian zeigte keinerlei Reaktion.

Leonie sagte fast entschuldigend: „Ich hoffte, dass er sich vielleicht an den Duft seiner Lieblingsrosen erinnert."

Susanne war gerührt. „Wie gut sie's doch meint", dachte sie.

Nach einer Weile sagte Leonie betont munter: „Ich habe eine Vase mitgebracht", ging ans Waschbecken und ordnete die Blumen in die Vase. Leonies Art mutete fast kindlich an.

„Susanne, ich habe den Tirili zu mir nach Hause genommen", sagte sie. Dann wandte sie sich zu Martin: „Das ist der Wellensittich von Herrn Meyerson. Der arme Kerl zupft sich die Federn aus, obwohl er den ganzen Tag Musik aus dem Radio hören darf. Wahrscheinlich aus Einsamkeitsfrust."

„Wenn ich Federn hätte, täte ich das jetzt auch", dachte Susanne.

„Ein netter Name für einen Wellensittich!", sagte Martin freundlich.

„Wellensittiche mögen Namen mit viel iii drin. Marion hat den Wellensittich der Frau Annegret Meyerson geschenkt, als ihre Kinder erwachsen waren und sie sich so einsam und allein zu Hause fühlte. Gegen das Empty-Nest-Syndrom."

„Die Meyersons sind so eine nette Großfamilie. Sie gehören dazu, Frau Bauer, man könnte neidisch werden", sagte Martin.

„Darf ich ausführlich mit Christian reden, Herr Dr. Nieheim?", fragte Leonie

Martin nickte.

„Christian, als ich bei euch als Haushaltshilfe angefangen habe, hatte ich doch im Alter von fünfzehn Jahren den schrecklichen Unfall und musste so schrecklich lange liegen. Ihr habt mir damals einen kleinen Schallplattenspieler geschenkt und mir alle eure Musikschallplatten ausgeliehen.

Christian, dann hast du mich einmal besucht und gesagt: ‚Leonie, man kann nicht immer nur Musik hören. Wenn du schon immer liegen musst, könntest du doch Englisch lernen.' Und dann legtest du mir ein Englischbuch für Anfänger und die dazugehörigen Sprachschallplatten aufs Bett. Du kannst dir gar nicht vorstellen, was das für mich bedeutet hat! Ich hätte doch soooo gerne eine Höhere Schule besucht. Aber meine Eltern hatten es nicht erlaubt, aus finanziellen Gründen. Und nun konnte ich Englisch lernen. Englisch! Das war toll! Ich habe gebüffelt wie verrückt, ich konnte den Text der Sprachschallplatten nach kurzer Zeit auswendig. Dann habe ich mich für einen Fernkurs mit dem Ziel ‚Mittlere Reife' angemeldet und mir damit den Traum meines Lebens erfüllt. Christian, Du hast mich zu diesem Kurs ermuntert. Das Selbstbewusstsein dafür hatte ich den Englisch-Schallplatten zu verdanken. Susanne, wie hat er wissen können, dass dies alles so wichtig für mich war?"

„Damals hat Christian gesagt", sagte Susanne, „sein Vater sei Lehrer gewesen und darum wisse er genau, dass du dir das so sehr wünschen würdest! Christian war von seinem Jahrgang der einzige im Dorf, der vom Elternhaus aus aufs Gymnasium durfte, und viele aus seiner Klasse haben ihn glühend darum beneidet."

Leonie wischte ihre Tränen ab. „Der Mittlere-Reife-Fernkurs und der Sekretärinnenfernkurs später waren kein Problem für mich. Das verdanke ich alles euch, Christian und Susanne. Ich mache heute die vollständige Buchführung im Geschäft meines Mannes. Was hat meine Familie euch nicht alles zu verdanken! Ich musste das jetzt einfach sagen. Ich hoffe, dass du mich hören kannst, Christian."

Susanne nahm Leonie noch einmal in den Arm. „Und du warst und bist unsere echte Perle, Leonie. Haben wir dir schon gesagt, wie dankbar wir dir sind, dass du immer noch zu uns kommst und im Haushalt hilfst, obwohl du selber Familie hast und bei deinem Mann im Geschäft mitarbeitest?"

„Ich darf zu euch du sagen und habe das Gefühl, zur Familie zu gehören", schluchzte Leonie in Susannes Schulter. „Was kann ich tun, um euch in dieser Situation zu helfen?"

Martin hustete.

„Frau Bauer", sagte er freundlich, „die Tatsache, dass Susanne ihr Haus bei Ihnen in guten Händen weiß, ist für sie unschätzbar. Damit helfen Sie mehr, als Sie ahnen!"

„Den Tirili nicht zu vergessen!", sagte Susanne.

„Ich bitte um Entschuldigung wegen meines Gefühlsausbruchs!", sagte Leonie niedergeschlagen. Sie weinte und ging zur Tür.

Dann drehte sie sich um. Der Ausdruck ihres Gesichts hatte sich verändert.

„Jetzt ist sie auf einmal nicht mehr das fünfzehnjährige Mädchen, jetzt ist sie eine Persönlichkeit", dachte Martin erstaunt.

Sie ging noch einmal an Christians Bett, nun eine hübsche fünfundfünfzigjährige Frau mit der positiven Ausstrahlung der tüchtigen Hausfrau und Mutter von drei Kindern, der intelligenten, unentbehrlichen Mitarbeiterin im Geschäft ihres Mannes, der tatkräftigen Hilfskraft im Meyerson'schen Haushalt.

Sie nahm Christians rechte Hand in ihre Hände.

„Christian", sagte sie ruhig, „bitte, dämmere jetzt nicht so im Unterbewusstsein dahin, mit dem Gefühl, du seist ja jetzt im Ruhestand und nicht mehr vonnöten. Zur Zeit ist viel davon die Rede, dass theoretisch der Flügelschlag eines Schmetterlings einen Taifun auslösen könne. Ich bin fest davon überzeugt, dass ein Mensch wie du mit deiner

Intelligenz, Kreativität und Güte ganz dringend auf dieser Welt gebraucht wird. Du warst in deinem Leben oft ein Auslöser von einem positiven Dominoeffekt, also die Umkehrung von Schillers Zitat mit dem Fluch der bösen Tat. Will sagen, bei dir könnte das Zitat heißen: ‚Das ist eben das Glück der guten Tat, dass sie fortzeugend immer Gutes kann gebären', also, Christian, dein Flügelschlag könnte ..."

Es klopfte.

Rainer Sommerlicht kam. Leonie verabschiedete sich.

RAINER

„Lieber Himmel, Christian, komm doch zu dir", sagte Rainer Sommerlicht, als er Susanne und Martin begrüßt, Christians Hände gestreichelt und Platz genommen hatte. „Bei deinem Anblick verschlägt es einem ja fast die Sprache!"

„Rainer, du musst uns helfen, bitte! Ich komme gleich ohne Umschweife zu unserem Problem", sagte Susanne. „Bei deiner Abschiedsrede hast du Christians Musikalität erwähnt. Was genau hast du damit gemeint?"

„Hat diese Ihre Äußerung irgendetwas mit Geigen zu tun?", fragte Martin.

Der sonst so joviale, freundliche, selbstbewusste Mann zuckte ein wenig zusammen und sagte fast ängstlich: „Ich hätte nicht darüber reden dürfen. Christian hat mir verboten, jemals in seiner Gegenwart das Wort Musik zu erwähnen. Aber beim Abschied ist mir dieser Satz einfach herausgerutscht. Wes das Herz voll ist, des läuft der Mund über. Jetzt muss ich wohl erklären, warum.

Christian und ich kamen vor fünfundfünfzig Jahren zusammen ins Gymnasium. Damals sagte man nicht ‚fünfte Klasse', sondern ‚erste Klasse Gymnasium'. Verzeihung, das ist eine unwichtige Nebensache.

Also: Ich war ein Stadtkind, im Gegensatz zu Christian. Christian kam täglich mit dem Bus aus einem kleinen Dorf, wo sein Vater Leiter einer Volksschule war. Nach vier Tagen im Gymnasium setzte mich mein Klassenlehrer neben Christian. ‚Sommerlicht, du Schwätzer, du setzt dich neben den Meyerson, der redet nicht so viel wie du.' Ich war ein großer, stämmiger Kerl, Christian war nicht viel kleiner, aber schlank. Er wirkte mit seinen blauen Augen fast zart. Wir wurden schnell Freunde. Christian war kein Musterknabe, aber er hat mich im Lauf der Gymnasiumsjahre doch von so mancher Dummheit abgehalten. Im Unterricht fiel er kaum auf, ich dagegen oft wegen meiner Geschwätzigkeit.

In der Klasse gab es nur wenige Dorfkinder. Die Städter hatten den Dörflern gegenüber einen gewissen Hochmut, aber Christian genoss die Achtung aller, weil er so gut in Sport war, vor allem im Schwimmunterricht. Er konnte sagenhaft vom Turm springen." – Martin und Susanne sahen sich vielsagend an. – „Alles in allem waren wir eine Musterklasse bis zur vierten Klasse, also einschließlich der dritten. Anfang der vierten Klasse, nach heutiger Zählung der achten, bekamen wir einen neuen Schüler, einen Wiederholer, den Ronald. Nach einigen Tagen hatte er die ganze Klasse durcheinandergewirbelt. Ronald störte, wo er nur konnte. Mit einem Schlag pubertierten alle, die Lehrer hatten es mit uns nicht mehr leicht. Ronald erfand immer neuen Blödsinn, weil er merkte, dass dies den Mädchen imponierte. Ronald wurde zum Anführer einer sehr unerfreulichen Clique, deren Späße immer unerquicklicher und bösartiger wurden. Sie plagten die scheuen Erstklässler, verlangten von ihnen Wegegeld, wenn sie aufs Klo mussten, streuten ihnen Asche von ihren Zigaretten auf den Kopf – und so weiter. Christian wurde deshalb einmal so wütend, dass er sich in der Pause mit Ronald einen heftigen Kampf lieferte. Der diensthabende Aufsichtslehrer verdonnerte beide zum Nachsitzen, ohne sich nach dem Grund des Kampfes zu erkundigen. Das verärgerte nun wieder die Gemäßigten in der Klasse. Sie verlangten von Ronald, er solle sich dem Direktor stellen, natürlich tat Ronald das nicht. Christian verpetzte ihn nicht, aber Christian und ich hielten nun mit einigen Gemäßigten Kriegsrat, wie man der Clique beikommen könnte. Leider kamen wir auf keinen grünen Zweig. Eines Tages, es war im Mai, hatte sich die Clique wieder eine neue Idee ausgedacht. Einer von Ronalds Anhängern, der Ralf, jammerte dem Musiklehrer die Ohren voll, er müsse unbedingt mit ihm ein paar Minuten an die frische Luft, es sei ihm so schlecht.

,Ich muss bei der Klasse bleiben. Sommerlicht, gehe du mit dem Knaben an die frische Luft', sagte der Musiklehrer.

,Nein, nein, das kann der nicht, vielleicht bekomme ich einen epileptischen Anfall, Sie müssen mit!', lamentierte Ralf.

,Ihr verhaltet euch ruhig, ich bringe den Knaben ins Sekretariat!', donnerte der Musiklehrer uns an und verließ mit Ralf das Klassenzimmer.

Ronald sprang auf, stürzte mit einer Schachtel zu der Geige des Musiklehrers, holte aus der Schachtel einen Maikäfer und wollte ihn in die Schalllöcher der Geige drücken. Aber Christian war schneller. Er riss dem Ronald die Geige aus der Hand, versetzte ihm eine schallende Ohrfeige, dass dieser zu Boden stürzte, schüttete alle Maikäfer aus der Schachtel zum Fenster hinaus und brüllte die Clique an: ,Was fällt euch ein! Ein Maikäfer hat eine Seele. Und die Geige, die hat auch eine Seele!'

Die Clique wollte sich wütend auf Christian stürzen, aber Christian ergriff Geigenbogen und Geige des Musiklehrers und fing an zu spielen. Nie mehr im Leben habe ich so ein Geigenspiel gehört. Er spielte wie, ja, ich weiß nicht, wie wer. Einfach himmlisch. Alle waren wie erstarrt. Sogar Ronald blieb fassungslos auf dem Boden sitzen. Christian spielte und spielte wie in Trance und merkte gar nicht, dass der Musiklehrer längst wieder im Klassenzimmer stand. Aber irgendwann sah er den Lehrer dann doch, hörte abrupt auf, legte Geigenbogen und Geige behutsam aufs Pult und ging ohne ein Wort an seinen Platz.

‚Meyerson, was für ein Stück hast du da gerade gespielt?', fragte der Musiklehrer.

‚Ich, ich weiß nicht', stotterte Christian.

‚Und warum hast du gespielt?'

Die Klasse hielt den Atem an. Jedem war klar, dass Ronald von der Schule fliegen würde, wenn Christian jetzt die Wahrheit sagte.

Christian überlegte kurz. Dann sagte er, ohne jemanden anzusehen: ‚Ich wollte der Klasse nur zeigen, dass eine Geige eine Seele hat.'

Ich will es kurz machen. Der Musiklehrer ließ die Sache einfach so stehen. Warum Ronald am Boden saß, fragte er nicht. Nach der Stunde, in der Fünfminutenpause, ging Ronald auf Christian zu. Wir Gemäßigten ballten die Fäuste, zum Kampf bereit, weil wir Schlimmes befürchteten. Aber Ronald sagte nur: ‚Danke, Meyerson!' – und nahm damit der ganzen Klasse den Wind aus den Segeln. Christian wurde zum Wunderkind der Schule. Sein Name war jetzt Paganini. Es gab kein Ereignis in der Schule mehr, bei dem Christian nicht Geige spielen musste. Wenn es dreimal an die Klassentür klopfte, wusste jeder, dass jetzt sofort der Direktor hereinstürmen würde, mit den Worten: ‚Meyerson, wir brauchen dich mal wieder.' Ihr könnt euch gar nicht vorstellen, wie wunderbar Christian gespielt hat. Er hat mir als Geheimnis den Namen seiner Geige anvertraut. Er nannte sie Amorosa. Mein Gott, meinem Gefühl nach ist das noch gar nicht so lange her."

Rainer Sommerlicht trank einen Schluck Cola. „Daran dachte ich, als ich bei der Abschiedsrede von Christians Musikalität sprach", sagte er. „Aber damit habe ich mein

Wort Christian gegenüber gebrochen, und das bedrückt mich schwer."

Er atmete heftig, wandte sich zu Christian und sagte: „Ich habe dir versprochen, Christian, das Wort Musik in deiner Gegenwart niemals mehr zu erwähnen, verzeih mir", ... und zu Susanne und Martin gewandt, fuhr er fort: „Bei der Abifeier spielte Christian etwas von Paganini und erhielt einen Riesenapplaus. Nach der Feier erzählte mir Christian mit leuchtenden Augen, er habe ein Stipendium für die Musikhochschule bekommen. Ich hatte mich an eine Uni etwa fünfhundert Kilometer von unserer Schule entfernt eingeschrieben, weil mein Vater sich dort in der Nähe eine kleine Firma aufgebaut hatte. Wir verabschiedeten uns voneinander, mit dem Versprechen, uns ab und zu in den Semesterferien zu treffen. Wie erstaunt war ich, als ich Christian zu Beginn meines Studiums als Jurastudenten an meiner Uni entdeckte. Ich erkannte ihn kaum wieder. Er war bleich und hohlwangig. Er erzählte mir, sein Vater sei bei einem Unfall ums Leben gekommen, während wir auf unsrer Abifahrt in Frankreich waren. Ein Musikstudium sei für ihn deshalb zu aufwendig: Er müsse seine Mutter unterstützen, sie bekomme nur eine kleine Witwenpension, und er habe noch drei Geschwister. Der Direktor unseres Gymnasiums habe für ihn nun ein Stipendium für Jura erwirkt. ‚Rainer', sagte er zu mir, ‚versprich mir, das Wort Geige und Musik in meiner Gegenwart nie mehr zu erwähnen, sonst kann ich dein Freund nicht mehr sein.' Er sah so miserabel aus, dass ich es ihm sofort mit Ehrenwort versprochen und bis zu seiner Verabschiedung auch immer gehalten habe. Meinen Sie, Herr Doktor Nieheim, dass ich mit der Erwähnung seiner Musikalität schuld bin an seinem Koma?"

Direktor Sommerlicht war blass.

Martin schüttelte den Kopf und sagte: „Unmöglich. Beruhigen Sie sich."

Susanne weinte. „Die Geigen auf meinem Plakat sind schuld, Rainer. Ich habe doch von all dem gar nichts gewusst. Niemand von den Meyersons hat mir jemals etwas davon erzählt."

„Susanne hat ein paar Geigen auf ein Plakat gemalt, nach dem Motto ‚Jetzt hängt der Himmel für uns voller Geigen'. Aber da steckt noch mehr dahinter, Susanne, was wir nicht wissen. Die paar Geigen auf dem Plakat können es nicht bloß gewesen sein. Marion und Michael lebten doch mit Geigen in eurem Haus, und Christian lebte gut damit", sagte Martin beruhigend.

Dann lenkte Martin das Gespräch in andere Bahnen, bis Rainer Sommerlicht aufstand, um sich zu verabschieden.

„Darf ich Sie aus beruflichem Interesse noch einen Augenblick aufhalten? Was ist aus diesem Ronald eigentlich geworden?", fragte Martin. „Als Psychotherapeut interessiert mich das sehr!"

„Gerne. Nach der Maikäferaffäre reihten sich Ronald und seine Clique nach kurzer Zeit nahtlos und positiv in die Klasse ein. Wir wurden wieder zur Musterklasse, ja, sogar Starklasse. Christian entdeckte, dass Ronald gut Gitarre spielen konnte, und die beiden gründeten eine Klassenjazzband. Das war für die damalige Zeit etwas Ungewöhnliches. Zum Schluss machte die ganze Klasse mit. Sogar ich lernte Saxophon spielen. Wer von Haus aus kein Instrument spielen durfte, der bekam irgend ein Percussion-Instrument in die Hand gedrückt. Wir übten jeden Freitagnachmittag in der Schule, mit Erlaubnis des Direktors, gaben Konzerte und verdienten uns so unsere einwöchige Abifahrt nach Frankreich, gaben Benefizkonzerte für Biafra-Kinder und so weiter. Vor etwa zehn Jahren traf ich Ronald zufällig auf einer Gartenschau. Wir schickten unsere Frauen in den Rosengarten und tranken zusammen ein Glas Bier auf die alten Zeiten. Da erzählte mir Ronald, dass er damals in der achten Klasse deshalb so unmöglich gewesen sei, weil seine Eltern die Scheidung vorbereiteten, und weder seine Mutter noch sein Vater das Sorgerecht für ihn hatten übernehmen wollen. ‚Ich wusste, dass andere Eltern sich bei Scheidungen darum stritten, wer das Sorgerecht behalten dürfe. Bei mir war es so: Weder meine Mutter noch mein Vater wollten für mich sorgen. Ich wurde zu meiner Großmutter abgeschoben, und meine Seele war ganz schwarz vor lauter Bitternis', so sagte er wörtlich. Wenn Christian ihm nicht die Ohrfeige bei der Maikäferaktion verabreicht und nicht Geige gespielt hätte, wisse er nicht, was aus ihm geworden wäre.

‚Das musst du dir einmal vorstellen, Rainer', sagte er noch zu mir. ‚Meine Eltern wollten nichts mit mir zu tun haben, obwohl ich mich sehr bemüht hatte, ein guter Sohn zu sein. Und dieser Christian, dem ich mit der Maikäfersache mitten ins Herz gelangt habe, der hält zu mir und verpetzt mich nicht. Wahrscheinlich aus einem Gefühl des Angenommenseins und der Dankbarkeit heraus holte ich dann sogar meine verlassene Gitarre wieder aus der Ecke und wurde, wie du ja weißt, als Gitarrist und manchmal auch als Schlagzeuger in der Klassenband eingesetzt. Ich glaube, ohne Christian und die Jazzband wäre ich abgeglitten und in der Gosse gelandet.' Soweit Originalton Ronald.

Eigentlich hätte ich auf Bitte von Ronald dem Christian dieses Gespräch auf der Gartenschau erzählen müssen. Aber ich tat es nicht. Stichwort Ehrenwort, kein Wort über Musik. Heute denke ich, ich hätte es tun sollen."

„Vielleicht wäre es besser gewesen, Sie hätten es erzählt. Engländer sprechen von einer ‚bottled-up emotion', von einem Gefühl, wie in einer Flasche verschlossen und gärend, bis die Flasche platzt", sagte Martin nachdenklich.

„Und ich dachte, man soll schlafende Hunde nicht wecken, oder, noch banaler ausgedrückt, ich wollte nicht das berühmte Kamel sein, welches das Gras abfrisst, das über eine Sache gewachsen ist. Und mit meiner Abschiedsrede war ich ja nun jenes Kamel absolut!", sagte Rainer Sommerlicht unglücklich.

„So eine Seele ist eine komplizierte Angelegenheit, keiner kann von sich behaupten, er mache immer alles richtig oder finde immer die richtigen Worte. Reden ist Silber, Schweigen ist Gold, heißt das Sprichwort. Wir Psychotherapeuten sind der Meinung, es wäre oft besser umgekehrt. Wir sind natürlich meistens fürs Reden. Die Menschen sollten viel mehr über ihre Gefühle sprechen. Warum können das nur so wenige? Vieles im Leben wäre leichter, wenn die Menschen das könnten. Sei's drum. Susanne, nach wie vor bin ich der Meinung, dass nicht bloß deine Geigen das Schlamassel ausgelöst haben. Wir müssen weiter forschen. – Herr Sommerlicht, Sie kennen Christian besser als sonst jemand. Ich habe, nach allem, was ich gehört habe, die Meinung, dass er sein Temperament im Zaum halten konnte. Wie sehen Sie das?"

„Soweit es andere betrifft, ja. Bei den zwei Kämpfen mit Ronald war er fair, Ronald ist beides Mal unbeschädigt wieder auf die Füße gekommen. Sonst weiß ich von keinen Temperamentsausbrüchen, in all den Jahren nicht. Wie er allerdings mit sich selber umgegangen ist, wer weiß das?"

Rainer Sommerlicht stand auf und verabschiedete sich. Er hatte nasse Augen und schüttelte lange Christians schlaffe Hand.

Susanne und Martin saßen lange wortlos bei Christian. Schließlich legte Martin seine warme Hand auf Christians kühle Stirn und sagte: „Christian, damals, nach deinem Sonnet von Shakespeare unter dem Regenschirm hatte deine Susanne das Gefühl, Du seist ein verwunschener Künstlerprinz, verkleidet im Fell eines Juristen." – Und mit einem Blick zu Susanne: „Tatsächlich ein Künstlerprinz! Paganini!"

Susanne sagte traurig: „Darum konnte der Paganini Christian so gut Geigen stimmen. Selber hat er bei uns nie Geige gespielt und nie erzählt, dass er es kann! Warum nicht? Er hat doch von mir auch alles gewusst. Ich verstehe es nicht. Ich habe geglaubt, ich kenne ihn in- und auswendig. Warum haben seine Geschwister nie ein Wort von dieser riesengroßen Begabung, nie ein Wort von Paganini und von Geigen gesagt? Sie hätten doch bei den Konzerten der Zwillinge – sie waren ja oft dabei – irgendwann einmal etwas davon erzählen können."

„Wir müssen warten, bis wir die Gelegenheit haben, mit ihnen zu sprechen."

Martin stand auf und starrte aus dem Fenster.

Dann sagte er: „Ist es dir recht, wenn ich jetzt ins Restaurant gehe und etwas esse? Wenn ich zurück bin, gehst du. Ich bleibe dann hier, bis du wiederkommst. Ich muss noch einiges notieren."

Susanne, ganz zusammengesunken auf dem Stuhl, fuhr hoch. Marko und Marion standen plötzlich da.

„Habt ihr geklopft?", fragte sie erschrocken, und als sie bejahten, sagte sie unglücklich: „Ich habe euch nicht gehört."

Marko nahm Susanne in den Arm, mit Tränen in den Augen, und sagte: „Mutti Susanne, Dad, wie kann ich euch im Leben je für alles danken? Was habt ihr alles für mich getan!"

Susanne hatte plötzlich ganz wache Augen. „Marko! Der Brief! Bist du glücklich darüber?"

„Ja! Und wie! Stell dir vor, ich habe heute Nacht zwei Stunden lang mit Juliane gesprochen."

„Er sagt ‚Juliane' und nicht ‚Mutti Juliane'", dachte Susanne.

„Ich danke euch von ganzem Herzen, dass ihr meine Eltern seid! Ich danke euch für alles!", sagte Marko. „Ich werde dir später haarklein alles von unserem Gespräch erzählen, Musani. Jetzt nicht. Leider habe ich kaum noch Zeit. Aber ich musste jetzt einfach bei euch schnell vorbeikommen. Sobald es Dad besser geht, will Juliane mit euch selber reden."

Marion hustete bedeutungsvoll.

„Mama, im Büro von Dads Krankenversicherung spinnt der Computer. Könntest du nicht in den Kontoauszügen nachschauen, was die immer abgebucht haben?", fragte sie.

Susanne, vorher ziemlich bleich, wurde rot. „Will die Versicherung irgendeinen Nachweis? Ich schäme mich ja so, aber für die Familienbürokratie ist Christian allein zuständig. Seid so gut, sucht, wo ihr wollt, wir haben keine Geheimnisse vor euch. Irgendwo muss das Passwort für das Online-Banking zu finden sein – oder der entsprechende Kontoauszug. Meine Unwissenheit ist mir sehr peinlich."

„Mama, rege dich doch deswegen nicht auf! Wir kriegen das schon hin. Vielleicht ist das Passwort in dem ominösen Geheimfach. Ich habe heute morgen bei der Suche nach einem vergriffenen Musikstück zufällig im Antiquariat ein Büchlein entdeckt, mit dem Titel: ‚Alte Schreibtische und ihre Geheimnisse'. Ich hab's natürlich gekauft. Sei so lieb und fahre schnell nach Hause, ich bleibe hier so lange bei

Papa. Der Schreibtisch Seite elf sieht aus wie der vom Urgroßonkel. Auf Seite zwölf wird beschrieben, wie man das Geheimfach findet. Das ist kein Hexenwerk. Das kannst du, Mama!"

Susanne wurde energisch. „Nein, das kann ich nicht! Ich werde den Teufel tun und wegen dieser Police das Leben anderer und meines riskieren, indem ich Auto fahre. Ich kann mich nicht auf den Verkehr konzentrieren. Sei so lieb und probiere du dieses Geheimfach aus und suche die Kontoauszüge. Das ist jetzt, bitte, dein Job. Ich bleibe hier!"

„Marko, kannst du mitkommen?" Marions Augen flehten.

„Leider nicht! Ich sagte ja, ich muss schleunigst wieder in die Klinik."

„Dann begleite ich dich zum Auto."

Marion drückte Susanne einen Kuss auf die Stirn, streichelte Christians Haare, fasste Marko an der Hand und zog ihn zur Tür. Marko konnte gerade noch ein ‚Euch alles Gute' stammeln.

„Marion, komm bitte nachher noch einmal zurück!", rief Susanne. „Ich muss dir unbedingt so bald wie möglich erzählen, was wir von Rainer Sommerlicht erfahren haben."

„So vertraulich war Marion seit langem nicht mehr mit Marko", dachte Susanne, als die beiden das Zimmer verlassen hatten. „Ob das mit dem Brief zusammenhängt?"

Dann versank sie wieder ins Grübeln. Warum hatte Christian nie von seinem Leben als „Paganini" erzählt?

Draußen vor der Tür sagte Marion: „Ich hätte beinahe ‚Liebling' zu dir gesagt."

Marko lachte: „Und ich beinahe ‚Schatz'! Wir halten's noch ein wenig geheim, findest du nicht?"

Marion nickte. Wie zwei Teenager schauten sie sich im Flur um, niemand war zu sehen. Dann küssten sie sich schnell. Marko strahlte Marion an. Marion strahlte zurück.

„Ich liebe dich auch!", sagte Marion glücklich. „Ich würde jetzt so gerne deine Hand halten."

„Weißt du was? Wir tun das jetzt einfach."

Hand in Hand gingen sie zusammen zum Parkplatz.

Eine halbe Stunde später stand Marion an Urgroßonkels Schreibtisch.

„Ich muss das Geheimfach finden", sagte sie zu sich selber und zog das Büchlein aus der Tasche. Die Seiten elf und zwölf erwiesen sich als nicht passend. Dafür sahen die Seiten siebenundzwanzig und achtundzwanzig eher danach aus.

Marion probierte mit Entdeckerbegeisterung. Nach fünf Minuten sagte sie laut vor sich hin: „Geknackt!"

Ganz oben im Geheimfach lag das Büchlein „Musanis Kraftitüden". Marion lachte ein wenig und hätte zu gerne darin gelesen, aber die Zeit drängte. Dann kamen Fotokopien von den Geburtsurkunden der Familienmitglieder, dann ein braunweißes Foto vom Urgroßonkel.

„Hier sieht er ein bisschen aus wie Churchill," dachte Marion. Das Foto füllte fast den Raum des Geheimfachs aus. Marion nahm Christians Brieföffner und hob damit vorsichtig das Foto heraus. Darunter kam ein vergilbter Briefumschlag zum Vorschein. Marion besah ihn sich genauer. Er war wohl einmal zugeklebt gewesen, aber der Klebstoff hatte seine Wirkung verloren, und der Briefumschlag ließ sich leicht öffnen.

Martin Nieheim saß in Christians Zimmer und gab einen Text in seinen Laptop ein. Susanne war, wie besprochen, im

Restaurant beim Essen. Martin fuhr erschrocken zusammen, als das Telefon schrillte. Er meldete sich mit: „Nieheim im Krankenzimmer von Herrn Meyerson".

Es war Marion. Ihre Stimme klang aufgeregt.

„Martin, ist Mama da?"

„Nein, sie ist im Restaurant."

„Gut! Du musst bitte sofort kommen. Ich habe die Police nicht gefunden, aber etwas anderes, was uns sicher weiterhilft. Etwas, was du Mama irgendwann einmal behutsam beibringen musst. Sag ihr, mir sei die Zeit knapp. Es wäre zeitsparender, wenn du ein womöglich wichtiges Indiz, Dads Koma betreffend, hier selber schnell holst. Von hier aus bin ich im Nu in der Musikschule. Die Begründung, dass du kommen musst, klingt also logisch. Selber will Mama nämlich nicht fahren. Entschuldige, ich weiß, ich drücke mich umständlich aus, aber ich bin so aufgeregt. Du machst das schon richtig. Also, bis gleich!"

Susanne kam herein, Martin hatte noch den Hörer in der Hand.

Einige Zeit später befand er sich vor dem Meyerson'schen Haus. Die Haustür war angelehnt. Von der Diele aus sah er durch die offene Esszimmertür, wie Marion eben eine Tischdecke auf dem Tisch ausbreitete. Martin liebte das Haus der Meyersons. Hell, nicht protzig! Susannes selbstgemalte schöne Gemälde lachten von den Wänden, Motive verschiedenster Art in freundlichen Farben.

„Da bin ich!", meldete er sich.

„Komm rein!"

„Das habe ich im Geheimfach gefunden!", sagte Marion, sonst nichts. Es war ein vergilbter Briefumschlag. Darauf stand in krakeliger Schrift, mit altmodischer Tinte und mit der altmodischen Feder eines Füllfederhalters geschrieben: ‚An Maria'. Mit derselben Feder und Tinte war das ‚An Maria' mit klaren Strichen durchgestrichen.

Im Briefumschlag befand sich ein Blatt Papier. Zweimal war es beschrieben worden, im ersten Abschnitt mit derselben Tinte und Feder wie auf dem Briefumschlag, mit derselben krakeliger Schrift:

‚Bye-bye life, bye-bye happiness!
Meine Geigen sind schuld am Tode meines Vaters. Wenn es mich und die Geigen nicht gegeben hätte, würde Vater noch leben! Lohnt es sich für mich selber überhaupt noch, weiter zu leben?'

Der zweite Abschnitt auf dem Blatt, wieder mit derselben Feder und derselben Tinte, aber mit klarerer Schrift:

‚Hello life!
Ich habe einem schönen jungen Mädchen das Leben gerettet. Es hat sich gelohnt, weiter zu leben.'

Dann ein Foto von Susanne, schwanger, wunderschön. Auf der Rückseite des Fotos mit anderer Tinte und anderer Feder, klar und schön geschrieben:

‚Hello happiness again!'

Darunter ein Datum.

„Das Hochzeitsdatum meiner Eltern! Papa hat all das geschrieben, ich kenne seine Handschrift. Ich kann nicht verstehen, was Sache ist. Aber der Wortlaut ‚hello happiness' ist doch sehr verblüffend. Und hast du nicht das Gefühl, dass sich der Satz ‚Lohnt es sich für mich selber überhaupt noch, weiter zu leben?', dass dieser Satz sich fast so anhört wie eine Selbstmordabsicht? Welchem schönen Mädchen hat Dad das Leben gerettet? Und verstehst du, was er mit den Geigen meint? Zuerst soll der Brief an Maria gehen, dann wieder nicht. Ich bin mir sicher, dass all das mit seinem Koma zu tun hat", sagte Marion.

Martin nickte und betrachtete nachdenklich das Foto.

Nach einer Weile sagte er: „Verstehst du, was Sache war? Dein Vater erzählt Marko vor der Abschiedsfeier von dem Geheimfach im Zusammenhang mit ‚Musanis Kraftitüden'. Marko hat mir davon erzählt. Christian weiß also, dass Marko Kenntnis von der Existenz des Geheimfachs hat. Christian fährt voraus mit Herrn Braun zur Festhalle. Susanne und Marko kommen später nach. Nachdruck auf dem Wort s p ä t e r ! Bei der Heimkehr sieht er auf dem Plakat Geigen und die Worte ‚HALLO HAPPINESS'. Es zuckt ihm durchs Gehirn: ‚Die beiden haben mein Geheimfach geöffnet.' Dass so etwas gar nicht möglich sein kann: Kein Mensch kann in so kurzer Zeit ein so großes Plakat malen ..., so viel Zeit zum Nachdenken lässt ihm seine Seele nicht mehr. – In ihm brodeln Enttäuschung und Wut. ‚Wie kannst du mir das antun, Susanne?', hat er gesagt. Und dann schlugen die Enttäuschung – und wahrscheinlich so etwas wie Verzweiflung – zu. Der Zufall mit der ähnlichen Wortwahl! Immer dieser blöde Zufall!"

Martin stand auf, trat ans Fenster und starrte hinaus. Marion ging im Zimmer hin und her. Nach längerem Schweigen sagte sie: „Was können wir tun? Wie wirst du auf diese Erkenntnis reagieren? Irgendwie verstehe ich die Zusammenhänge nicht ganz. Und – wie bringen wir das alles Mama bei?"

„Mein Problem ist nicht, wie ich das Susanne beibringe, mein Problem ist: Wie bringe ich Christian aus dem Koma wieder heraus? Was die Zusammenhänge mit den Geigen anbetrifft, das ... "

Das Telefon schrillte.

MARIA, HERMANN UND HEINRICH

Martin schreckte zusammen und hatte für eine Sekunde das Gefühl von einem Déjà-Vu-Erlebnis. Marion ging an den Apparat und schaltete den Lautsprecher ein, so dass Martin mithören konnte. Es war Susanne. Sie war sehr aufgeregt.
„Gottlob bist du noch im Haus. Ist Martin auch noch da? Stell dir vor, Heinrich und Maria sind gekommen. Maria hat gestern gegen Abend in Saloniki vom Postamt aus bei Iris und Alexander angerufen, um sich nach den Keuchhustenkindern zu erkundigen. Iris hat von Christian erzählt. Die beiden haben sofort einen Flug gebucht, es hat geklappt. Sie sind da. Sie wollen unbedingt zum Thema Geigen mit Martin sprechen! Wir kommen ins Haus. Das zweite Bett wurde gerade mit einem neuen Patienten belegt. Wir können hier nicht mehr reden. Leonie kommt her zu Christian, sie bleibt bei ihm, solange ich weg bin. Hast du noch eine Minute Zeit? Bitte, hole den Streuselkuchen aus der oberen Schublade vom Gefrierschrank und taue ihn in der Backröhre auf. Kennst du das Auftauzeichen? Oh, da kommt schon Leonie. Also, Martin möchte doch bitte im Haus bleiben. Bis gleich."

Susanne hatte so schnell gesprochen, dass Marion nur mühsam auf Susannes Sätze hatte ‚ja' oder ‚okay' dazwischenquetschen können. Marion seufzte.

„Du musst in die Musikschule gehen, ich weiß", sagte Martin ruhig. „Ich kenne mich im Haus ja aus, also mache ich Kaffee und decke den Tisch. Wenn du noch schnell den Kuchen in die Backröhre schieben könntest, wäre es mir recht."

„Danke, Martin!", Marions Stimme klang gehetzt. „Erzählst du ihnen vom Brief im Geheimfach?"

„Ich habe es nicht vor. Wir werden sehen."

Marion raste aufgeregt durchs Haus, schob den Kuchen ein, rief: „In zwei Stunden melde ich mich wieder!", und kurz danach hörte man den Motor ihres Autos aufheulen. Sie fuhr mit Karacho davon.

„Als Schulleiterin muss sie immer ein gutes Beispiel geben und darf zu ihrem Unterricht nicht zu spät kommen", murmelte Martin und machte sich mit Hingabe an seinen selbstgewählten Job als Hausmann.

Den Tisch hatte er gedeckt, die Warmhaltekanne mit dem Kaffee auf dem Tisch platziert. Dann trat er wieder ans Fenster und dachte nach. Warum hatte Susanne nicht „Hallo, Glück" auf ihr Plakat geschrieben? Warum „HALLO HAPPINESS"? Warum „HALLO HAPPINESS"? Woran erinnerte er sich denn bei dem Text? Ach ja, an die Everly Brothers! Oder hatten Simon and Garfunkel den Song gesungen?

„Bye-bye love
bye-bye happiness
hello loneliness
I think I'm gonna cry.
I feel like I could die."

„Ist das der genaue Text? Zumindest so ähnlich", überlegte Martin. „Von ‚bye-bye happiness' zu ‚hello happiness' ist der Gedankensprung nicht weit. Jede Generation lebt mit ihren Songs, ihren Mode- und Schlagwörtern. Sie prägen vielleicht noch mehr, als wir wissen. Vielleicht war es hier gar nicht der von mir so oft zitierte Zufall, vielleicht war es bei beiden dieser Song, der ihre Sprache beeinflusst hatte. Oben auf der Brücke, hatte da Christian damals gedacht: ‚I feel like I could die'? Was weiß ich? Wie bloß hole ich Christian aus seiner Koma-Höhle, aus der Koma-Hölle, wieder heraus?"

Er schaute einem Schmetterling nach, der gerade vorbeiflog. Metamorphose!

Marions Fragen schossen ihm durch den Kopf. Und: Warum hatte der Paganini Christian so absolut aufgehört, Geige zu spielen. Was hatten Geigen in der Mehrzahl mit dem Tod von Christians Vater zu tun? Und: Sollte er Susanne den Brief aus dem Geheimfach zeigen?

Nach langem Überlegen entschied er sich dafür.

„Sie hat ein Recht darauf", sagte er laut.

Dann konzentrierte er sich intensiv auf das Thema Koma.

Ein Auto fuhr in den Hof. Es waren Susanne, Maria und Heinrich.

Alle drei sahen bleich und erschöpft aus. Susanne betrat ihr Haus wie eine Fremde, wie im Trancezustand. Dann sah man förmlich, wie sie sich zusammenriss. Sie übernahm die Vorstellung. Maria Grünmeister und Heinrich Meyerson kannten Dr. Martin Nieheim noch nicht.

„Susanne, ich würde gerne noch schnell duschen", sagte Heinrich nach der freundlichen Begrüßung. „Ich bin so frei und gehe ins Gästebadezimmer. Keine Angst, rasieren tu ich mich nicht!"

„Darf ich ins obere Badezimmer?", fragte Maria.

„Klar! Ihr wisst ja, wo die Handtücher sind! Wir sind im Garten", rief Susanne den beiden nach.

„Was hat Marion gefunden?", fragte Susanne, sobald Maria und Heinrich nicht mehr zu sehen waren.

„Setzen wir uns doch erst auf die Bank drüben im Schatten", schlug Martin vor.

„Susanne, nenne es Fügung oder Zufall, aber Fügungen oder Zufälle haben in eurem Leben die Weichen gestellt. Vielleicht ist es bei allen Lebewesen so, es fällt bloß nicht so auf. Die glücklichen Zufälle haben dir, Alexander und vielleicht auch Christian das Leben gerettet. War dein Plakat ein negativer Zufall? Die Zukunft wird die Antwort geben. Bitte lies den Brief, den Marion im Geheimfach gefunden hat."

Martin holte den Brief aus seiner Jackentasche und legte ihn in Susannes Hand.

Susanne betrachtete lange den Briefumschlag, dann den Zettel, dann das Foto.

„Bye-bye happiness! Und ich habe ‚Hallo Happiness' geschrieben, oh Gott", sagte sie völlig benommen, während sie den Zettel und das Foto in den Briefumschlag wieder einschob und an Martin zurückgab.

„Wir wissen noch nicht, was es mit den Geigen auf sich hat. Der Schrift nach hat er zweimal an diesem Brief geschrieben. Das erste Mal war er verzweifelt. ‚An Maria'- – ‚Lohnt es sich noch zu leben?' Das klingt sehr nach Suizidgedanken, der krakeligen Schrift nach zu urteilen! Warum und wie sollen seine Geigen am Tode seines Vaters schuld sein? Und warum Geigen in der Mehrzahl?", sagte Martin.

„Glaubst du, er wollte Suizid begehen, damals auf der Brücke?"

„Mit dem Gedanken hat er sicher gespielt. Wie oft er da oben schon gestanden hat, wissen wir nicht. Aber ich glaube nicht, dass er jemals in den Tod gesprungen wäre. Dazu hatte er viel zuviel Verantwortungsbewusstsein seiner Familie gegenüber. Und als er für dich gesprungen ist, war sein Ziel nicht ‚Tod', sondern ‚Leben'. Deshalb sprang er auch nicht von ganz oben, sondern von halber Höhe. Er wollte einem Menschen das Leben retten, weil er ein guter Mensch ist.

Und vielleicht auch, weil er dem Schicksal das eine verlorene Leben mit einem anderen geretteten Leben aufrechnen wollte, um damit dieses seltsame Schuldgefühl verkleinern zu können. Seine Geschwister werden uns ja nun hoffentlich betreffs Geigen und dem Tod des Vaters Aufschluss geben."

Es schien, als hätte Susanne nicht zugehört. Sie betrachtete die Rosen, ohne sich dessen bewusst zu sein.

„Der Wachtmeister sagte: ‚Nur ein Verrückter oder ein Selbstmörder springt in diesen Fluss.' Aber du hast recht. Ein Selbstmörder lässt sich vielleicht nur mit schwerem Herzen – pflumpf – ins Wasser fallen. Da hätte er keine Chance gehabt. Christian wollte fliegen wie ein Engel, um zu retten. In so einer Situation springt man anders. Laut Rainer Sommerlicht war er gut im Turmspringen. Also sprang er ohne Bedenken ins Wasser. Verrückt war es trotzdem. Das war das Wunder, von dem der Wachtmeister sprach. Vielleicht wuchsen ihm Flügel durch den Eu-Stress, diesen berühmten Stress, der gepaart ist mit Euphorie. Was meinst du?"

„Nicht nur im Eu-Stress, auch in einer Notlage, die der Mensch positiv bewältigen will, wachsen ihm ja bekanntlich ungeahnte Kräfte zu. Adrenalin, Interferon, Hormone. Die Wissenschaft wird uns diesbezüglich sicher noch irgendwann neue Erkenntnisse bieten. Aber wenn ich an die gefährlichen Strudel denke – und davon muss er gewusst haben – gebe ich dir recht: Verrückt war es trotzdem. Aber was wäre ohne seine Verrücktheit aus dir geworden?

Zurück zum Brief, Susanne. – Christian nimmt den Brief zum zweiten Mal in die Hand. Ich behaupte, nach deiner Rettung. Es ist derselbe Füller, dieselbe Tinte. Aber ‚An Maria' ist sauber durchgestrichen. Bei dem später geschriebenen Satz ‚Hello life! Ich habe einem schönen Mädchen das

Leben gerettet. Es hat sich gelohnt, weiter zu leben!' ist die Schrift nicht mehr krakelig. Man sieht direkt an der klaren Schrift den neuen Lebenswillen. Das war deiner Erzählung nach vor etwa fünfundvierzig Jahren. Dann dein Foto und ‚Hello happiness again', vorsichtig auf die Fotorückseite ge-schrieben, um das Foto nicht zu verletzen. Euer Hoch-zeitsdatum, vor etwa vierzig Jahren, vor Alexanders Geburt."

Susanne stand auf und ging durch den Garten. Danach kam sie zurück und setzte sich wieder auf die Bank.

„Deine Erklärung klingt einleuchtend. Ich fürchte, er hat geglaubt, ich hätte heimlich sein Geheimfach geöffnet. Daher die Wut und die Enttäuschung in seinen Augen. Wie konnte er nur so etwas von mir denken? Außerdem habe ich ja ‚Hallo' mit ‚a' und nicht mit ‚e' geschrieben!"

„Susanne, denk doch, was für einen Tag er hinter sich hatte. Der Gedanke traf ihn wie ein Blitz und warf ihn um. Das spricht nicht gegen dich, aber auch nicht gegen ihn. Gedanken sind oft willkürliche Assoziationen. Das hast du sicher selber auch schon erlebt, dafür kann man nicht. Und ob ‚Hallo' mit ‚a' oder mit ‚e' geschrieben war, das registrierte seine Seele in der Eile nicht. Hauptursache war ja, dass er mit Marko am Vormittag von seinem Geheimfach gesprochen hatte."

Heinrich erschien an der Terrassentür. Susanne gab sich einen Ruck.

„Wir müssen Christian aus dem Koma herausholen. Es wäre mir recht, wenn du den andern nichts von dem Brief erzählen würdest, wenn es nicht sein muss. Er war ja in Christians Geheimfach. Also geht er auch nicmanden etwas an. Trotzdem bin ich sehr froh, dass Marion ihn aus dem Geheimfach geholt hat. Ich hätte das wahrscheinlich aus lauter Rücksichtnahme nicht getan. So haben wir wenigstens einen Fingerzeig. Komm, wir müssen zurück ins Esszimmer. Weißt du was? Ich fühle mich seltsamerweise irgendwie leichter. Jetzt weiß ich endlich, was Sache ist mit meinem Plakat. Dass das Problem wahrscheinlich auch mit Geigen zu tun hat, wissen wir nun ja seit Rainer Sommerlichts Bericht. Aber wie können Geigen schuld sein am Tod seines Vaters? Warum schreibt er von Geigen in der Mehrzahl? Ich hoffe, wir erfahren das jetzt von Maria und Heinrich."

Im Vorbeigehen streichelte sie sanft die Rosen.

„Gottlob, sie lebt wieder", dachte Martin erleichtert. „Und ihr Gang ist auch nicht mehr der einer Matrone."

„Schade, dass Tirili bei Leonie ist. Übrigens, Susanne, seit vierzig Jahren bin ich ein Fan von deinem Streuselkuchen", sagte Heinrich. Man spürte, dass er die etwas beklommene Stimmung auflockern wollte.

Maria schob ihr Kaffeegedeck beiseite, betrachtete intensiv ihre Handoberfläche und sagte dann fast mühsam: „Susanne, kann ich ein paar Minuten mit dir allein reden?"

„Ich denke, die Herren werden uns für diese kurze Zeit entschuldigen!" – Susannes Stimme klang angestrengt munter.

Maria hakte Susanne unter und ging mit ihr in den Garten.

„Susanne, du weißt, wie gern ich dich habe. Es ist mir arg peinlich, dir diese Frage zu stellen. Aber die Zeit drängt ja so. Nachher reden wir über Geigen. Aber zuvor eine unlogische Frage, die eigentlich gar nicht ins Bild passt. Aber sie bedrückt mich sehr, im Zusammenhang mit Christians Ohnmacht. Weiß Christian, dass Xander Enrico Caldaris Sohn ist? Kann das der Grund gewesen sein, warum er, vielleicht vor Schreck, ohnmächtig geworden ist?"

Einen Augenblick lang starrte Susanne Maria erstaunt an. Dann fiel ihre mühsam errungene Selbstbeherrschung von ihr ab, sie wurde totenblass und fing an zu zittern. „Maria, wie kommst du darauf? Hast du irgendeinen Anhaltspunkt, dass die Ohnmacht mit Enrico zusammenhängen könnte? Was habe ich falsch gemacht?"

Maria erschrak. „Was habe ich da gesagt? Sie schrumpft und schrumpft und sieht plötzlich ganz verhutzelt aus wie eine uralte Frau. Warum habe ich das gesagt?", dachte sie.

Dann nahm sie Susanne in die Arme und sagte mit Tränen in den Augen: „Um Gottes willen, Susanne, beruhige dich. Ich habe überhaupt keinen Anhaltspunkt diesbezüglich. Ich wollte doch bloß wissen, ob Christian von Enrico weiß."

„Natürlich weiß er das immer schon. Christian hat dem Embryo Alexander wahrscheinlich das Leben gerettet, damals, vor etwa vierzig Jahren, als er mich halb ohnmächtig auf der Bank an einer Bushaltestelle sitzen sah. Er besorgte für mich einen Krankenwagen, weil ich damals – wie gesagt in halb ohnmächtigem Zustand – vor mich hin gemurmelt habe, ich sei schwanger. Wenn ich im Krankenhaus keine Infusionen bekommen hätte, auf Christians Betreiben hin, weiß ich nicht, was aus Xander geworden wäre. Ich wage es nicht mir auszudenken. Wir haben uns dann im Krankenhaus erst richtig kennen gelernt, und Christian erfuhr alles über Enrico. Unsere ganze Familie weiß von Enricos Vaterschaft. Aber auf Alexanders Bitte hin musste es ein Familiengeheimnis bleiben. Die Großfamilie sollte nichts davon erfahren. Ich glaube, er wollte das aus Rücksicht auf mich und wegen Oma Meyerson nicht. Er hatte Angst, sie würde deswegen aus allen Wolken fallen. Sonst hätte ich dir doch alles schon längst erzählt."

„Verzeih! Dann können wir dieses Thema also total ausklammern. Das war nur so eine plötzliche unlogische weibliche Spontanidee von mir. Ich wollte dich doch um keinen Preis erschrecken. Ich will nur jeder erdenklichen Spur und Möglichkeit nachgehen. Ihr seid eine Heile-Welt-Familie, Susanne. Das einzige, was mir einfiel, was – wie soll ich sagen – nicht so sehr in den Rahmen von heiler Welt passt, war Enrico. Ich habe als junges Mädchen für Enrico geschwärmt. Darum fiel mir die Ähnlichkeit auf. Sie ist ja frappierend. Und als dann eure sogenannten Freunde aus der Toskana zu Besuch bei euch waren, war mir natürlich alles klar. Irgendwie fühle ich mich jetzt leichter, dass Enrico nicht die Ursache für Christians Ohnmacht sein kann. Für Xander wäre das schlimm gewesen. Dann sind es also doch die Geigen, wie Hermann vermutet hat. Was dein Plakat anbelangt, da trifft dich keine Schuld. Denn was ich jetzt erzählen werde, konntest du mit dem besten Willen nicht ahnen oder gar wissen. Bitte, bitte, höre auf zu zittern. Es tut mir so leid. A propos ‚ahnen': Die andern ahnen nichts von Enrico. Ich verrate natürlich nichts, wenn Xander das nicht will. – Setz dich noch einen Augenblick auf die Gartenbank. Vergiss meine Taktlosigkeit, Susanne, bitte!"

Wie ein paar Minuten zuvor erschien Heinrich wieder demonstrativ an der Terrassentür. Er hustete theatralisch.
Zurück am Tisch im Esszimmer drückte Maria liebevoll Susannes Hand, die immer noch zitterte, und begann:
„Hermann, Heinrich und ich haben gestern Abend lange Zeit Puzzle-Teile zum Thema Geigen in unserer Erinnerung gesucht. Das Puzzle-Bild ist noch nicht vollständig. Heinrich will, dass ich mit dem Thema anfange.
Ich muss weit ausholen. Mutter hatte vor fünfundzwanzig Jahren einen Schädelbruch und musste viel liegen. Während der Schulzeit war sie bei dir in Pflege, Susanne", wieder drückte Maria warm Susannes Hand, „während der

Ferien aber war sie bei mir. An einem Donnerstagabend war Heinz beim Kegeln. Ich erinnere mich noch genau, ich saß an Mutters Bett und berichtete von Marions und Michaels erstem Preis bei einem Musikwettbewerb. Mutter seufzte und sagte: „Jaja, die Geigen!' Und dann erzählte sie ganz von sich aus von früher, was sie bis dahin noch nie getan hatte. Übrigens hat sie mich eine Stunde nach dem Gespräch fast verzweifelt angefleht, doch ja nichts davon verlauten zu lassen. Ich konnte nicht umhin, ihr das zu versprechen. Nun, bis dato habe ich mich ja auch an das Versprechen gehalten. Aber ich glaube, jetzt muss ich reden.

Unsere Mutter Anna Maria war eine geborene von Riemenberg. Ihre Eltern besaßen ein Landgut in Mecklenburg-Vorpommern. Ob das ‚Von' auf einen Adelstitel schließen lässt, weiß ich nicht. Ich habe sie nie danach gefragt. Sie hatte einen zehn Jahre älteren Bruder, den Heinrich. Er schlug seiner Mutter, also unserer Großmutter, nach. Sie war vor ihrer Heirat eine berühmte Geigerin gewesen. Leider starb sie, als Mutter zwei Jahre alt war. Heinrich muss sagenhaft gut Geige gespielt haben. Nach dem Abitur besuchte er auf Wunsch seines Vaters eine Landwirtschaftsschule – ungern, er hätte so gerne auf dem Konservatorium sein Geigenspiel verbessert. Das Landgut war wegen Missernten und Pech im Stall leicht verschuldet. Großvater von Riemenberg versprach sich viel von Heinrichs Ausbildung zum Ökonomierat. Weil der Student Heinrich auf Grund der angespannten finanziellen familiären Lage nur wenig Taschengeld zur Verfügung hatte, besserte er seine Finanzen durch Geigenspiel auf. Sein Spiel, sein Name, seine angenehmen Manieren gefielen. Er wurde zum Geheimtipp für Reiche, für die sogenannte feine Gesellschaft. Er spielte bei Hochzeiten, zum Tanz, im Gottesdienst, wo auch immer, was auch immer. Anlässlich solch eines

Ereignisses schloss er Freundschaft mit einem jungen Grafen, ich habe seinen Namen vergessen. Ich weiß nur noch, dass dieser Graf oft ein dankbares Thema für die Regenbogenpresse war. Der damals junge Graf nahm unseren Onkel Heinrich einmal in ein bekanntes Spielkasino mit. Heinrich wollte eigentlich nur zusehen. Aber dann packte ihn die Spielleidenschaft. Er verspielte in der einen Nacht so viel Geld, dass Großvater sein Landgut verkaufen musste, um die Spielschulden seines Sohnes bezahlen zu können.

Das war kurz vor dem ersten Weltkrieg. Großvater verließ Ostpreußen und zog mit unserer Mutter Anna Maria nach Köln. Dort kaufte er sich vom verbliebenen Geld eine kleine Schreinerei. Er hatte immer eine Affinität zu Holz gehabt und konnte so das tägliche Brot durch kleine Schreineraufträge verdienen. Heinrich wurde zur Wehrmacht eingezogen, er fiel im Jahre 1917.

Mutter war damals 13 Jahre alt. Nach dem Besuch der Volksschule – eine Gymnasiumsausbildung wäre zu teuer gewesen – besuchte sie die Höhere Handelsschule und wurde Sekretärin. Mutter hat mir diese Geschichte genau so nüchtern erzählt, wie ich sie jetzt berichte. Wie kummervoll diese Zeit für alle gewesen sein mag, können wir nur erahnen.

‚Schuld an all dem war die Geigerei', sagte Mutter bitter. ‚Jaja, die Geigen.' Mehr erzählte sie von früher nicht."

„Ich muss dich unterbrechen!", sagte Heinrich, und seine Stimme mit dem sonst für ihn typisch spöttisch-lustigen Unterton klang dieses Mal ganz fremd. „Hat Mutter dieses tragische Schicksal auch unserem Vater erzählt?"

Maria blickte von ihren Händen auf. „Genau das habe ich Mutter damals gefragt. Als Antwort darauf hat sie nur mit dem Kopf geschüttelt."

„Und hatte nasse Augen dabei", dachte Maria. Aber das sagte sie nicht. Es wäre ihr wie ein Verrat an ihrer Mutter vorgekommen.

„Weil – wenn Vater davon gewusst hätte, hätte er niemals erlaubt, dass Christian Geige spielt. Er hat niemals etwas getan, was Mutter auch nur im Geringsten hätte verletzen können." Heinrichs Stimme klang ganz brüchig.

Maria wandte sich Martin zu. „Vielleicht sollte ich noch sagen, dass Mutter fast nie Emotionen gezeigt hat, wenigstens bei uns nicht. Sie war gleichmäßig freundlich und immer sehr höflich. Ich glaube, sie war sehr sensibel. Vermutlich hat sie ihren Bruder vergöttert und hatte deshalb einen Hass auf Geigen. Denn ohne Heinrichs Geigenkünste hätte er den Grafen ja gar nicht kennen gelernt! Das ist das erste Puzzleteil zum Thema Geigen.

Unser Vater Anton Meyerson war anders als Mutter. Er war ein Naturbursche im positiven Sinn, war lebensfroh, hatte eine weite Skala von Gefühlen, die jeder ablesen konnte. Und er hatte vor allem viel Humor. Man wusste bei ihm immer, woran man war. Größere Gegensätze als Mutter und Vater sind kaum vorstellbar. Aber eines ist sicher. Sie haben sich beide sehr geliebt.

Und damit kommen wir zum Puzzle-Teil Nummer zwei. Die beiden lernten sich auf der Zugspitze kennen. Vater war dort, weil er als junger, unverheirateter Lehrer in den Ferien seiner Passion frönte: dem Bergsteigen und dem Bergwandern. Mutter war dort mit Großvater von Riemenberg. Mutter wusste, dass ihr Vater ein Leben lang davon geträumt hatte, auf dem Gipfel der Zugspitze zu stehen. Deshalb hatte sie als Sekretärin eisern gespart und einen Urlaub in Garmisch ermöglicht. Großvater war noch nie auf solcher Höhe gewesen, die Zugspitze weist ja immerhin stolze 2963

Meter auf. Als er oben aus der Gondel stieg, wurde er ohnmächtig. Mutter war verzweifelt und rief um Hilfe. Anton Meyerson befand sich in der Nähe der Bergstation, rannte herbei und leistete Erste Hilfe, schließlich half er oft als Sanitäter beim Roten Kreuz. Er verliebte sich sofort in Anna Maria. Mutter war wunderschön, schwarze Haare, blaue Augen, mit einem Hauch von Melancholie, um nicht zu sagen von Schwermut.

Nach der Heirat der beiden verkaufte Großvater von Riemenberg seine Schreinerei – viel Geld verblieb ihm danach nicht, denn sie war mit einer hohen Hypothek belastet gewesen – und zog in das Dorf zu Anton und Anna Maria Meyerson. Ich kann mich noch schwach an ihn erinnern, er war ein unendlich lieber, gütiger Mann. Ich war drei, als er an einem Herzinfarkt starb. Nachbarn haben mir erzählt, wie liebevoll unser Vater Anton unsere Mutter nach dem Tod ihres Vaters umhegt hat, um sie zu trösten.

Vater war ein Tausendsassa. Er konnte – entsprechend seiner Ausbildung als Volksschullehrer – Klavier, Orgel, Geige und Flöte spielen. Am liebsten spielte er Klavier, und so mussten wir Kinder alle Klavier spielen lernen. Christian bettelte, Geigenspielen wäre ihm lieber. Aber Mutter sagte, sie könne das Gequietsche einer Geige nicht ertragen. Widerspruch war bei uns nicht angesagt. Vaters Geige lag im Schulschrank und wurde nur zu Unterrichtszwecken herausgeholt.

Vater war einziger Lehrer und damit Schulleiter einer Einklassenschule. So etwas gibt es heute nicht mehr. Die Schule hatte über viele Jahre hinweg etwa fünfzig Schüler, plus, minus. Vater unterrichtete alle in allen Fächern. Der Stundenplan war eine Sache der guten Organisation. Vater war darin Meister. Er ..."

Heinrich hustete. Maria lachte und sagte: „Heinrich, du hast Recht. Ich darf jetzt nicht auf meine Lieblingsthemen ‚Die Schüler von gestern und heute' und ‚Die Schulen von gestern und heute' kommen. Mit einem Wort, Vater machte das prima. Aber nun zur Sache! Christian wäre wohl kaum mit einer Geige in Berührung gekommen, wäre da nicht Pedro gewesen. Früher wie auch heute noch müssen schulpflichtige Kinder von Leuten ohne festen Wohnsitz die Schule des Ortes besuchen, wo ihre Familie gerade weilt beziehungsweise gastiert. Wenn solche Kinder bei Vater angemeldet wurden, fragte er die Schüler immer, bevor diese Kinder die Klasse betraten: ‚Wer möchte neben unserem Gast (oder unseren Gästen) sitzen?' Zwar freuten sich alle, wenn fremde Kinder am Unterricht teilnahmen, das belebte den Schulalltag. Aber Dorfkinder waren früher schüchtern, und so meldete sich niemand. Für Vater so lang kein Problem, so lange seine eigenen Kinder in seiner Schule waren – wir waren ja alle bis Ende der vierten Klasse bei ihm in der Grundschule. Die fremden Kinder saßen in unserer Grundschulzeit ganz einfach immer neben uns. Heute noch habe ich Verbindung mit Lolita Zanetti. Sie zieht mit ihrem ererbten Kinderkarussell und ihrem ‚Gorgeous Dreamland-Express' durch die Lande, keine Sorge, Heinrich, ich erzähle jetzt nicht von ihrem Schneewittchen und den drollig wackelnden Zwergen und so weiter. Ich erzähle jetzt von Pedro Petri. Er ist die Schlüsselfigur von dem nun folgenden Bericht.

Pedro war der älteste Sohn des Zirkusdirektors Pedro Petri vom Zirkus ‚Pedro Pedrissimo'. Vater Petri war Italiener, die Mutter Petri Deutsche. Mama Petri stammte aus einer Beamtenfamilie. Sie hatte sich in Pedro Petri verliebt, weil er so gut geigen konnte." Maria sah zu Susanne hinüber. „Immer wieder haben wir es mit Geigen zu tun, Susanne!

Als ich achtzehn war, fand ich diese Ehe hochromantisch, weil sie mich an den Film ‚Feuerwerk' mit Lilli Palmer erinnerte. Ich habe Christian gelöchert, weil ich die Liebesgeschichte der Eltern Petri hören wollte. Er sollte da mal ein wenig nachforschen. Getan hat er's nie. Tatsache war, dass Mama Petri, eine schöne, große, schlanke Frau, mit dem Zirkus wohl nicht viel am Hut hatte. Sie war Hausfrau und Mutter, für den Zirkus arbeitete sie nicht. Der Sohn Pedro war so alt wie Christian. Christian war in der zweiten Klasse, als Pedro zum ersten Mal neben ihm zu sitzen kam. Die beiden waren vom ersten Moment an die dicksten Freunde. Pedro war super in Musik und Deutsch, aber er hatte eine große Rechenschwäche, vielleicht eine leichte Form von Dyskalkulie. Damals war dieser Begriff noch nicht gängig."

Maria zwinkerte Heinrich zu. „Beruhige dich, Heinrich, ich halte jetzt keinen Vortrag über Legasthenie und Dyskalkulie. Also, wie gesagt, Pedro kannte sich in der zweiten Klasse noch nicht einmal im Zahlenraum von 1-10 aus. Vater war sehr erstaunt. Solch eine Begabungsdiskrepanz hatte er noch nie erlebt. So kam es, dass Pedro von Vater kostenlos Nachhilfe bekam. Außerdem erlaubte Vater unserem Christian, nachmittags den Pedro zu besuchen, um mit ihm Rechenaufgaben zu üben. Unserer Mutter war das gar nicht recht. Aber Vater blieb dabei: ‚Die Petris sind brave Leute, der Pedro ist ein guter Junge, er wird einmal später der Direktor vom Zirkus, und da muss er rechnen können. Es ist jetzt höchste Zeit, damit anzufangen!' – und mit einem Blick auf Mutters geschocktes Gesicht: ‚Außerdem bleiben sie nur drei Wochen im Dorf.'

Christian war glücklich. Er kannte nach kurzer Zeit alle Tiere im Zirkus und verstand sich bestens mit den Leuten vom Zirkus. Besonders gut mit Paolo! Paolo war eigentlich gelernter Geigenbauer, hatte aber seinen Beruf wegen einer unglücklichen Liebesgeschichte aufgegeben und war nun Zauberer für Tiere im Zirkus bei den Petris. Er spielte, als Zauberer verkleidet, auf seiner Geige, und die Tiere machten Kunststücke. Wenn Pedro nicht gerade Auftritt hatte oder eine Zirkusnummer einüben musste, saß er mit Christian im Wohnwagen und machte Rechenaufgaben. Wenn Pedro keine Zeit zum Rechnen hatte, brachte Paolo unserem Christian das Geigenspielen bei. Christian war von der Zirkuswelt wie verzaubert. Vater Pedro und Sohn Pedro führten eine großartige Clownsnummer auf: Paolo hatte für sie Geigen gebaut. Sie spielten auf sieben verschieden großen Geigen. Und das klang gut, das kann ich euch sagen!"

Susanne hustete. „Oh je, sieben!", sagte sie.

„Um es kurz zu machen, als die Petris nach drei Wochen unser Dorf verließen, hatte Pedro die Zahlenbegriffe 1-10 kapiert, konnte sogar ein wenig bis zwanzig rechnen und war dabei, sich den Zahlenraum bis hundert zu erobern. Unser Vater war sehr zufrieden mit diesem pädagogischen Erfolg. Nach der letzten Zirkusaufführung kam Christian mit einer kleinen Geige heim und spielte darauf Volkslieder. Das sei ein Dankeschön von Vater Petri und von Paolo, berichtete er. Für Vater ein Grund, äußerst erstaunt zu sein. Dass ein Kind innerhalb von drei Wochen so schnell Geigenspielen lernen konnte, erschien ihm wie ein Wunder. Deshalb bekam Christian Geigenunterricht – gegen den Willen unserer Mutter. Heute wissen wir, warum. Christian sei ein Jahrhunderttalent, behauptete der Geigenlehrer.

Als die Petris im folgenden Jahr wieder drei Wochen in unserem Dorf gastierten, lief alles so wie im vorigen Jahr. Christian verbrachte wieder viel Zeit bei den Petris, um

Pedros Rechendefizite auszugleichen. Selber lernte er, auf allen sieben Geigen zu spielen. Paolo war hell begeistert von Christians Fingerfertigkeit und schenkte ihm aus diesem Grund sieben solche verschieden große Geigen. Weil Mutter schon so sehr gegen die erste Geige gewesen war, wurden die sieben kleinen Geigen in einem Schulschrank versteckt, und Christian übte, wenn Mutter außer Reichweite war. Im nächsten Jahr gab es während der drei Zirkuswochen in unserem Dorf drei Musikclowns. Nur die Zirkusleute, Vater, Hermann und ich wussten, dass Christian mit von der Clownspartie war. Vater amüsierte sich köstlich, aber Mutter durfte um Gottes willen nichts davon erfahren. Ich glaube, das war Vaters einziges Geheimnis unserer Mutter gegenüber. Dass ein Nachkomme derer von Riemenberg im Zirkus auftrete, würde Mutter wohl kaum verkraften, sagte Vater. Hermann und ich hielten dicht. Jedes Jahr folgte nun dasselbe Spiel. Unserer Mutter und den Leuten vom Dorf blieb die Identität des dritten Clowns unbekannt, durch die starke Schminke waren die Clowns unkenntlich. Als Christian etwa 15 Jahre alt war, mussten seine sieben Geigen wegen Mutter immer beim Zirkus bleiben. Vater wollte Mutter nicht wehtun und verlangte das so. Sie hätte ja irgendwann einmal die Geigen in dem Schulschrank entdecken können. Nur eine Geige in Normalgröße, genannt Amorosa, ebenfalls ein Geschenk von Paolo, blieb dauernd in Christians Besitz. Vater war froh darüber, er hätte mit seinem schmalen Volksschullehrergehalt kaum eine so gute Geige bezahlen können. Für Christian waren die drei Zirkuswochen die schönsten des Jahres. Einmal jedoch war sein Glück etwas getrübt. Als unser Hermann etwa 10 Jahre alt war, bettelte er so lange, bis er die Erlaubnis von unseren Eltern bekam, mit Christian die Petris zu besuchen. Hermann war vielleicht auch schon elf, ich weiß es nicht mehr genau.

Ist ja auch nicht so wichtig. Er fragte den Vater Petri, ob er sich in der Zeit zwischen zwei Vorführungen im Zirkus ein bisschen umsehen dürfe. Normalerweise hätte Vater Petri nein gesagt. Aber weil Hermann Christians Bruder war ...! Um es kurz zu machen: Hermann, unser Klettermaxe, stieg heimlich aufs Seil, fiel herunter und brach sich das Bein. Er bekam von den Eltern absolutes Zirkusverbot. Mutter wollte dieses Verbot gleich auch auf Christian übertragen, Vater verhinderte das jedoch mit großer Wortgewandtheit. Es herrschte damals tagelang dicke Luft im Hause Meyerson."

„Mich wundert, dass Mutter die Sache mit Christians Clownsrolle nie spitz gekriegt hat", sagte Heinrich. „Bist du sicher, dass sie es nicht gewusst hat?"

„Hundertprozentig. Sie hätte es nie, gar nie erlaubt! Wie gesagt, die Clowns waren bis zur Unkenntlichkeit geschminkt. Außer Vater, Hermann und mir hatte wirklich keiner auch nur die geringste Ahnung von Christians Clownsnummer. Das ganze Dorf wusste, dass Christian sich viel bei den Leuten vom Zirkus aufhielt, um Pedro bei den Rechenaufgaben zu helfen. Mehr wusste keiner. Und Vater Petri setzte die Musikclownsnummer immer an den Anfang der Vorführungen, wenn Christian dabei war. So kam Christian auch bei den Abendvorführungen ohne Probleme noch bei Tag nach Hause."

„Es wundert mich trotzdem, Maria. Andererseits darf man nicht vergessen, dass Mutter nur sehr wenig davon mitgekriegt hat, was wir so getrieben haben."

„Glaub mir, Heinrich, sie hat es nicht gewusst. Sie hat nicht einmal gewusst, wie oft und wie viel Christian Geigenspielen übte. Das Schulhaus war dreistöckig. Wir wohnten im dritten Stock, in der Lehrerwohnung. Im ersten und zweiten Stock waren Klassenzimmer. Christian übte außerhalb der Schulzeit immer im Klassenzimmer im untersten Stock, weil Mutter das ‚Gequietsche auf dieser Amorosa', wie sie sich ausdrückte, nicht hören konnte. Die Klänge drangen kaum nach oben. – Im Gymnasium wurde Christian nur Paganini genannt.

Nun kommen wir zur schlimmsten Zeit in unserer Kindheit. Nach dem Abi bekam Christian ein Stipendium für die Musikakademie und fühlte sich wie im Himmel. Er war mit seiner Klasse auf der Abifahrt in Frankreich, als der Zirkus Pedro Pedrissimo wieder im Dorf eintraf. Da Pedro und Christian immer miteinander in Briefkontakt waren, wusste Vater Petri natürlich, dass Christian in Frankreich war. Er besuchte deshalb Vater und fragte ihn, ob Christian bis zum Beginn des Semesters Ferienarbeit mit Bezahlung bei ihm im Zirkus machen dürfe. Vater Petri brauchte die Erlaubnis unseres Vaters, weil man damals erst mit einundzwanzig volljährig wurde. Christian war ja erst neunzehn. Mutter war bei dem Gespräch dabei, und das muss das erste und einzige Mal gewesen sein, dass sie ausgeflippt ist."

Heinrich fuhr mit den Händen aufgeregt über seine Bartstoppeln. „Stellt euch vor, sie hat geschrien, um nicht zu sagen gebrüllt", sagte er. „Ich war im Kinderzimmer und lief ins Wohnzimmer. Ich erinnere mich noch genau daran. Es war furchtbar. Vater und der alte Petri waren fassungslos. Mutter war kaum zu beruhigen. Erst als Vater sagte, okay, okay, Christian darf diese Art Ferienarbeit nicht annehmen, fiel Mutter bleich in einen Stuhl und sagte kein Wort mehr. Ich war damals ja noch klein, aber diese Szene werde ich nie vergessen. Ich kann es heute noch nicht fassen."

„Vater Petri verabschiedete sich" – Maria nahm den Faden wieder auf – „und bat Vater, er möge doch Christians Geigen mit dem Auto holen. Mutter fragte fast barsch: ‚Was für Geigen?' Paolo wolle Christian einige Geigen zum Abschied schenken, als Dank dafür, dass er Pedro das

Rechnen beigebracht habe, erklärte Vater Petri. Unser Vater sagte, man dürfe den Paolo nicht beleidigen, man müsse das Geschenk annehmen. Dabei hatte er Tränen in den Augen, Vater Petri auch. So hat es Hermann gestern Abend erzählt. Ich war zu diesem Zeitpunkt damals nicht daheim."

Es herrschte Schweigen. Susanne war blass. Man hörte nur das Geklapper von Martins Laptop.

Marias Stimme flackerte ein wenig. „Mutter war nach der eben beschriebenen Szene kaum ansprechbar. Unser Vater war rührend zu ihr. Er wusste, dass sie sich sehr schämte, weil sie die Nerven verloren hatte. Er tat ihr alles zuliebe. Zwei Tage später verkündete er beim Mittagessen mit geheimnisvollem Gesicht, er werde heute Nachmittag ein paar Stunden weg sein. Am Abend kam die Polizei und versuchte uns schonend beizubringen, dass Vater bei einem Verkehrsunfall ums Leben gekommen war. Ein anderer Fahrer hatte die Herrschaft über sein Auto verloren und war auf Vaters Fahrspur geraten. Beide Fahrer waren tot. Das Auto war ausgebrannt. Nur der Rest von Vaters Koffer im Kofferraum war noch zu erkennen. Der Inhalt des Koffers war völlig verbrannt.

So etwas kann man nicht schonend beibringen. Mutter wurde ohnmächtig. Wir Kinder waren verzweifelt, und Hermann holte unseren Dorfarzt Dr. Grünmeister. Der saß stundenlang an Mutters Bett und versuchte alles Mögliche. Er sagte immer wieder: ‚Ich schaffe es nicht, sie aus der Ohnmacht zurück zu holen.'

Wir saßen an Mutters Bett, schluchzten, und Heinrich betete laut vor sich hin: ‚Lieber Gott, mach, dass Mama wieder aufwacht!'

Schließlich sagte Dr. Grünmeister: ‚Maria, hole bei Graumann die Essenz, die der alten Maierin geholfen hat!'

Herr Graumann wohnte in unserem Dorf. Er war Schäfer. Dr. Grünmeister war jahrelang sein größter Feind gewesen, weil viele Leute beim Wunderschäfer, wie sie Graumann nannten, Heilung suchten. Zu diesem Zeitpunkt war der Streit gottlob vorbei. Ich erzähle euch später die spannende Geschichte, wie die beiden Freunde geworden sind, dafür haben wir heute keine Zeit."

Martin blickte vom Laptop auf. „Entschuldigen Sie bitte, wenn ich Sie unterbreche, Frau Grünmeister. Sind Sie mit diesem Dr. Grünmeister verwandt?"

Maria nickte. „Ja, das bin ich. Mein Mann Heinz war einer der Söhne von unserem Dr. Grünmeister. Mein Schwiegervater Dr. Grünmeister und mein Mann Heinz leben beide nicht mehr."

Maria stand auf und schaute zum Fenster hinaus, kam aber gleich wieder zum Tisch zurück und sagte: „Entschuldigung, bei diesem Thema verliere ich immer noch die Fassung. Aber jetzt geht es um Christian. Also weiter. Ich fuhr sofort mit dem Fahrrad zum Schäfer Graumann. Der wusste über Vaters Tod schon Bescheid. Die Nachricht hatte sich in Windeseile verbreitet. Das ganze Dorf war verzweifelt und trauerte. Unser Vater war sehr beliebt gewesen. Der Schäfer hörte Grünmeisters Nachricht, holte ein Fläschchen, setzte sich nun seinerseits auf sein Fahrrad, und wir fuhren, so schnell wir konnten, zu uns heim. Mutters Zustand hatte sich immer noch nicht verändert.

‚Wir müssen mindestens zwei ihrer Sinne ansprechen, um sie aus der Ohnmacht herauszuholen', sagte Graumann. ‚Die Essenz für den Geruchssinn habe ich dabei.'

Die Männer beratschlagten, was zu tun sei.

Dann nahm der Doktor unseren kleinen Heinrich auf den Schoß und sagte, er müsse jetzt helfen, die Mama zu wecken."

Maria lächelte ihren Bruder freundlich an. „Bitte, erzähle weiter."

Heinrich Meyerson fuhr wieder mit der Hand über seine Bartstoppeln. „Ich erinnere mich noch gut daran. Aber all dies war solch ein schrecklicher Albtraum für uns, dass wir alle nie mehr davon gesprochen haben, bis gestern Abend."

Seine Stimme klang müde. „Der Doktor streichelte meinen Kopf und sagte: ‚Jetzt geht der Herr Graumann zu deiner Mama ans Bett und lässt sie an seinem Fläschchen riechen. Und du hältst deine Mama fest an der Hand, so dass sie deine Hand spürt, und schreist ganz laut: ‚Mama, hilf mir!' Du hast doch vorher zum lieben Gott gebetet. Vielleicht hilft er. Also schrei bitte: ‚Mama, hilf mir', schrei das ein paar Mal ganz laut! Vielleicht wacht sie dann auf!' Ich habe nicht verstanden, warum ich das tun sollte, aber ich tat, wie mir geheißen. Mein Vertrauen zu Dr. Grünmeister war groß. Ich zerrte an Mutters Hand und schrie, so laut ich konnte, und der Schäfer hantierte vor Mutters Nase mit dem Riechfläschchen. Dann bewegte sich Mutter langsam, setzte sich mühsam auf und fragte: ‚Was ist los, Heinrich? Warum schreist du so? Ist etwas passiert?'

Die Erleichterung war aus der Stimme des Doktors herauszuhören, das merkte sogar ich als Kind: ‚Sie waren ohnmächtig, Frau Meyerson. Ich gebe Ihnen jetzt eine Spritze, dann geht es Ihnen wieder besser. Mit dem Heinrich ist alles in Ordnung.'

Maria, Hermann und ich verließen das Zimmer. Wir saßen trostlos auf der Treppe. Dann kam der Pfarrer vom Dorf. Aber diese Szene ist in meiner Erinnerung etwas nebulös. Erzähle du weiter, Maria."

„Fast zeitgleich mit dem Pfarrer kam Frau Graumann mit einem Kuchen. Sie nahm dich, Heinrich, in unsere Küche, wir Großen gingen mit dem Pfarrer ins

Wohnzimmer. Es gab so vieles zu besprechen, all die Notwendigkeiten, die bei einem Todesfall eben geregelt werden müssen. Der Doktor übernahm es, Christian in Frankreich zu benachrichtigen. Mutter war sehr gefasst, aber seit diesem Tag hatte ich immer das Gefühl, als sei sie gar nicht mehr so richtig anwesend.

Christian kam am nächsten Tag abends mit dem Zug aus Frankreich zurück. Er war totenblass. Mutter sagte ihm, Vater sei verunglückt, wahrscheinlich, als er die Geigen bei den Petris geholt habe. Es seien nämlich Überreste von seinem Koffer im Auto gefunden worden. Vermutlich seien die Geigen im Koffer gewesen und verbrannt. Christian verstummte. Er redete tagelang kein Wort. Es war beängstigend. Nach der Beerdigung fand eine Besprechung mit Mutter, Christian und dem Direktor des Gymnasiums statt. Christian bestand darauf, auf sein Musikstudium zu verzichten. Er wolle Jura studieren, um Mutter baldmöglichst finanziell unter die Arme greifen zu können, bei einem Musikstudium sei das nicht möglich. Der Direktor versprach, ein Stipendium für Jura zu beantragen. Es war, als hätte unser bislang unkomplizierter Christian seinen Charakter verändert. Am Abend nach diesem Gespräch bat er uns alle, nie mehr vor ihm das Wort ‚Geige' auszusprechen. Er wolle nie mehr im Leben etwas von Geigen hören. Er drückte mir seine Geige Amorosa in die Hand und sagte: ‚Ich schenke sie dir. Du willst Volksschullehrerin werden. Also musst du Geige spielen können.' Ich wusste, dass die Paolo-Geige Amorosa Christians höchstes Gut war und wollte das Geschenk auf keinen Fall annehmen. Aber er bestand darauf. Leider war ich dieser Amorosa nie würdig. Mein Geigenspiel ist äußerst dürftig. Ich habe sie deshalb dem Michael geschenkt, als er nach New York ging. Christian weiß bis heute nichts davon.

Er hat seit Vaters Tod nie mehr Geige gespielt. Nach Vaters Tod hatte ich lange Zeit Ängste, er sei suizidgefährdet. Er kam fast nie heim, in den Semesterferien jobbte er. Susanne, du hast Wunderdinge an ihm vollbracht. Nach eurer Heirat war er fast wieder der Alte. Was bist du doch für ein Glück für unsere Meyerson-Familie."

Susanne und Martin Nieheim schauten sich an, sie nickten sich kaum merklich zu. Der Text vom Brief im Geheimfach war entschlüsselt. Susanne sah im Geiste ihren Helden Christian von vor fünfundvierzig Jahren, das Herz tat ihr weh. Er hatte sich damals wegen seiner Geigen schuldig am Tode seines Vaters gefühlt. Aber als er sie aus dem Wasser gerettet hatte, konnte er weiterleben mit dem Gefühl: Ein Leben verschuldet, ein Leben gerettet. Oh Christian! Sie wurde sich mit einem Mal bewusst, dass sie innerlich für ihn betete wie der kleine Heinrich damals für seine Mutter. Gleichzeitig empfand sie ein tiefes Mitgefühl für ihre verstorbene Schwiegermutter. Arme Oma Meyerson!

Maria stand auf und öffnete die Terrassentür.

„Ich lasse ein bisschen frische Luft herein", sagte sie. „Es ist so stickig hier. Jetzt kommen wir zum Puzzlestück Nummer drei.

Wir haben gestern Abend von Hermann viel Neues erfahren. Wie gesagt, Vaters Tod und Mutters Ohnmacht waren so ein Schock für uns vier Kinder gewesen, dass wir bei allem, was Mutter hätte aufregen können, einfach nur geschwiegen haben. Es wurde in der Familie nie mehr darüber geredet. Zum Glück rief ich gestern Abend aus Thessaloniki bei Alexander an. Iris erzählte mir von Christians Ohnmacht oder Koma, oder was es ist, und dass Marko und Sie, Herr Dr. Nieheim, glauben, dass Susannes Plakat mit den Geigen wohl einen Schock ausgelöst haben könnte. Da war uns sofort klar: Christian hat Susanne nie etwas von seinen sieben Geigen erzählt. Sonst hätte sie nie im Leben diese sieben Geigen gemalt. Jetzt muss ich noch einmal abschweifen. Wie bist du bloß auf die sieben Geigen gekommen, Susanne?"

Susanne wirkte grau, fast krank.

„Ich habe das mit Martin auch schon besprochen. Sieben ist, so lange ich zurückdenken kann, meine Lieblingszahl. Übrigens trifft man oft auf diese Zahl als magische Zahl in den Märchen. Aber auch bei vielen Kulturen und Religionen stößt man auf sieben, ebenso auf die Zahl drei. Ich wählte beim Malen natürlich meine Lieblingszahl sieben, was sonst."

„Hier sitzt jemand, der vor etwa hundert Jahren als Junglehrerin eine Jahresarbeit über die Zahl ‚sieben' geschrieben hat und mit dieser Zahl die Familie fast verrückt machte – mit der Sieben bei den Assyrern, in der Mythologie, in der Mystik, in den verschiedenen Religionen, in der Folklore und so weiter", sagte Heinrich und grinste nach alter Heinrich-Manier seine Schwester Maria an.

„Ich bin keine böse Sieben deswegen geworden!", sagte Maria mit gespielter Strenge zu Heinrich – und dann mit freundlicher Stimme zu Susanne: „Warum gerade Geigen, Susanne?"

„Geigen, weil ...", Susanne schaute Martin an, „es ist mir wieder eingefallen, Martin, wer den Satz ‚Der Himmel hängt voller Geigen' so oft benutzt hat. Das war mein Vater. Ich wollte dem Christian damit sagen: Jetzt steht für uns eine Märchenwelt offen, jetzt haben wir Zeit für all das, wovon wir ein Leben lang immer geträumt haben. Der Himmel hängt für uns jetzt voller Geigen. Wie konnte ich wissen ...?"

„Susanne, bitte, rege dich nicht auf", sagte Martin beruhigend. Er klickte auf seinem Laptop herum. Dann schob er ihn zu Susanne. „Ich habe zu Hause das Buch

‚Zitate von A-Z' vom Zweiburgen-Verlag Weinheim aus meinem Bücherschrank herausgezogen und abgetippt, was da über dein Zitat steht. Bitte, lies!"

Susanne schob den Laptop zu Maria: „Sei so lieb, lies du!"

„Da steht wörtlich: ‚Ihm hängt der Himmel voller Geigen. (Er sieht nur die guten Seiten des Lebens.) Sprichwörtliche Redensart.'

Was bist du doch für uns alle ein großer Schatz, Susanne. Du wirst sehen, wir schaffen das schon."

Und mit einem fast verzweifelten Versuch, die angespannte Atmosphäre zu neutralisieren, fuhr sie fort: „Nun kommen wir nicht zu Hoffmanns Erzählungen, sondern zu Hermanns Erzählungen."

PEDRO

Maria trank einen Schluck Tafelwasser. Ihre Stimme klang heiser.

„Es war etwa zehn Wochen nach Vaters Tod, nachmittags. Christian war bereits in seiner Uni-Stadt und studierte Jura, ich war in unserer Kreisstadt. Heinrich, du warst bei den Nachbarskindern. Mutter und Hermann waren zu Hause. Genauer gesagt, Mutter arbeitete im Garten. Es klingelte, und Hermann öffnete die Tür. Ein Mann stand draußen und erklärte, das sei der Hut aus dem Modehaus Dorner. Der Hut gehöre zu dem Kleid von Frau Meyerson. Das Modehaus Dorner entschuldige sich, weil es so lange gedauert habe. Aber der Hut sei von der Firma jetzt erst nachgeliefert worden. Das Kleid habe Herr Meyerson ja schon vor zehn Wochen mitgenommen, bezahlt sei auch alles. Auf Wiedersehen. Und damit drückte er Hermann eine große Box in die Hand. Bevor Hermann reagieren und Mutter holen konnte, war der Mann schon weggefahren.

Mutter war überrascht. Sie rief das Modehaus Dorner an. Man sagte ihr, Vater habe vor zehn Wochen ein taubenblaues Modellkostüm für seine Frau gekauft, mit Umtauschrecht. Heute sei der taubenblaue Hut dazu nachgeliefert worden. Man nehme an, dass das Kostüm passe. Es habe sich ja niemand zum Umtausch gemeldet.

Ich habe Mutter noch nie so weinen sehen. Deshalb hatte Vater so geheimnisvoll getan – beim Mittagessen vor seiner Todesfahrt. Er wollte Mutter mit dem Kleid überraschen.

Die Situation war klar, ohne dass Mutter und Hermann die Worte aussprachen. Vater hatte seinen Koffer mitgenommen, um das Kleid unversehrt transportieren zu können. Darum waren Reste von seinem Koffer im Unfallauto gefunden worden. Das Kleid war total verbrannt.

Mutter ging in ihr Schlafzimmer und blieb dort lange. Hermann wartete und wartete. Er war verzweifelt und wusste nicht, was er tun sollte. War Mutter wieder ohnmächtig geworden? Schließlich klopfte er zaghaft an die Schlafzimmertür. Mutter kam heraus, bleich und beherrscht.

‚Das Kleid ist genauso verbrannt wie die Geigen', sagte sie. ‚Bitte, Hermann, erzähle den andern nichts davon.'

Also hat Hermann auch niemandem etwas davon erzählt.

Nun zum Puzzlestück Nummer vier. Etwa ein Jahr nach Vaters Tod! Heinrich, du und Hermann, ihr wart zu Hause, Mutter lag krank im Bett – mit Sommergrippe – und schlief. Ich war beim Einkaufen. Es klingelte, Vater Petri und Pedro standen vor der Tür.

‚Hallo, Hermann', sagte Pedro. ‚Ist Christian da?'

Darauf Hermann: ‚Leider nicht. Der ist in seiner Universitätsstadt. Wollen Sie hereinkommen, Herr Petri und Pedro? Mutter ist krank, sie hat die Grippe und liegt im Bett.'

‚Wir wollen nicht stören!', sagte Vater Petri. ‚Aber wir bringen Christians Geigen.'

Und damit stellten Vater Petri und Pedro sieben zierliche Holzkisten verschiedener Größe in den Flur. Hermann war wie vor den Kopf geschlagen.

‚Wir dachten, Vater hätte die Geigen bei Ihnen geholt, und sie wären mit ihm im Auto verbrannt', stammelte er.

‚Nein, euer Vater war nicht bei uns', sagte Petri. ‚Er war auch nicht auf dem Weg zu uns. Der Unfall ereignete sich auf einer anderen Strecke, so hat man uns das berichtet.'

Und dann weinte er. Pedro auch. Hermann auch.

‚Herr Meyerson war der beste Mensch, den ich je kennen gelernt habe. Wir haben Christian schon oft geschrieben, aber die Briefe kommen immer ungeöffnet zurück', sagte Herr Petri.

‚Christian studiert Jura. Jetzt darf, jetzt darf niemand mehr mit ihm über Musik oder über Geigen sprechen', stotterte Hermann.

‚Oh,' sagte Pedro.

‚Wir lassen die Geigen trotzdem da. Es sind Christians Geigen', sagte Vater Petri.

Mit Tränen in den Augen stiegen die beiden Petris ins Auto. Nun musst du weiter erzählen, Heinrich!" Maria sah mitgenommen aus.

Heinrich starrte zum Fenster hinaus, wie vorher Maria. Dann erzählte er:

„Es ist doch seltsam, wie schwer es mir fällt, darüber zu berichten. Was ich jetzt erzähle, war alles versunken im See des Vergessens, ich war ja damals erst fünf oder sechs Jahre alt. Aber mit Hilfe von Hermann gestern Abend und durch dauerndes Herumforschen in meinem Gedächtnis glaube ich jetzt, einiges rekonstruieren zu können. Also: Hermann kam zu mir ins Kinderzimmer.

‚Heiner, du musst mir helfen!', sagte er. ‚Der alte Petri hat Christians Geigen gebracht. Du musst sie sofort verstecken. Du kennst doch im Haus so viele Schlupfwinkel. Sag Mutter ja nichts davon! Ich passe auf, dass sie nicht aus dem Schlafzimmer kommt, bis alle weg sind! Bitte, dass du mir ja den Schnabel hältst, hörst du. Sonst fällt sie wieder um, und wir kriegen sie nicht wach, wie letztes Jahr.

Verstecke die Geigen irgendwo hin, wo Mutter nie hinkommt.'

Ich habe sie versteckt. Mutter hat nie etwas von den Geigen erfahren, wir haben niemandem von der Familie etwas davon erzählt. Hermann meinte, es sei für Christian besser, nichts darüber zu wissen. Und so klein ich auch war, Mutters Schock lag mir noch so im Gedächtnis, dass ich tatsächlich bis gestern Abend mit niemandem darüber gesprochen habe. Um ehrlich zu sein, ich habe jahrzehntelang überhaupt nicht mehr daran gedacht. Hermann auch nicht! Er sagt, er habe es total verdrängt."

Martin Nieheim legte seinen Laptop auf die Seite, sprang auf und schaute Heinrich intensiv an. Er wirkte aufgeregt und schrie fast: „Es ist wichtig. Musik!!! Das ist es!!! Musik aktiviert persönliche Erfahrungs- und Erinnerungsmuster! Wo sind die Geigen? Wenn Christian den Klang dieser Geigen hören könnte, vielleicht ..."

„Das ist ja das Problem. Das Puzzleteil Nummer fünf fehlt", unterbrach ihn Maria. „Heinrich weiß nicht mehr, wo er sie versteckt hat."

„Man sollte Leute ihre Sätze zu Ende reden lassen, Frau Lehrerin! Du wirst es nicht glauben, aber ich kann Fragen, die an mich gestellt werden, gut selber beantworten!", brummte Heinrich.

„Verzeihung," sagte Maria kleinlaut. „Ich bade heute dauernd im Fettnapf. Susanne, ich hoffe, du bist mir wegen vorhin nicht mehr böse. Ich bin wie ein Elefant im Porzellanladen. Aber ich bin so ungeduldig und kann heute nicht klug und diplomatisch sein. Es muss schnell gehen. Wir müssen Christian helfen. Seid bitte nicht sauer! In so einer angespannten Situation rasselt man gerne aneinander. Eine

Missstimmung darf auf keinen Fall aufkommen. Denken wir an Christian, bitte!"

„Seit gestern Abend habe ich gegrübelt und gegrübelt: Wo sind die Geigen? Wohin habe ich sie versteckt?" Heinrich stand auf und stemmte seine Hände auf den Tisch. „Bis vor einer Stunde hatte ich keinen Schimmer. Aber jetzt glaube ich es zu wissen. Vermutlich auf der Bühne im Schulhaus in der Abseite hinter den Sparren in der Nähe des Giebels zur Gartenseite!"

Maria stand auf und fiel ihm um den Hals. „Mensch, Heinrich, wenn das stimmen würde! Wie bist du drauf gekommen?"

„Das verdanke ich Susanne. Es ist lustig, wie ... "

„Jetzt muss ich Sie unterbrechen", Martin war ganz aufgeregt, „wie kommt man auf diese Bühne in dem Schulhaus?"

„Moment!", sagte Heinrich. „Das ist kein Schulhaus mehr. Nach Vaters Tod durfte Mutter in der Lehrerwohnung wohnen bleiben, weil der neue Einklassenlehrer ganz jung war und ein möbliertes Zimmer im Dorf der Lehrerwohnung vorzog. Auch als eine neue Schule gebaut wurde, kündigte der Gemeinderat unserer Mutter nicht – ich nehme an, aus Ehrerbietung unserem Vater gegenüber. Die alten Schulräume dienten als Lagerräume für die Gemeinde. Nach Mutters Tod dann wurde das alte Schulhaus zur Versteigerung ausgeschrieben. Kurz und gut, ich habe es ersteigert und in den alten Schulräumen mein Labor eingerichtet. Wir wohnen in der ehemaligen Lehrerwohnung. Ich bin fast sicher, dass meine Familie die Bühne nicht so genau durchforscht hat. Vor den besagten Sparren war immer schon Holz für den Ofen der Lehrerwohnung gelagert worden und lagert dort auch heute noch. Nicht mehr viel Holz – eben, was man so braucht fürs Luxuskaminfeuer.

Aber kein Mensch hat je hinter die Sparren geschaut, weil immer Brennholz davor lag. Und nun glaube ich mich zu erinnern, dass ich als Bub über den Holzhaufen geklettert bin, um Christians Geigen in der Abseite zu verstecken. Die Geigen habe ich allerdings als solche nicht angeschaut. Ich konnte in der Eile die sieben verschieden großen Holzkisten nicht öffnen. Ich habe die Kisten vorsichtig nach hinten gewuchtet, danach hatte ich ernstlich Kopfweh, weil ich ..."

Martin mit lauter Stimme: „Was hindert uns, sofort hinzufahren?"

„Eigentlich nichts, außer dass wir vielleicht zwei Mal vierhundertfünfzig Kilometer umsonst fahren, weil mein Gedächtnis mich möglicherweise narrt", sagte Heinrich.

„Entschuldige, Heinrich, wenn ich mich schon wieder einmische", Maria fasste Heinrich an der Hand, „aber könntest du nicht deine Nachbarin Yolanda anrufen, sie soll nachschauen. Sie hat doch wie immer euren Hausschlüssel, oder? Ist es denn schwer, an die Abseite ranzukommen und hinter die Sparren zu schauen?"

„Nein, Yolanda muss nur den Holzstapel davor umwerfen und dann nach hinten schlüpfen und ..." – er lachte – „aufpassen, dass sie ihren Kopf nicht an die Sparren haut. Recht hast du, ich rufe an. Ich darf doch das Telefon im Arbeitszimmer benutzen, Susanne?"

Heinrichs Gesicht war lange nicht mehr so angespannt wie noch kurz zuvor, er begab sich leichten Schrittes zum Telefon.

Susanne ging in den Garten. Warum hatte Christian nie, warum hatte nie irgendjemand ihr von den Geigen erzählt? Hatte denn von den Meyersons keiner Vertrauen zu ihr?

Der Gedanke an den Christian von vor fünfundvierzig Jahren ging ihr nicht aus dem Kopf. Oh Gott, Christian.

„Reden ist Silber, Schweigen ist Gold! Immer wieder dieses verflixte Sprichwort!" Martin war hinter sie getreten. „Mutter Meyerson sagt: ‚Sag ja nichts den andern!' –, und Christian sagt: ‚Ich will nie mehr was von Geigen und von Musik hören!' –, und Hermann sagt zu Heinrich: ‚Dass du mir ja den Schnabel hältst!' Alle haben alles verschwiegen und verdrängt, nur, um ja keinem wehzutun!"

Susanne antwortete nicht, sie dachte an ihre Schwiegermutter, immer irgendwo in den Wolken. Wenn sie erfahren hätte, dass gar keine Geigen in dem Unfallauto gewesen waren!? Nur ihr Kleid ...!? Aber vor allem: Wenn Christian erfahren hätte, dass seine Geigen mit dem Unfalltod seines Vaters nicht direkt etwas zu tun hatten ...!? Was für eine Tragik!

Schweren Herzens ging sie mit Martin zurück ins Wohnzimmer. Heinrich telefonierte immer noch mit Yolanda.

„Was ich dir schon einmal gesagt habe, Susanne," sagte Maria, „und Ihnen möchte ich das auch erzählen, Herr Nieheim: Mutter hat kurz vor ihrem Tod mir zugeflüstert, sprechen konnte sie ja fast nicht mehr: ‚Was für ein Glück für Christian und für uns Meyersons, dass er so eine nette Frau hat!' – Wie die Mutter, so denken wir alle!"

Und dann nahm sie Susanne in die Arme. „Wir hätten dir diese Geigengeschichte erzählen sollen, Susanne, verzeih! Ich habe ein richtig schlechtes Gewissen. Aber das Wort Geige war für uns alle zum Tabu geworden."

„Wenn die Geigen gefunden werden, könnte Marion sie dann wohl spielen?", fragte Martin.

„Nicht sofort und spontan", sagte Maria, „die größeren schon, aber die kleinen? Ich fürchte: Nein."

„Yolanda ist schon unterwegs zum Dachboden, ich habe sie erreicht!", rief Heinrich enthusiastisch.

Es hupte. Susanne schreckte fürchterlich zusammen und hastete zum Fenster. Marion und Marko stiegen aus dem Auto, sie waren von allen unbemerkt in die Einfahrt gefahren.

„Ich berichte den beiden", sagte Martin und rannte zu Marion und Marko.

In der Diele drehte er sich aber plötzlich um.

„Pedro!", rief er, „Pedro Petri! Wir brauchen Pedro! Nach Aussage von Professor David Aldridge vom Nordoff-Robbins-Zentrum in Witten sind Musikstücke das Tor zur Erinnerung. Wir brauchen Pedro. Die speziellen Musikstücke! Die Sieben-Geigen-Musikstücke! Pedro muss kommen! Wir müssen ihn finden!"

„Sie haben Recht. Wir brauchen Pedro Petri. Wie finden wir den? Ich hab's! Stichwort Computer. Wenn der Zirkus noch existiert, dürfte das kein Problem sein, seine Homepage im Internet zu finden. Susanne, darf ich an euren Computer? Heinrich, bitte, hilf mir, den Zirkus Pedro Pedrissimo im Internet zu finden! Unabhängig davon, ob Yolanda die Geigen findet oder auch nicht findet, wir brauchen in jedem Fall Pedro! Er muss kommen!" Maria war aufgeregt und zog Heinrich mit sich in Christians Arbeitszimmer.

Marion und Marko kamen ins Esszimmer, begrüßten Susanne und stellten fünf gekaufte Salate in Plastikschüsseln, zwei Aufschnittsplatten mit Wurst und Käse, Semmeln und frische Butter auf den Tisch. Martin redete auf sie ein wie ein Wasserfall, um die zwei auf den neuesten Stand der Dinge zu bringen.

Susanne stand verloren am Fenster und dachte an Christian. Ob Leonie wohl noch bei ihm saß?

Das Telefon klingelte.

„Ich gehe ran!", brüllte Heinrich aus dem Arbeitszimmer. „Das ist wahrscheinlich Yolanda!"

Es war Yolanda. Ja, sie habe die Geigen gefunden und die Holzkisten in den unteren Flur getragen. Kein Holzwurm in den Kisten und in den Geigen! Für ihre Laienbegriffe seien die Geigen unversehrt, nur ein paar Saiten seien gesprungen. Es sei wie ein Wunder!

Heinrich strahlte, als er im Esszimmer davon berichtete.

„Was für ein Gefühl der Erleichterung!", sagte Susanne und setzte sich auf den nächsten Stuhl.

Martin wurde sofort zum Strategen.

„Wer holt heute Nacht noch die Geigen?"

Heinrichs Antwort kam wie aus der Pistole geschossen: „Maria und ich! Die erste Hälfte der Hinfahrt fährt Maria, ich schlafe daneben. Die zweite Hälfte fahre ich, dann schläft sie. Wir schlafen ein paar Stunden bei mir zu Haus und sind morgen früh wieder da. Einverstanden, Maria?"

„Klar!", rief Maria aus dem Arbeitszimmer.

„Ihr müsst zuerst noch was essen", sagte Marion streng und zeigte auf den gedeckten Tisch.

„Wir essen ein bisschen Salat und richten uns Vesperbrote, und wenn Maria Pedros Adresse gefunden hat, dann ..."

„Ich habe sie! Ich habe die Homepage und die Telefonnummer vom Zirkus Pedro Pedrissimo!", jubelte Maria. „Marko, komm, du kannst doch Italienisch, du musst reden, bis unser Pedro, der ist jetzt fünfundsechzigjährig, an die Strippe geholt worden ist. Der Zirkus ist in Pisa!"

Die vierundsechzigjährige Pensionärin kam aus dem Arbeitszimmer gewirbelt, riss Susanne vom Stuhl und wirbelte sie herum. „Ich habe so ein gutes Gefühl. Wir schaffen es, ihr werdet sehen!"

„Woher willst du wissen, ob der fünfundsechzigjährige Pedro überhaupt noch lebt?", fragte Susanne nüchtern.

„Der Computer erzählt, die Hauptattraktion sei das Clownsquartett mit den vier Pedros und den achtundzwanzig Geigen: Urgroßvater, Großvater, Vater und Kind! Klingt fast schon literarisch! Unser Pedro muss der Großvater sein. Christian ist ja auch Großvater!"
Maria wirkte um zwanzig Jahre jünger.
Marko war schon halb im Arbeitszimmer, aber Susanne rief ihn zurück.
„Warte einen Augenblick, Marko! Wir müssen genau besprechen, was Sache sein kann", sagte sie. „Wir können dem fünfundsechzigjährigen Pedro nicht zumuten, heute Nacht noch nach Deutschland zu fahren. Er hat heute Abend sicher eine Vorstellung. Sollen wir ein Taxi mit zwei Fahrern hinunterschicken, die ihn holen – wenn er überhaupt kommen kann – , oder wie machen wir das?"
„Könnte nicht Alexander ...?", fragte Marion.
„Spricht man vom Bär, dann kommt er daher", lachte Heinrich vom Fenster her. „Er fährt gerade zur Einfahrt herein."
Marion rannte hinaus, setzte sich neben Alexander auf den Beifahrersitz, noch bevor er hatte aussteigen können, und redete auf ihn ein.

Das Telefon klingelte.
„Das ist Leonie. Es ist was mit Christian", sagte Susanne und wurde totenblass.
Marko ging zum Telefon und nahm den Hörer ab. „Zebritz bei Meyerson", meldete er sich wie üblich, dann wandte er sich Susanne zu. „Musani, alles ist in Ordnung. Komm, es ist Michael aus New York!"
Susanne musste den total aufgeregten Michael beruhigen. Er hatte im Krankenhaus angerufen, keinen Anschluss erhalten – natürlich nicht, der neue Patient in

Christians Krankenzimmer durfte nicht gestört werden –, dann bei Marion, dann bei Marko, dann bei Leonies Hausadresse, dann in Marions Musikschule. Niemanden hatte er erreicht. Dann in Markos Krankenhaus: Da wusste die Sekretärin nur, dass Marko nicht im Haus war, er habe seinen Dienst, den er jetzt eigentlich hätte, getauscht und mache statt dessen Nachtdienst. Susanne beruhigte den aufgeregten Michael und erholte sich selber sichtlich während des Gesprächs mit ihm. Sie erklärte ihm in sachlichem Ton die Lage.

Susannes ruhiger Ton und Michaels Grüße wirkten irgendwie angenehm auf alle im Zimmer. Dann kamen Marion und Alexander herein.

Alexander grüßte keinen. Er war aufgeregt.

„Ich rufe Enzo in der Toskana an. Er hat eine Autowerkstätte und findet mit Sicherheit einen, der Pedro herfahren kann, damit sparen wir Zeit. Musani, ich gehe an den zweiten Anschluss oben in deinem Schlafzimmer und spreche von dort, dann können Marko und Tante Maria unten mit Pedro telefonieren."

Alexander wartete keine Antwort ab, er rannte die Treppe hinauf.

Marko und Maria gingen zum Telefonieren ins Arbeitszimmer.

„Markos Italienisch klingt elegant auf die Weite", sagte Heinrich bewundernd.

Dann hörte man Maria. „Hallo, Pedro!", rief sie. „Ich bin Maria, Christian Meyersons Schwester. Du erinnerst dich doch noch an uns. Was bin ich froh, dass wir dich erreicht haben!" Und dann informierte sie Pedro über die Sachlage mit einer Wortgewandtheit und Schnelligkeit, die man der sonst so ruhigen Maria überhaupt nicht zugetraut hätte.

Alexander, Marko und Maria kamen fast gleichzeitig von ihren Telefonaten zurück.

„Ich sage es zuerst. Bei mir gibt es nicht viel zu erzählen", sagte Alexander. „Also: Enzo fährt Pedro heute Abend noch hierher, falls Pedro vom Zirkus abkömmlich ist. Er braucht deshalb dringend Pedros Handynummer, um alles mit ihm direkt besprechen zu können. Marion, ich habe über dich verfügt und gesagt, dass du heute Nacht hier im Haus bist. Dann können die zwei nach ihrer Ankunft bis morgen früh noch ein wenig hier schlafen. Bei mir zu Hause geht es nicht, wegen der Keuchhustenkinder. Ist das okay, Musani und Marion?"

Marion und Susanne waren einverstanden.

Maria hatte feuchte Augen. „Nun folgt mein Bericht. Pedro war rührend. Wir haben ja nach Vaters Tod keine Verbindung mehr mit ihm gehabt. Pedro sagt, der Zirkus sei deshalb nie mehr in unser Dorf gekommen, weil der Vater Petri es nicht verkraftet hat, dass unser Vater tot ist. Vater Petri hat unseren Vater sehr verehrt. Ich habe unserem Pedro alles erzählt. Jetzt versteht er auch, warum seine Briefe an Christian ungeöffnet zurückkamen. Er hatte gehofft, dass Christian mit der Amorosa und den anderen sieben Geigen doch wieder zum Geigenspiel zurückgefunden hätte, und kann es nicht fassen, dass Christian nichts von den sieben Geigen wusste und nie mehr Geige gespielt hat. Pedro hat heute Abend noch eine Vorstellung, danach steht er uns zur Verfügung, hat er gesagt. Dann kann Enzo ihn abholen. Pedro wäre mit seinem eigenen Auto selber gekommen, aber die Wohnwagen werden heute Nacht noch zum neuen Standort gebracht. Also braucht seine Frau das Auto. Zum Glück gibt der Zirkus morgen keine Vorstellung wegen des besagten Standortwechsels. Pedro hat mir seine Handynummer gegeben, wir sollen uns bitte sofort bei ihm melden, weil die nächste Vorstellung bald beginnt. Aber das kann Enzo ja nun direkt tun."

Maria drückte Alexander den Notizzettel mit Pedros Handynummer in die Hand.

„Soll ich Enzo von hier aus anrufen oder von oben?", fragte Alexander.

„Bitte von oben", sagte Susanne. „Dann können wir hier alles Weitere besprechen."

„Kommst du mit, Marko?", fragte Alexander, „es wäre mir Recht, wenn du dabei bist! Dann kannst du mit den Caldaris auch noch kurz reden. Die mögen dich doch so gern."

Marko stand auf, und die beiden begaben sich nach oben.

„Pedro soll bitte Ersatzsaiten mitbringen und am besten seine eigenen sieben Geigen, falls die von Christian nicht mehr klingen!", rief Martin ihnen nach.

Während die beiden telefonierten, drängte Marion zum Abendessen. Susanne aß nur ganz wenig Salat, aber sie packte sich eine Semmel für den Abend ein. Sie durfte bis zehn Uhr in Christians Krankenzimmer bleiben. Danach hatte sie die Möglichkeit, im Gästehaus zu schlafen.

Maria machte belegte Semmeln für Heinrich und für sich. „Die essen wir beim Fahrerwechsel. Und bevor wir heute Nacht wieder zurückfahren, so gegen drei Uhr, gibt es noch einmal eine belegte Semmel. Ich habe so ein positives Gefühl. Heinrich, wir nehmen auch noch Tee in der Thermoskanne mit. Du magst doch Malventee besonders gern, wenn ich mich recht erinnere. Leute, hier herrscht eine kreative, spannende Hektik, ich muss es noch einmal sagen: Ich habe ein gutes Gefühl!"

„Du bist plötzlich echt cool drauf und gleichzeitig wuselst du herrlich herum, Tante Maria", sagte Marion, „so kennen wir dich ja sonst gar nicht."

Sie lachte. Ihr Lachen tat allen gut.

Kurze Zeit später kamen Marko und Alexander wieder herunter.

„Enzo redet jetzt mit Pedro." Alexanders Gesicht war lange nicht mehr so gestresst wie noch vor einer halben Stunde.

„Bitte, esst mit, Xander und Marko", sagte Susanne, „und, Xander, jetzt wollen wir hören, wie es deinen Keuchhustenkindern geht."

„Darf ich vorher noch etwas besprechen?", meldete sich Martin. „Frau Grünmeister, lebt der Schäfer Graumann noch?"

Heinrich antwortete statt Maria: „Nein, er ist vor zwei Jahren gestorben."

„Das ist bitter. Ich hätte ihn um die Essenz gebeten, die damals der Mutter Meyerson bei ihrer Ohnmacht und vorher der alten Maierin so erfolgreich geholfen hat." – Martin wirkte betroffen.

„Kein Problem!" Maria strahlte. „Ich bin schon ein Leben lang mit Graumanns Tochter Melissa befreundet, sie wohnt immer noch im Dorf, ist Heilpraktikerin und kennt alle Geheimmixturen ihres Vaters. Ich habe ihre Telefonnummer im Kopf, ich rufe sofort an und bin gleich wieder zurück. – Ich telefoniere oben, Susanne!"

Alexander kam nicht dazu, die Keuchhustenleiden seiner Kinder darzustellen, weil das Telefon im Arbeitszimmer klingelte. Enzo war dran und verkündete, Pedro und er würden so gegen sechs Uhr morgens eintreffen, wenn es verkehrsmäßig gut laufe. Er sei ja schon mal im Meyerson'schen Haus gewesen und kenne den Weg und würde so lange klingeln, bis Marion aufwache. Sie würden Schlafsäcke und Iso-Matten mitbringen, für den Fall, dass noch etwas Zeit zum Schlafen sei. Also bitte ja nicht eigens Betten herrichten!

Dann kam Maria von oben mit der Meldung, Melissa wisse genau, von welcher Essenz die Rede sei, kein Problem, sie bringe das Fläschchen zu Yolanda, mit der Bitte, Yolanda möge das Fläschchen in Heinrichs Flur zu den Geigenkisten stellen und viele Grüße an alle.

Martin war beeindruckt.

„In unserem Dorf hält man zusammen", sagte Heinrich fast selbstzufrieden.

Susanne hustete nervös.

„Glaubt ihr, ich könnte jetzt zu Christian gehen? Braucht ihr mich noch?" Ihre Stimme klang ganz dünn.

„Einen Augenblick noch, Susanne", sagte Martin. „Würdest du den Chefarzt bitten, ob morgen früh für Christian ein Raum zur Verfügung gestellt werden kann, wo wir allein sein können? Wenn kein Raum frei ist, muss man Christians Bett eben ins Badezimmer oder in die Kapelle schieben. Das heißt, nein, sage ihm, er soll mich heute Abend anrufen. Ich gebe dir meine Visitenkarte mit, da ist meine Telefonnummer drauf. So kann ich alles in Ruhe mit ihm arrangieren."

Dann wandte sich Martin an Heinrich: „Wann, glauben Sie, Herr Meyerson, könnten Sie morgen früh wieder da sein?"

„Wir fahren in fünf Minuten los und sind dann etwa um elf Uhr nachts in meinem Dorf. Wenn wir etwa um drei morgen früh wieder starten, könnten wir vielleicht schon vor neun Uhr da sein."

„Die Geigen hätten wir also gegen neun. Pedro muss mindestens eine Stunde Zeit haben, um Christians Geigen zu stimmen und einige Saiten aufzuziehen. Marion, du musst Pedro um acht Uhr wecken. Ich hoffe, Christians Geigen machen keine Probleme. Falls doch, so wären Pedros Geigen eine Notlösung. Pedros Geigen haben sicher einen anderen Klang, sind aber, wie gesagt, eine Notlösung! Ich werde den Chefarzt bitten, Christian um 10.30 Uhr in ein separates Zimmer zu bringen." Martin war aufgeregt, wirkte jedoch zuversichtlich.

Heinrich holte sein Auto aus Susannes Garage, überprüfte noch schnell den Benzin- und Ölstand, dann fuhren Heinrich und Maria los.

Martin und Alexander boten ihre Dienste als Hausmänner an, um ab- und aufzuräumen. Aber Marion und Marko nahmen ihre Angebote nicht an.

„Lieb von euch, aber Marko und ich sind ein eingespieltes Team. Das Geschirr kommt in die Spülmaschine, dann ist das Meiste schon getan", sagte Marion.

„Also komme ich morgen früh um acht Uhr wieder hierher, um mit Pedro das Wichtigste zu besprechen. Ich denke, ich rufe dann am besten jetzt gleich doch selber den Chefarzt im Krankenhaus an. Vielleicht kann ich ihn erreichen", sagte Martin und verabschiedete sich.

Susanne holte Süßigkeiten für Alexanders Kinder aus dem Küchenschrank, dann stieg Alexander in sein Auto mit den Worten: „Haltet mich auf dem Laufenden."

„Ich würde jetzt gerne wieder zu Christian fahren, braucht ihr mich noch?", fragte Susanne.

„Natürlich nicht. Tapfere Mama! Warte, ich muss dich noch ein bisschen drücken!" – Marion umarmte ihre Mutter liebevoll und begleitete sie zum Auto.

Marko räumte gerade die Spülmaschine ein, als Marion wieder ins Haus kam.

„Marion!", sagte er – und sie lagen sich in den Armen.

Lange Zeit für Verliebtheiten hatten sie nicht. Marko hatte vor seinem Nachtdienst noch einiges zu tun, und Marions Musikschule gab an diesem Abend ein kleines Konzert. So wurde die Hausarbeit so flink wie möglich erledigt.

„Was für ein Tag!", seufzte Marion, als sie gemeinsam das Haus verließen.

„Was für ein Tag wird morgen sein? Wir können nur hoffen." Marko streichelte Marions Haar. „Pass auf dich auf, Schatz!"

„Marko, was glaubst du? Die Essenz und die Geigen und Pedro? Wird es klappen?" Marion weinte.

„Ich weiß es nicht."

Marion erschrak über die große Angst und Traurigkeit in Markos Augen. Es war ihr, als sehe sie direkt in die Seele des nach außen immer so beherrscht und gefasst wirkenden Bruders, Freundes, Geliebten, der seine Gefühle schon als Kind nur selten gezeigt hatte, als habe er eine Scheu davor zu offenbaren, was in seiner Seele vor sich ging.

Sie lehnte ihren Kopf an seine Schulter, und trotz aller Angst, ja fast Verzweiflung, spürte sie das große Glück der Zusammengehörigkeit.

„Ich liebe dich." Sie sagten es beide gleichzeitig. Markos Augen strahlten nun wieder die große Wärme aus, die Marion so oft schon fast aus der Bahn geworfen hatte.

„Wir müssen gehen." Wieder sagten sie es gleichzeitig. Sie lachten und küssten sich.

„Ich komme morgen früh um acht, nach dem Nachtdienst, ich habe ja den Schlüssel und klingle also nicht. Dass du mir bloß nicht erschrickst!"

„Ich freue mich auf dich!"
„Und ich mich auf dich", sagte Marko.

„Oh Gott, wie wird das morgen werden?", murmelte Marko beim Öffnen der Autotür. Mit Willenskraft versuchte er, das unangenehme Gefühl von Deprimiertheit nicht aufkommen zu lassen. „Ich muss fit sein für meine Patienten!", sagte er laut zu sich selber, als er das Lenkrad in die Hand nahm.

ANGELINA

Susanne wurde um zehn Uhr abends von der Zeichen gebenden Nachtschwester gebeten, das Krankenzimmer zu verlassen. Sie nickte, küsste Christian auf die Stirn und verließ leise den Raum, ohne den anderen Patienten zu wecken.

Die Schwester wartete draußen im Flur und flüsterte: „Gruß vom Chefarzt. Ich soll Ihnen sagen, dass Dr. Nieheim alles geklärt und geregelt hat. Ihr Mann bekommt morgen schon in aller Frühe seine Infusionen. Alles ist mit Dr. Nieheim besprochen. Wenn Dr. Nieheim sich meldet, wahrscheinlich so gegen zehn, stellt der Chefarzt sein Sprechzimmer für Dr. Nieheims Experiment zur Verfügung. Wir schieben den Herrn Meyerson dann dort hinein. Zur Zeit ist das Krankenhaus überbelegt."

In ihrem Zimmer im Gästehaus fühlte Susanne sich unendlich verlassen und einsam. Sie aß ihre Wurstsemmel, trank Mineralwasser, duschte und ging zu Bett. Es wunderte sie nicht, dass sie nicht einschlafen konnte. Die Angst, dass Martins Experiment mit Christian morgen nicht klappen würde, war zu groß. Ab und zu verfiel sie dann in seltsame Schlafphasen mit Albträumen, die von Geigen handelten, übergroßen, die den Weg versperrten und keinen Durchlass gewährten, oder von Geigen, die Beine hatten und sie verfolgten. Jedes Mal wachte sie mit rasendem Herzklopfen auf. Dann träumte sie, Enzo würde Pedro nicht finden, Clowns rasten durch das Zirkuszelt, um den Clown Pedro zu suchen, Pedro stand oben auf dem Seil, fiel herunter und brach sich das Bein. Endlich, von sechs bis sieben Uhr, fiel sie in einen geruhsameren Schlaf.

Um acht Uhr war sie ausgehbereit. Vom Gästehaus aus rief sie nach Hause an. Marion meldete sich. Sie war sehr aufgeregt.

„Alle sind gut angekommen, auch Onkel Heinrich und Tante Maria. Pedro bearbeitet gerade Dads Geigen. Bei einigen muss er neue Saiten aufziehen, gottlob hat er für alle Geigen Saiten mitgebracht. Auf einigen Geigen hat er schon gespielt. Drei sind winzig klein, ich könnte es nie. Aber Pedro hat Wunderfinger. Zum Teil klingen die Geigen wirklich ulkig. Pedro ist rührend nett und kann gut Deutsch. Marko ist auch schon da. Ich lege jetzt auf. Martin kommt jeden Augenblick, er will noch einmal alles mit dem Chefarzt besprechen. Gehst du nun zu Dad ins Zimmer? Also bis später."

Einige Minuten später saß Susanne neben Christian, hielt seine Hand und wartete. Laut reden durfte sie wegen des schwerkranken Bettnachbarn nicht. Es war ihr, als sitze sie neben sich. Sie hörte sich selber pausenlos flüstern: „Lieber Gott, hilf, dass es klappt!"

Um zehn nach zehn kamen zwei Schwestern, machten bedeutungsvolle Gesten zu Susanne und schoben Christians Bett so leise wie möglich hinaus. Susanne hatte Beine wie aus Blei, als sie hinter dem Krankenbett herging, hinein in das Sprechzimmer des Chefarztes. Der Chefarzt war da, ebenso Martin Nieheim und ein mittelgroßer, betroffen blickender älterer Herr: Pedro Petri. Sieben verschieden große Geigen lagen auf dem Schreibtisch, die drei kleinsten sahen sehr niedlich aus. Für Susanne unvorstellbar, dass man darauf spielen konnte.

Der Chefarzt war sehr freundlich. Er und Martin Nieheim strahlten eine angenehme Ruhe aus. Nach der allgemeinen Begrüßung holte Martin ein Fläschchen aus seiner Tasche und sagte, zu Susanne gewandt, während er den Deckel abschraubte: „Melissa Graumanns Riechessenz! Sei bitte so lieb und halte Christians Hand!" – und zu Pedro – „Wir fangen jetzt an."

Pedro stellte sich neben Christians Bett und sagte: „Hallo, Christian, erinnerst du dich noch an mich?"

Martin Nieheim sagte: „Lauter!", während er Melissas Fläschchen rhythmisch vor Christians Nase hin- und herbewegte.

Darauf Pedro, laut und hastig: „Ich bin sicher, dass du dich noch an mich erinnerst. Ich bin dein Freund Pedro, der Pedro vom Zirkus Pedro Pedrissimo. Christian, du wirst es nicht glauben, ich bin jetzt gut im Rechnen, mein Zirkus schreibt schwarze Zahlen. Ich bin dir ja so dankbar, dass du mir das Rechnen beigebracht hast. Dir und deinem Vater verdanke ich viel. Deinen Vater, den Lehrer Anton Meyerson, haben wir alle sehr verehrt. Ich habe deine sieben Geigen mitgebracht, die sieben Raben, so hast du sie immer genannt, bis du sie spielen konntest, weil sie so krächzten. Später hast du sie ‚die sieben Schwäne' genannt, als du sie gut spielen konntest, weißt du noch? Die singenden Schwäne! Christian, ich habe sie mitgebracht. Sie klingen immer noch. Hörst du, Christian, deine sieben Schwäne existieren noch. Sie sind nicht verbrannt. Sie waren nicht im Auto deines Vaters. Deine sieben Geigen sind nicht schuld am Tode deines Vaters. Dein Vater hat nicht deine Geigen bei seiner Unglücksfahrt geholt, sondern ein Kleid für deine Mutter! Hörst du, Christian? Susanne hat von deinen sieben Geigen nichts gewusst, hörst du, Christian, sie hat erst gestern davon erfahren! Christian! Deine sieben Geigen! Hörst du, Christian?"

Pedro nahm die größte der sieben Geigen in die Hand. „Weißt du noch, Christian, wie das war, wenn wir drei Clowns die Manege betraten, jeder mit seinen sieben Geigen beladen? Beim Hineingehen sangen wir – weißt du noch, was?"

Pedro gab auf diese Frage sich selber die Antwort, indem er mit so lauter, schmetternder Tenorstimme anfing zu singen, dass Susanne zusammenzuckte.

„Des schönen Lebens sich zu freu'n, des schönen Lebens sich zu freu'n!"

Dann redete Pedro wieder mit normaler Lautstärke: „Das sei eine Phrase aus einer Lortzing-Oper, hat mein Vater uns erklärt. Und du hast bei euch zu Hause aus dem Lexikon von deinem Vater herausgelesen, was das Wort ‚Phrase' bedeutet, und wer dieser Lortzing ist. Du hast doch immer im Lexikon nachgeschaut, wenn du etwas wissen wolltest. Erinnere dich!

Christian, nachdem wir diese Phrase in der Manege einige Male gesungen hatten, flüsterte mein Vater mit dem Blick auf das Publikum: ‚Serenade'. – Sein Flüsterton war so raffiniert, dass man das Wort auf dem höchsten Rang verstehen konnte, sogar sein rollendes ‚R'! Weißt du noch, Christian?"

Pedros Stimme wurde beschwörend: „Dann haben wir drei auf unseren größten Geigen gespielt. Du auf deiner Germania. Christian, ich spiele jetzt auf deiner Germania!"

Pedro begann mit dem Menuett aus Mozarts ‚Kleiner Nachtmusik'. Dabei liefen ihm die Tränen herunter. Der Klang der Germania war kräftig, fast herrisch.

Dann brach er plötzlich ab und stieß einen lustigen Schrei aus. „Das war der Schrei des Polizisten in der

Zirkusvorstellung, Christian, erinnerst du dich? Er kam mit diesem Schrei, nahm unsere Geigen weg und sagte: ‚Hier darf die Ruhe nicht gestört werden!' Dann setzten wir uns mit unseren zweitgrößten Geigen an einen anderen Platz. Du mit deiner Ermintrude! Weißt du noch?"

Pedro spielte Mozarts Menuett genau an der Stelle weiter, an der er eben abgebrochen hatte, nun auf Ermintrude. Ermintrudes Klang war nüchtern und klar. Dann stieß er wieder den Polizistenschrei aus.

„Wieder nahm der Polizist uns die Geigen weg, erinnerst du dich? Wieder sagte er: ‚Hier darf die Ruhe nicht gestört werden.' Wieder setzten wir uns an einen anderen Platz. Du mit deiner drittgrößten Geige, mit deiner Felicitas! Erinnerst du dich?"

Pedro spielte die Fortsetzung des Menuetts mit Christians Felicitas. Felicitas klang romantisch. Pedro brach die Melodie wieder ab und imitierte den Polizistenschrei.

„Und nun die Anastasia." Anastasia hatte einen sehnsüchtigen Klang. Derselbe Ablauf.

„Und nun die Eulalia." Eulalia krächzte ein bisschen. Derselbe Ablauf.

„Und nun die Adelindis." Derselbe Ablauf. Die leicht quäkende Adelindis vollendete die Kleine Nachtmusik.

Nach dem Polizistenschrei rief Pedro:

„Christian! Und nun kommt das Schlaflied ‚Guten Abend, gut' Nacht' von Brahms, weißt du noch, Christian? Der Polizist hat keinen Schrei mehr ausgestoßen, weißt du noch, Christian? Er hat sich auf den Boden gelegt und ist eingeschlafen, weißt du noch? Und deine kleine Angelina mit ihrem kindlichen Klang hat so wunderschön gespielt, Christian, dein Liebling, die kleine Angelina, die Angelina!!!"

Pedro schrie das Wort Angelina. Und dann spielte er auf der klitzekleinen Geige mit unendlich viel Inbrunst das Abendlied von Brahms.

Der Chefarzt schaute fasziniert auf Pedros Hände, die mit unvorstellbarer Geschicklichkeit über die kurzen Saiten glitten. Martin schwenkte die Riechessenz hin und her. Er hatte feuchte Augen. Susanne weinte. Sie drückte liebevoll Christians linke Hand. Ihre Tränen tropften auf sein Handgelenk.

Pedros Augen glühten. Nach Martins Strategie hätte Christian längst aufwachen müssen. Christian rührte sich nicht.

In Pedros Augen war Verzweiflung. Er legte die Geige weg, ging auf Christian zu, fasste ihn an den Schultern und schüttelte ihn.

„Christian", brüllte er im höchsten Diskant. „Christian, Susanne hat von deinen Geigen nichts gewusst! Christian, du kannst doch nicht dein Leben lang so mir nichts dir nichts vor dich hinschlafen! Du musst aufwachen! Weißt du noch, was wir vor jeder Aufführung mit unseren Geigen im Wohnwagen gespielt haben, um das schreckliche Lampenfieber in den Griff zu kriegen? Christian, erinnere dich!"

Dann packte Pedro wieder die kleine Geige Angelina, schlug erbarmungslos mit dem kleinen Geigenbogen auf ihre Saiten nieder und spielte „Auf in den Kampf ..." von Bizet aus der Oper „Carmen". Angelina quietschte, schrillte, brüllte, schrie!

Das Spiel endete jäh. Eine Saite war gerissen – mit einem grässlichen Misston.

Totenstille.

Entsetzt und schuldbewusst biss sich Pedro auf die Lippen.

Alle starrten auf Christian.

Plötzlich flatterten Christians Augenlider.

Susanne spürte, wie ihr Herz heftig schmerzte.

Christians Augen fokussierten sich unendlich langsam auf Pedro und die winzige Geige in Pedros Händen.

Nach einer kleinen Ewigkeit atmete Christian laut und schwer, Leben kam in seine Augen. Und dann flüsterte er mühsam: „Aangeeliinaa."

AMOROSA
UND ACHTUNDZWANZIG ANDERE

Christian suchte Heinrich im ganzen Haus. Schließlich ging er vor die Haustür und schaute um die Ecke. Heinrich stand vor dem Garagentor – neben dem großen Mülleimer – und rauchte eine Zigarette.

„Heinrich, ich suche dich schon eine Ewigkeit!", rief Christian.

„Amen!", sagte Heinrich, drückte seine Zigarette sorgfältig aus und warf den Stummel in den Mülleimer.

„Warum?"

„Fototermin!"

„Schon wieder, wir hatten das doch gerade erst gestern!", bruddelte Heinrich, aber dann stieß er seinen Bruder freundschaftlich in die Seite und sagte: „Mann, Christian, ich weiß, ich wiederhole mich fortwährend, aber ich bin ja so froh, dass du wieder senkrecht bist!"

„Ich bin euch allen sehr dankbar!"

„Das hast du jetzt schon oft genug gesagt, großer Bruder! Übrigens, dass ich geraucht habe, brauchst du Annegret nicht unbedingt zu erzählen."

Marko stand plötzlich da. „Da seid ihr ja, alle warten schon!"

„Bilde dir nur ja nicht ein, Marko, dass ich bei dieser Fotografiererei heute wieder so ein gestyltes Keep-Smiling-Gesicht aufsetze wie gestern auf eurem Hochzeitsgesellschaftsfoto. Abgesehen davon sieht man auf dem gestrigen Foto mein Gesicht wahrscheinlich sowieso nicht – bei deiner Hochzeitsgesellschaft mit über hundert Leuten.

Dass auf Hochzeiten auch immer so viel fotografiert werden muss, und nicht genug damit, am Tag danach auch noch! Hat denn das Fotografieren nie ein Ende? Man kommt sich ja vor wie in einer Telenovela!", jammerte Heinrich.

„Aber Onkel Heiner, das sagst ausgerechnet du! Wenn ich da an deine Hochzeit denke! Für uns Jugendliche war sie wie ein Märchen! Dieses prächtige Burgrestaurant mit über zweihundert Gästen und du und Tante Annegret in der weißen Hochzeitskutsche mit den herrlichen Schimmeln! Soviel zum Thema Telenovela!"

„Sei still! Annegrets Eltern wollten das so. Aber es ist ja schon was dran! Hochzeiten müssen kitschig sein! Man weiß ja nie, was einen nachher erwartet!"

„Jeder weiß, dass du der glücklichste Ehemann und Familienvater bist, Heinrich!", lachte Christian.

„Eben! Drum darf ich auch brummen!"

„Onkel Hermann ist heute der Fotograf. Marion wünscht sich ein Erinnerungsfoto auch für diesen heutigen Tag, also sei kein Spielverderber, Onkel Heiner, komm mit und mach ein Gesicht wie immer oder ein grimmiges oder ein besonders schönes, aber komm! Auf dem heutigen Foto muss man dein Gesicht sehen, denn ohne dein Gesicht wäre das Bild nicht vollständig", lachte Marko und schob ihn durch die Terrassentür.

Annegret kam ihnen entgegen.

„Heinrich brummt schon wieder!", sagte Christian.

Annegret hakte Heinrich unter und sang: „Brumm, brumm, brumm, Bärchen brumm herum!"

Im Garten warteten alle auf Heinrich. Heute – am Tag nach Marions und Markos Hochzeit – hatten sich Verwandte und einige Freunde noch einmal zu einer Art Nachfeier zum Brunch im Hause Meyerson eingefunden. Kein Problem, heute war Sonntag. Der Brunch dauerte nun schon bis in den Spätnachmittag.

„Ein Foto mit Namen Goldener Oktober!", rief Hermann. „Bitte stellt euch auf!"

„Wir Spezialarchäologen stehen mit Tante Dorle auf der Terrasse und bilden die oberste Reihe!", sagte Lotte.

Maria fühlte in sich ein warmes Wohlgefühl. „Wie normal und unproblematisch jetzt doch alle wieder sind", dachte sie voller Dankbarkeit.

Rainer Sommerlicht, seine Frau und seine Söhne stellten sich auf die oberste Treppenstufe. Martin Nieheim, Herr Eduard Braun, Frau Behrendt und Leonie gesellten sich dazu. Darunter standen die vier Pedros und der mit seinen schneeweißen Haaren sehr würdig wirkende Paolo sowie Enzo mit Familie. Auf der nächstunteren Stufe Hermanns und Heinrichs Töchter und Söhne mit ihren Kindern. Ganz unten von links nach rechts: Michael mit Freundin und Susanne – Marion und Marko in der Mitte – dann Christian und Alexander mit Iris und den Kindern.

„Bitte, recht freundlich!", rief Hermann, als er endlich jeden im Visier hatte, was bei der vergnügten Gesellschaft gar nicht so einfach war.

„Jetzt kommt das Vögelchen", knurrte Heinrich halb misslaunig, halb amüsiert.

„Dieser Witz hat einen Bart, länger als der Bart vom alten Barbarossa im Kyffhäuser", sagte Annegret und stieß ihren Ehemann liebevoll in die Seite.

„Was für ein Witz?", murmelte Heinrich zwischen den Zähnen.

„Der mit dem Vögelchen!"

„Stimmt!" – Heinrich konnte das Lachen nicht verbeißen.

Hermann betrachtete das Gruppenfoto in seiner Digitalkamera genau.

„Stellt euch vor!", rief er, „eine Riesensensation! Das erste Familienfoto, auf dem Heinrich lacht! Das ist selbst auf dem kleinen Format zu erkennen!"

„Angeber!", brummte Heinrich.

„Das Ganze noch einmal! Jetzt fotografiere ich!", rief Lotte. „Eben war es das Bild mit Lotte, jetzt kommt das Bild mit Hermann! Denkt bitte alle an Heinrichs Wellensittich und sagt: Tiriliiiii!"

Mit Gelächter und Heinrichs Nörgeln kam auch diese Fotografie zustande.

Danach gingen alle wieder ins Haus, es gab noch Kuchen und Eis.

Susanne blieb im Garten und strich behutsam über ihre Rosen.

Die Spätnachmittagssonne vergoldete alles.

„Ich wandle selig durch den Garten und streichle meine letzten Rosen", murmelte sie vor sich hin. Aus dem Haus drangen die Stimmen der munteren Gesellschaft. Susanne wurde als Hausfrau nicht gebraucht, jeder bediente sich am Buffet selber. Immer, wenn Susanne aus dem Stimmengewirr heraus Christians Stimme identifizieren konnte, machte ihr Herz den kleinen Glückshopser.

Dann kam Christian durch die Terrassentür. Er war immer noch sehr bleich und hager, aber seine blauen Augen leuchteten.

„Soll einem Sommertag ich dich vergleichen, viel lieblicher, gemäßigter du bist", sagte er und nahm sie in die Arme.

„Und soll ich gold'ne Freudentränen weinen?", flüsterte Susanne, und Tränen sprangen ihr aus den Augen. „Ich bin dankbar nach oben, nach links und nach rechts und nach allen Seiten. Ich glaube, mein Herz springt mir aus dem Leibe – vor lauter Glück und Dankbarkeit."

„Dein Herz soll noch lange drin bleiben, Frau Poetica!", sagte Christian streng, und dann fast ängstlich: „Susani, du siehst immer noch arg mitgenommen aus."

„Das wird schon wieder, Christian! Vierzig Jahre lang habe ich mich an deiner Seite stark und unsterblich gefühlt. Und jetzt ...!"

„Und jetzt?"

„Jetzt sehe ich, wie fragil das Leben doch ist", sagte Susanne und dachte: „Und wie fragil und sensibel deine Seele doch ist. Ich weiß es ja seit dem Sonnet vom ‚Summer's Day' unterm Regenschirm, aber wie gut hattest du dein Leben so viele Jahre lang im Griff." Laut fügte sie hinzu: „Ich nehme unser Zusammensein jetzt als ein Geschenk von oben."

„Aber viele haben dazu geholfen, dass das Geschenk von oben auch geglückt ist!"

„Natürlich, das war ja unsere Pflicht. Aber dass dann alles auch wirklich geklappt hat, ist wahrscheinlich doch mehr als nur ein bloßer Zufall."

In Christians sonst immer freundlichem Gesicht zuckte es, als hätte er plötzlich Zahnschmerzen. Susanne erschrak.

„Susanne", sagte er, „ich habe eine große Bitte. Mein Blackout ist von Martin lieb und rücksichtsvoll mit großem psychologischem Können von vorne bis hinten durchgekaut worden. Ich müsse lernen, sagte er, meine Gefühle zuzulassen und auch auszudrücken. Also fange ich damit an und drücke jetzt sofort ein Gefühl aus. Susanne, ich habe keine Erinnerung daran, dass ich dich am Abend meiner Verabschiedung mit dem Satz direkt vor meinem Koma ‚Wie kannst du mir das antun, Susanne?' so sehr verletzt habe. In meinem vordergründigen Bewusstsein hatte ich die Existenz dieses ominösen Briefes im Geheimfach total verdrängt. Ich habe ihn unter Urgroßonkels großem Foto total vergessen. Aber im Unterbewussten muss er doch sehr verwurzelt gewesen sein. Es tut mir alles so leid für dich."

Christian nahm Susanne in die Arme.

„Verzeih mir", sagte er. „Aber ich muss es dir sagen, Susanne. Ich würde so gerne wieder in die Selbstverständlichkeit zurückkehren. Sonst fange ich noch an, mich wegen all dem zu genieren und zu grämen und zu schämen! Demnächst fühle ich mich wie ein Waschlappen, der wegen eines niedlichen, harmlosen Plakats in eine grausige Ohnmacht fiel. Und wenn du so elegisch umherschreitest und verträumt die Rosen streichelst, statt lustig mit den Gästen zu reden wie früher, komme ich mir vor wie ich-weiß-nicht-wie-wer. Könntest du nicht bitte wieder die alte Susanne werden, die lustig und vital ist und ab und zu was vergisst und dann einen netten Kraftausdruck von sich gibt?"

Susanne hatte plötzlich den Eindruck, als gäbe es in ihrer Seele einen freudigen Ruck. Oh Christian! Natürlich würde sie seinen Wunsch erfüllen und die Unbeschwerte spielen und nach einer gewissen Zeit wohl dann auch wieder unbeschwert sein.

Darum sagte sie lachend: „Das hätte dir so gepasst, wenn ich vor Marions Hochzeit wieder deinen Armani-Anzug in der Reinigung vergessen hätte und wieder durch den Park hätte rennen müssen! Nichts da! Dieses Mal hing der Anzug frisch gereinigt in deinem Schrank!"

Dann gab sie Christian einen Kuss und murmelte: „Ich bin so glücklich."

„In der Firma geht das Gerücht, ich hätte einen leichten Herzinfarkt gehabt, den das EKG nicht erfasst habe. So erzählte mir Eduard. Damit kann ich leben. Und theoretisch könne das auch sein, meint Marko."

Hermann kam in den Garten. Er ging direkt auf Christian zu, fasste seine Hände und sagte: „Christian, endlich habe ich mal die Möglichkeit, allein mit dir zu reden! Kannst du mir je verzeihen, dass ich dir damals nichts von deinen sieben Geigen erzählte? Ich weiß wirklich nicht, warum ich Esel dir nie was davon gesagt habe. Als Mutter noch lebte, habe ich es wahrscheinlich aus Rücksicht auf sie nicht getan. Warum nicht nach ihrem Tod? Habe ich's verdrängt? Habe ich's vergessen? Ich weiß es nicht! Du, ich habe einfach nicht mehr daran gedacht! Das bedrückt mich nun alles sehr! Hätte ich gewusst ...! Wenn ich das Rad der Geschichte zurückdrehen könnte ...!" Hermann hustete. Er hatte nasse Augen und nahm Christian in den Arm.

Susanne hielt den Atem an. Wie würde Christian reagieren?

Christian schluckte. Dann sagte er: „Keiner kann das Rad der Geschichte zurückdrehen, Hermann. Wir sind von Mutter mehr zum Schweigen als zum Reden erzogen worden. Ich mache ihr keinen Vorwurf. Das war ihr Naturell. Sie wollte uns immer alles recht machen, wir wollten ihr auch immer alles recht machen. Vergiss nicht, du warst damals ja noch ein Kind. Außerdem hattest du nie eine Beziehung zu Musikinstrumenten, dein Akkordeon ausgenommen."

Hermann lachte ein wenig schuldbewusst. „Auch deswegen habe ich heute noch ein schlechtes Gewissen. Der arme Vater! Ich habe mich stets standhaft geweigert, außer meinem Akkordeon irgend ein anderes Instrument überhaupt anzusehen. Das war für ihn furchtbar. Weißt du noch ..."

Hermann brach ab, weil Maria sich zu ihnen gesellte.

„Es ist alles okay, Hermann!", sagte Christian und drückte Hermanns Hände.

„Störe ich?", fragte Maria.

„Nicht die Bohne! Du störst nie!", sagte Christian freundlich. Hermann konnte einen kleinen Seufzer der Erleichterung nicht unterdrücken.

„Hallo, hier seid ihr!" – Marion wirbelte die Treppe herunter und direkt in die Arme ihres Vaters.

„Ich glaube, ich gehe wieder rein", sagte Hermann.

„Und ich gehe mit!", sagte Maria.

„Noch einmal, Hermann, es ist alles okay!", rief Christian ihm nach. Dann strahlte er seine Tochter an: „Wie geht es unserem Mädelchen?"

„Mama, Papa! Vielen, vielen Dank für alles! Ich bin ja so happy!"

„Hallo, Happiness", klingelte es in Susannes Hinterkopf. Sie zuckte unwillkürlich zusammen. Und danach das strenge Gefühl: „Zurück zur Selbstverständlichkeit, Susanne!"

„Wir fanden eure Hochzeit wunderbar, Marion", sagte Christian. „Ich weiß nicht, warum, aber wir haben das seltsame Gefühl, als hätten wir alle eure wunderschöne Traumhochzeit verdient."

„Du glaubst nicht, wie mich das freut", Marion verwuschelte Christians Haar und lachte. „Genau dasselbe hat Marko nämlich auch gesagt. Denn eigentlich wollte ich eine ganz stille, einfache Hochzeit haben. Aber er sagte sehr kategorisch: Die Großfamilie und unsere Freunde und Kollegen verdienen ein glanzvolles Fest!"

„Es war die schönste Hochzeit, die ich je erlebte, und du warst die schönste und glücklichste Braut, die ich je gesehen habe", sagte Susanne begeistert.

„Ach, Mama, du warst bei deiner Hochzeit damals sicher mindestens so schön wie ich."

„Glücklich war ich, aber ob ich schön war mit überschminkten Schwangerschaftsflecken im Gesicht und meinem fünfmonatigen Alexander im Bauch? Ich weiß nicht. Obwohl das Empirekleid diese Tatsache ja einigermaßen vertuscht hat!" Nun lachte auch Susanne.

„Du warst wunderschön, Susanne. Aber nun wieder zu dir, Marionmädelchen", sagte Christian, „wir sind ja noch gar nicht zum Reden gekommen. Was war eigentlich für dich der Höhepunkt, gestern, bei deiner Hochzeit?"

„Marko und du, natürlich!"

Marion wurde ernst. „Und das unerwartete Geigenspiel von Michael im Gottesdienst. Dieser Michael! Fliegt mit seiner Freundin ohne unser Wissen nach Deutschland, steigt am Flugplatz mit seiner Freundin so schnell wie möglich in ein Taxi, stimmt im Taxi seine Geige und die seiner Freundin, rennt mit ihr in die Kirche, der Gottesdienst hatte schon angefangen, und spielt solo direkt nach der Trauungszeremonie meinen Lieblingspart von Beethovens Violinkonzert. Ich habe gleich gewusst, dass es nur Michael sein kann. Ich kenne ja seine Art zu spielen. Und dann später das Geigenduo mit seiner Freundin. Ich habe geheult wie ein Schlosshund."

„Gottlob nicht so laut wie ein Schlosshund", sagte Christian. „Ich habe nicht gewusst, dass Maria unserem Michael meine Geige Amorosa geschenkt hat und war fassungslos über Marias perfektes Geigenspiel. Ich kenne doch den Klang von meiner Amorosa. Aber dann wurde mir genau so klar wie dir, dass es nur Michael sein konnte. Ich kenne seine Art zu spielen ja auch."

„Was ihr alles hört!", sagte Susanne kläglich.

„Tante Maria sagt, ihr Geigenspiel sei nicht besser als das von Großvater Anton, und das sei nicht besonders berühmt gewesen."

„Eben, deswegen habe ich mich doch so über das wunderbare Spiel auf der Amorosa gewundert. Vaters Spezialität war das Klavier, Maria spielt gut Querflöte. Mit der Geige hatte sie nie was am Hut." – Christian lachte.

Susanne blickte ängstlich in Christians Gesicht bei diesem Thema: Er redete ganz locker und entspannt über seinen Vater, über Instrumente und Geigen und lachte sogar!

„Gottlob, der Block ist bei ihm weg! Hallo Happiness! – Zurück zur Selbstverständlichkeit! Wir werden's schon schaffen!", dachte sie. Beim bloßen Gedanken an die vergangene schwierige Zeit bekam sie sofort wieder ein flaues Gefühl im Magen.

„Und was sagt ihr zu Alexanders Kindern?" – Marion strahlte. – „So brav wie gestern waren die drei Wildlinge noch nie. Wie die Engelchen haben die zwei Jüngsten Blumen gestreut, den ganzen Tag nichts angestellt und nie gequengelt. Ein Wunder!"

„Ich nehme an, sie waren so dankbar, dass die Keuchhustenquarantäne endlich vorbei ist, dass sie gar nicht auf die Idee kamen, aus dem Rahmen zu fallen."

„Onkel Heinrichs und Onkel Hermanns Sketch mit Tante Annegret und Lotte in der Festhalle gestern war prima, die Beiträge von unseren Freunden und Kollegen waren's auch. Aber Papa, deine Freunde, die vier Pedros mit ihrem Pedro-Pedrissimo-Quartett und den achtundzwanzig Geigen!!! Und der jüngste Pedro ist elf! Und der älteste siebenundachtzig! Kein Wunder, dass ihr Zirkus schwarze Zahlen schreibt. Das ist keine Zirkusnummer, das ist Musikgenuss hoch zehn! Und sie sind eigens zu unserer Hochzeit aus Italien gekommen! Das war gestern Abend der Höhepunkt. Und natürlich deine Rede, Dad!"

„Alle waren von den vier Pedros begeistert!", sagte Christian und strahlte.

„Mich hat deine Schnirpsiade tief beeindruckt, Christian!", sagte Susanne.

„Wie war das noch mit dieser Schnirpsiade, Papa?", fragte Marion. „Marko und ich waren abgelenkt durch die Bedienung, als Pedro die Geschichte am Mikrofon erzählte, und wir kriegen sie jetzt nicht so richtig auf die Reihe."

„Pedros Mutter war Deutsche, das ist auch der Grund, warum alle in Pedros Familie gut Deutsch sprechen und Pedro schon in der Grundschule gut in Deutsch war. Leider war Pedros Mutter nie zirkusbegeistert. Ihr Hund Schnirps, ein ganz lieber Foxterrier, durfte nie und nimmer ein Zirkushund sein. Heimlich hat Paolo den Schnirps so dressiert, dass er auf ein Geigenduo, das ich komponiert hatte, ganz drollig tanzte, und zum Schluss sich auf die Hinterpfoten stellte und mit den Vorderpfoten sich selber Beifall klatschte. Diese sogenannte Schnirpsiade wurde dann an ihrem Geburtstag vorgeführt. Pedros Mutter fand das alles zwar niedlich, aber im Zirkus durfte Schnirps trotzdem nie auftreten." Christian lachte. „Gestern Abend sagte Pedro zu mir augenzwinkernd: ‚Schnirps durfte wahrscheinlich nicht auftreten, weil Mutter aus einer deutschen Beamtenfamilie stammt.' Und dabei lachte Pedro vielsagend. Um ehrlich zu sein, ich hatte diese Schnirpsepisode ganz vergessen. Ich war damals siebzehn."

Marion hatte glühende Augen. „Aber dieses Geigenduo ist super, Dad. Das hast du mit siebzehn komponiert! Mann, bist du ein Genie! Pedro muss mir die Noten geben!" Sie durchwuschelte Christians Haar. „Papa, ich bin so glücklich, dass es dich wieder gibt!" – und nach einer kleinen Pause – „Papa, bitte, bitte komponiere auch ein Duo für Michael und mich, eine Michael-Marionade, Dad, bitte!"

Susanne spürte einen Stich in der Magengegend. Wie würde er reagieren? Er war doch erst seit zwei Tagen wieder aus dem Krankenhaus zurück – eigens zu Marions und Markos standesamtlicher Trauung – und seitdem kaum zur Ruhe gekommen. Der gestrige Tag mit der kirchlichen Hochzeit war besonders anstrengend gewesen. Hatte sie jetzt womöglich mit dem Wort ‚Schnirpsiade' eine Mine losgetreten?

In Christians Gesicht zuckte es. Aber dann lachte er.

„Marion, du hast Nerven! Seit fünfundvierzig Jahren war Musik für mich kein Thema mehr!"

„So was verlernt man nicht, Papa!", sagte Marion ernst.

„Kann es sein, dass du mich wieder mal um den Finger wickelst, Mädelchen? Mal sehen, was sich tun lässt."

Marion strahlte.

„Nun was anderes: Wohin ist denn dein Marko entfleucht, er fuhr gleich nach dem Fototermin weg?", fragte Christian.

„Du weißt ja, dass er im Urlaub ist. Aber sein Oberarzt hat ihn vor ein paar Minuten am Telefon angefleht, er möge doch nur für ganz kurze Zeit kommen wegen einer sehr diffizilen Diagnose. Das ist übrigens neu: Früher hast du immer gesagt ‚Unser Marko', jetzt sagst du ‚Dein Marko'!"

„Er gehört dir nun mehr als uns", sagte Susanne. „Was für ein Glück, dass ihr heute noch zur Hochzeitsreise startet, Marko käme sonst nicht zur Ruhe. Habt ihr euch jetzt entschlossen, wohin eure dreitägige Reise geht?"

„Marko buchte heute morgen per Internet ein Hotel in Dresden. Wir besuchen Markos Großeltern Zebritz. Sie wohnen in einem Dorf in der Nähe von Dresden. Marko hat die Großeltern – auch heute morgen – telefonisch benachrichtigt. Wir bringen ihnen einen Teil von Julianes wunderschönen Fleurop-Hochzeitsblumen mit. Und weil ich jetzt ja nicht länger als drei Tage wegen meiner Musikschule weg kann, fliegen wir in den Weihnachtsferien zu Juliane nach Australien."

„Das sind ja Neuigkeiten!", rief Christian.

„Und wie geht es den Großeltern Zebritz?", wollte Susanne wissen.

„Sie freuen sich riesig auf uns und ..."

„Hallo, ihr müsst jetzt gleich in den Hobbyraum kommen!" – Alexanders Kinder und der elfjährige Pedro, Pedro der Vierte, kamen in den Garten gerannt und hängten sich an Christians Arme.

„Onkel Hermann zeigt das Hochzeits-Video!", schrien sie im Chor.

Christian lachte. „Da dürfen wir den Onkel Hermann nicht warten lassen!"

„Ich erzähle euch dann alles ausführlich in vier Tagen", sagte Marion. Dann umarmte sie ihre Eltern impulsiv. „Danke, danke, danke für alles. Und vor allem vielen Dank dafür, dass wir so eine intakte Familie sind!"

„Sie sagte ‚intakt' und nicht ‚heil' – wie vor kurzem noch Sonja Sommerlicht", dachte Susanne. „Gibt es das überhaupt, eine ‚wirklich heile Familie'?"

Nachdenklich folgte sie ihrem Christian und den an ihm hängenden Kindern. An der Terrassentür drehte sich Christian zu ihr um und lächelte sie an. Susanne spürte wieder in sich ihr „Christian-Glücksgefühl". Strahlend warf sie ihm eine Kusshand zu.

Anna Katharina, Alexanders elfjährige Älteste, immer noch an Christians Arm, trompetete beim Betreten des Hobbyraumes in die wartende Runde hinein: „Du, Iris-Mama! Ich hab's genau gesehen! Opa und Oma haben gerade ganz cool miteinander geflirtet!"

Worauf Heinrichs laute Stimme das allgemeine Gelächter übertönte: „Das gehört so!"

„Und ob!", rief Christian.
Susanne schwebte plötzlich auf einer Wolke der Erleichterung und Heiterkeit.
„Zurück zur Selbstverständlichkeit!", sagte sie zu sich selbst und lachte mit den andern.

Hermanns Video kam gut an. Das Hochzeitspaar wurde bejubelt und bewundert. Jeder fand sich im Video irgendwann einmal wieder. Die Frauen quiekten: „Oh, ich seh' ja schrecklich aus!", und die Männer machten angesichts ihrer Konterfeis alberne Witze.

Nach dem Video verteilten sich die Gäste noch einmal auf verschiedene Zimmer im Haus. Die Kinder tobten unten im Hobbyraum unter Michaels Aufsicht.

Enzos Familie und die vier Pedros mit Paolo verstanden sich bestens. Marko, von der Klinik wieder zurück, gesellte sich mit Christian und Alexander dazu, es wurde mit Begeisterung Italienisch gesprochen.

Die Griechenlandfahrer gluckten zusammen, sie becircten Tante Dorle so lange, bis sie versprach, sich mit ihrem Arzt zu besprechen, ob sie noch einmal eine Fahrt, dieses Mal nach Troja, riskieren könne. Maria erklärte sich bereit, falls ja, alles zu organisieren.
Heinrich jammerte, seine Annegret habe es sich in den Kopf gesetzt, mit ihm nach Mecklenburg-Vorpommern zu reisen. Zwecks Ahnenforschung! Der Stammbaum derer von Riemenberg interessiere sie plötzlich brennend.
„Wann komme ich je wieder in meine Camargue?!!!", seufzte er mit theatralischem Augenaufschlag.

Hermann grinste. „Heinrich!", sagte er. „Könnte es nicht sein, dass dein höchsteigener Wunsch der Vater des Gedankens von Annegret war?"

„Du drückst dich etwas geschwollen aus. Um was für einen Gedanken handelt es sich?" Heinrichs Stimme wirkte leicht beleidigt.

„Dass dein Wunsch, den Stammbaum zu kennen, der Auslöser war für Annegrets Gedanken um die Ahnenforschung derer von Riemenberg!"

„Ha, ha, ha!", feixte Heinrich.

Annegret sagte lachend: „Falls die Troja-Fahrt stattfindet, hat Troja natürlich Vorfahrt! Da gehen wir unbedingt wieder mit!"

„Wo ist eigentlich euer Wellensittich Tirili? Habt ihr ihn allein gelassen?", fragte Maria.

„Nie im Leben", brummte Heinrich, „der ist bei Yolanda."

„Ist er denn noch nackt?", interessierte sich Lotte.

„Seine Federn wachsen gottlob wieder", sagte Annegret. „Und außerdem zitiert er wieder Goethe."

„Aha", schmunzelte Hermann, „unser Heinrich hat dem armen Tier den Götz beigebracht!"

„Nix Goetz!", sagte Annegret, „das arme Tier zitiert das Gretchen: ‚Heinrich, mir graut's vor dir!' Allerdings ziemlich undeutlich! Wobei hinzuzufügen ist, dass Tirili diesen Satz von mir noch nie gehört hat. Nur zwei Menschen haben hauptsächlich mit Tirili geredet. Der Heinrich und ich!"

„Dass Ehefrauen auch immer alle Familiengeheimnisse in die Welt hinausposaunen müssen!", brummte Heinrich düster in das allgemeine Gelächter hinein.

Maria strahlte. „Die Welt ist wieder in Ordnung", dachte sie, „meine Verwandten kabbeln sich wieder."

Michaels Freundin war umringt von den Meyerson-Cousins und Cousinen. Sie musste von New York erzählen. In dieser Gruppe bemühte sich jeder um gutes Englisch.

Als Martin Nieheim Heinrich später am Buffet entdeckte, sprach er ihn an.

„Es interessiert mich so, was Ihr Gedächtnisauslöser für den Fundort der Geigen war, Herr Meyerson."

Heinrich lachte.

„Kommen Sie mit!", sagte er. Die beiden gingen die Treppe hinunter, die zum Gastzimmer und zum Gästebadezimmer führte. Mitten auf der Treppe blieb Heinrich stehen.

„Nun, was fällt Ihnen auf?"

Martin schmunzelte. „Der Affe auf dem Bild da unten an der Wand lacht zu uns herauf, und man hat das Gefühl, im nächsten Augenblick wirft er einem die Kokosnuss an den Kopf, die er in der Hand hält."

„Eben!", sagte Heinrich trocken. „Was glauben Sie, wie oft ich den Kopf an den Sparren gehauen habe, als ich als kleiner Bub die Geigen in der Abseite versteckte. Es musste ja schnell gehen, damals. Mutter durfte ja nichts mitkriegen! Danach hatte ich richtig Kopfweh. Als ich nach unserer Ankunft von Griechenland – vor unserer Besprechung im Esszimmer betreffs Vergangenheit – die Treppe hier hinunterging, um schnell zu duschen, beschäftigten sich meine Gedanken intensiv mit der Vergangenheit und vor allem mit der Frage: ‚Wo habe ich bloß die Geigen versteckt?' Ich sah den Affen, dachte an das Kopfweh, das so eine Kokosnuss am Kopf erzeugen würde, und dann fiel mir jenes Kopfweh von damals wieder ein! Und damit das Versteck! Das ist äußerst abstrus, aber so war's."

Heinrich lachte über Martins verdutztes Gesicht.

„Das ist einfach umwerfend! Ich empfinde die Vernetzung im menschlichen Gehirn immer wieder als Wunder! Das soll ein Computer erst mal nachmachen!!! – Wir müssen diesem Affen unendlich dankbar sein! – Erstaunlich, dieser Affe mit seiner Kokosnuss! Egal, wo man steht, er zielt auf einen!", sagte Martin. „Wer hat das Bild gemalt?"

„Susanne! Vielleicht erinnern Sie sich, dass ich damals bei der Besprechung sagte, ich würde es Susanne verdanken, dass ich mich wieder an das Versteck erinnerte. Ich kam ja dann aber nicht mehr zu Wort. – Als Marion und Michael neun Jahre alt waren, sahen sie in einem Museum ein Gemälde von einer Kuh an einem Bach, die dem Bildbetrachter immer ins Gesicht schaut, egal, wo er steht! Die beiden waren davon ganz hingerissen und im Museum kaum von dem Gemälde wegzubringen. Und deshalb wünschten sie sich zum zehnten Geburtstag ein Bild mit einem Affen, der mit seiner Kokosnuss auf jeden zielt. Susanne tat ihnen den Gefallen und malte das Bild. Dann wollten die Kinder das Affenbild unbedingt in der Eingangshalle aufhängen. Aber Christian erlaubte es nicht, mit der Begründung: ‚Jeder Besucher, egal an welchem Platz auch immer er in der Diele steht, wird das Gefühl haben, er bekommt eine Kokosnuss an den Kopf. Das geht nicht.' Die Zwillinge waren damals über Christians Machtwort todunglücklich, eben gerade wegen selbigen Effekts hatten sie sich doch das Bild gewünscht. Der Platz da unten war dann und ist immer noch ein Kompromiss!"

Die Männer lachten.

Dann wurde Martin wieder ernst. „Wie viele kleine Glücksmosaiksteinchen waren nötig, um Christian zu helfen! Was müssen wir dankbar sein! Mein Gott, was müssen wir dankbar sein!"

„Herr Dr. Nieheim, glauben Sie, dass die Ohnmachten in unserer Familie Folgen einer genetischen Schwäche sind? Man macht sich so seine Gedanken. Großvater von Riemenberg mit seinem adeligen ‚Von' vor dem Namen wurde auf der Zugspitze ohnmächtig. Mutter wurde ohnmächtig und konnte nur mühsam zurückgeholt werden. Desgleichen Christian. Was denken Sie?"

„Sie denken an das Klischee, dass Adelige gerne in Ohnmacht fallen. Man kennt das aus alten Romanen. Auf Ihre Frage kann ich Ihnen keine Antwort geben, Herr Meyerson. Ich weiß es wirklich nicht. Vielleicht war früher ganz einfach das Korsett der adeligen Damen zu eng geschnürt, und Männer sollen ja auch Korsetts getragen haben.

Hier bei Christian standen wir einem ungewöhnlichen Krankheitsbild gegenüber. Etwas glaube ich aber sagen zu können: Ohne die Geigen und Pedro und ohne die Riechessenz wären wir wahrscheinlich noch lange hilflos geblieben. Nun eine klare Antwort zu Ihrer vorherigen Frage: Vielleicht hat der eine oder andere in der Von-Riemenberg-Familie tatsächlich ein Gen, welches eine Ohnmacht begünstigt. Es wäre deshalb kein Schaden, wenn die Großfamilie Meyerson der Graumann'schen Riechessenz einen Platz in der Hausapotheke einräumen würde. Nur so zur Vorsicht. Ich selber werde mir übrigens auch ein Fläschchen bestellen, man kann nie wissen."

„Aha, Goethes Faust: ‚Frau Nachbarin, Ihr Fläschchen!' – Klassisch literarisch", schmunzelte Heinrich.

„Ehrlich gesagt, ja! Schon als Schüler habe ich meinen Deutschlehrer mit der Frage genervt, was für eine Essenz wohl in dem Fläschchen der Frau Nachbarin gewesen sein könnte. Der Lehrer vermutete, es sei Parfüm gewesen. Er war von meiner Frage gar nicht begeistert, daran erinnere ich mich noch. Aber nun was anderes. Haben Sie eine Ahnung, wo Susanne jetzt stecken könnte?"

„Wahrscheinlich in der Küche, wie es sich für eine gute Hausfrau ziemt!" – Heinrich brummte mit offensichtlichem Behagen.

Martin fand Susanne tatsächlich in der Küche. Sie verteilte den übriggebliebenen Kuchen auf Pappteller, für die Gäste zum Mitnehmen. Leonie umhüllte die Kostbarkeiten sorgsam mit Folie.

„Susanne", sagte Martin, „etwas interessiert mich noch brennend: Hat sich eigentlich Christians ominöse Versicherungspolice gefunden?"

Susanne lachte ihr altes Susanne-Lachen.

„Besagte Police war schon seit Wochen im Versicherungsbüro. Christian hatte sie, korrekt wie er nun mal ist, schon einige Wochen vor seiner Zurruhesetzung an die Krankenkasse geschickt. Eine neue Sekretärin hatte die Police in einer falschen Ablage untergebracht – dieselbe Sekretärin, die auch den Computer hat abstürzen lassen. Der Versicherungsvertreter hat sich entschuldigt."

„Die Wege der Bürokratie und der Versicherungen verlieren sich doch immer wieder im undurchdringlichen Dschungel! Es hat wohl so sein sollen! Immer diese Zufälle! Wir müssen dankbar sein!", sagte Martin und nahm dankend seinen Pappteller mit Kuchen in Empfang.

Als Martin die Tür hinter sich geschlossen hatte, sagte Leonie: „Ob er wohl an Gott glaubt?"

„Wer?", fragte Susanne erstaunt.

„Dr. Nieheim!"

„Wie kommst du darauf?"

„Weil er so betont, dass man dankbar sein muss."

„Ich weiß es nicht", sagte Susanne nachdenklich.

Es klopfte an der Küchentür, Martin streckte noch einmal den Kopf herein.

„Der berühmte Chirurg Sauerbruch soll einmal gesagt haben: ‚Ohne Glück und ohne den lieben Gott gibt es keine guten Chirurgen!' Ich glaube, parallel dazu kann man das auch von uns Psychotherapeuten behaupten! Wir müssen dankbar sein!"

Lachend schloss er wieder die Küchentür.

„Glaubst du, er hat gehört, was ich eben gesagt habe?", fragte Leonie fast ängstlich.

„Weiß ich nicht, glaube ich aber nicht. Denk doch an den Lärmpegel im Haus! Das war bestimmt mal wieder einer von Martins vielzitierten Zufällen!", sagte Susanne und reichte Leonie einen Pappteller mit Kuchen. „So, das ist jetzt das letzte Kuchenpaket. – Apropos: ‚Lieber Gott!' Ich geniere mich so vor ihm. Man ist ja eigentlich bloß wirklich fromm und betet, wenn es einem schlecht geht."

„Das ist doch kein Problem", sagte Leonie und umhüllte den letzten Teller mit Folie, „du ..."

„Mama, ich habe das Gefühl, dass unsere Gäste gehen wollen. Kann ich noch was helfen?", rief Marion von der Tür her.

„Nein danke, wir sind gerade mit dem Kuchenverteilen fertig! Gut, dass du kommst! Wir haben drei Tabletts mit Kuchenpaketen. Du kannst gleich ein Tablett mitnehmen und den Gästen die Kuchen zum Mitnehmen anbieten. Leonie und ich kommen sofort mit den anderen zwei Tabletts nach!", sagte Susanne – und zu Leonie gewandt: „Über das Thema von eben müssen wir später noch einmal sprechen, Leonie."

Es herrschte allgemeine Aufbruchsstimmung.

Zum Abschied sangen alle für das Brautpaar noch einmal ‚Hoch soll'n sie leben', lautstark und mit Begeisterung. Dann fuhren Marko und Marion unter dem Gejohle der Winkenden in ihren dreitägigen Honeymoon.

Michael und seine Freundin zogen sich zurück, sie hatten Jet-Lag-Probleme. Christian und Susanne blieben im Hof und winkten jedem Auto nach.

Die vier Pedros und Paolo waren die letzten. Christian konnte sich kaum von ihnen trennen.

Der alte Paolo sagte immer wieder: „Wenn dein Michael meine Geige Amorosa spielt, das heißt, natürlich ist es deine Geige, also wenn der Michael die Amorosa spielt, dann klingt sie wie eine Stradivari." Und dabei lächelte er verklärt.

„Wie können wir dir je im Leben danken, Pedro?", fragte Susanne, als sie den fünfundsechzigjährigen Pedro, Pedro den Zweiten, zum Abschied umarmte.

Daraufhin blieb Pedro abrupt stehen und sagte zu den anderen Pedros und zu Paolo, sie sollten doch schon mal ins Auto steigen, er komme gleich nach.

Dann wandte er sich an Christian und Susanne: „Das könntet ihr tatsächlich. Du könntest mir einen Riesengefallen tun, Christian. Mein Vater, Pedro der Erste, ist jetzt siebenundachtzig und sollte sich dringend wegen eines Leistenbruchs operieren lassen. Die Ärzte tun schon ganz wild. Es sei höchste Zeit. Aber er geht nicht ins Krankenhaus. Er könne die achtundzwanzig Geigen nicht im Stich lassen, sagt er. Ohne ihn seien es nur einundzwanzig – und damit kein Quartett mehr. Man müsste alle Musikstücke auf ein Trio umschreiben oder ganz neue Triostücke einüben. Keiner von uns kann das. Also geht er nicht. Trotz allen Zuredens bleibt er stur. Christian, hör zu. Ich habe mir deine Hände genau angesehen, du hast keine Gichtfinger, du hast immer noch Geigenfinger, du könntest es wieder lernen, du könntest Vater fünf Wochen lang ersetzen, während seiner zwei Wochen Krankenhaus und drei Wochen Reha, Christian, bitte ..."

„Du spinnst, Pedro! Ich habe seit fünfundvierzig Jahren nicht mehr Geige gespielt, auf keiner großen und auf keiner kleinen."

„Aber bei deiner Jahrhundertbegabung!!! Und wenn's nicht klappt, schreibst du uns die Stücke um!"

Christian runzelte die Stirn. Dann schaute er Susanne fragend an.

Einen Augenblick lang hielt Susanne die Luft an. „Mein Mann, ein Zirkusclown", dachte sie. Aber dann spürte sie fast körperlich, wie eine Welle voller Humor über sie schwappte.

„Warum eigentlich nicht? Du könntest es ja mal probieren. Und wenn es nicht klappt, schreibst du ein Arrangement für drei Geigen", sagte sie munter.

Christians Augen bekamen einen sehnsüchtigen Schimmer. Dann lachte er spitzbübisch.

„Ich glaube, ich halte es wie Franz Beckenbauer mit dem Spruch: Schau'n mer mal!", sagte er langsam.

„Das heißt also JAAAAAAA!", rief Pedro glücklich, drehte sich um sich selber und vollführte einen Luftsprung, dessen sich selbst ein junger Akrobat nicht hätte schämen müssen.

NACHBEMERKUNG

Alle Personen und Namen, die in diesem Roman auftauchen, sind fiktional. Eventuelle Ähnlichkeiten mit lebenden Personen wären rein zufällig. Sollten irgendwelche Personen glauben, sich in dem Buch wiederzuerkennen, so ist das von der Autorin keinesfalls beabsichtigt.

Leitfaden zum Beziehungsgeflecht der Familie Meyerson

Familie Anton Meyerson und Anna Magdalena (geb. von Riemenberg)

Kinder

Christian Meyerson (Prokurist)
   mit Ehefrau Susanne
Maria Grünmeister, geb Meyerson, verw. (Schulleiterin i.R.)
Hermann Meyerson (Verwaltungsbeamter)
   mit Freundin Lotte
Heinrich Meyerson (Zahntechniker)
   mit Ehefrau Annegret

Familie Christian Meyerson und Susanne (geb. Mehrenstein)

Kinder

Ziehsohn Marko Zebritz (Chirurg)
Alexander (Architekt)
   mit Ehefrau Iris und drei Kindern
Marion (Leiterin einer Musikschule)
Michael (Sologeiger)

Oma Hanna: Mutter von Susanne Meyerson
Tante Dorle: Nenntante, Freundin von Oma Hanna

Freunde von Christian und Susanne Meyerson:

Leonie Bauer, Freundin der Familie,
Direktor Sommerlicht mit Ehefrau Sonja
Chauffeur Eduard Braun und Sekretärin Frau Behrend
Psychotherapeut Dr. Martin Nieheim
und
Tirili, ein Wellensittich, sowie Schnirps, ein Foxterrier,
und außerdem Amorosa, eine Violine in Normalgröße